LE DUC MENTEUR

DARCY BURKE

Traduction par
SOPHIE SALAÜN

Zealous Quill Press

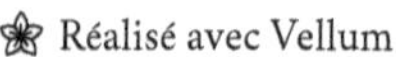

LE DUC MENTEUR

Verity Beaumont a été sous la coupe d'hommes dominateurs presque toute sa vie : son père d'abord, son mari ensuite. Libérée des deux, elle a enfin trouvé la paix. Elle a même rencontré un homme gentil et travailleur, qui pourrait bien devenir le père parfait dont son jeune fils a si désespérément besoin. Mais alors qu'elle se risque à regarder vers l'avenir, son monde soigneusement ordonné vole en éclats lors du retour de son défunt mari.

Après six ans d'absence, Rufus Beaumont, duc de Blackburn, est de retour pour reprendre sa place et protéger sa famille. Seulement, la vie qu'il découvre n'est pas celle qu'il a abandonnée, et il doit convaincre sa femme que leur mariage vaut la peine d'être sauvé, qu'il n'est plus l'homme qu'il était. Lorsque la vérité sur ce qui lui est arrivé éclate au grand jour, il lui faut prouver que tout en lui, et surtout son amour pour elle, n'est pas un mensonge.

CHAPITRE 1

Blackburn, Angleterre, avril 1818

Alors que Verity Beaumont, duchesse de Blackburn, regardait son fils de six ans câliner le chevreau, elle se demandait s'ils allaient bientôt agrandir leur ménagerie. Elle était venue ici dans l'espoir de trouver un intendant, pas un autre animal. Pourtant, si Beau le lui demandait, elle aurait du mal à dire non. Il était tout pour elle, et elle n'avait pas honte de l'admettre.

— Il semble s'être fait un ami.

Verity se tourna vers l'ancien intendant de la tour Beaumont, Percival Entwhistle, que l'on appelait Whist de manière bien moins formelle, et lui lança un regard suppliant.

— Je vous en prie, ne nous offrez pas un nouvel animal de compagnie. Je ne peux pas entretenir un animal de plus après les chiens, les chats, les lapins et, tout récemment, un écureuil.

Whist éclata de rire et leva une main.

— Je vous donne ma parole, Votre Grâce ! s'exclama-t-il avant d'incliner la tête vers la cour de l'écurie, où son petit-fils descendait de son cheval. Ah, voici Thomas !

Se redressant, Verity tapota l'arrière de sa tête. Elle connaissait bien Thomas, le petit-fils de Whist, mais le voyait moins souvent depuis qu'il était parti travailler comme intendant dans un domaine voisin. Depuis cette date, elle l'avait aperçu à quelques reprises, notamment à l'assemblée de la semaine dernière. Elle était impressionnée par les connaissances qu'il avait acquises auprès de son grand-père et par l'expérience qu'il avait accumulée en tant qu'intendant ces quatre dernières années. Si elle se montrait honnête, elle était aussi charmée par son comportement agréable et ses talents de danseur. Mais comme elle était seule depuis six ans et demi, peut-être était-elle facile à charmer.

Après s'être occupé de son cheval, Thomas s'avança vers eux, affichant un sourire chaleureux. Il ôta son chapeau de sa tête brune et s'inclina devant Verity, son corps mince se courbant facilement.

— Votre Grâce, c'est un plaisir de vous voir.

— De même, monsieur Entwhistle.

— Souhaitez-vous que nous allions à l'intérieur pour discuter de nos affaires ? s'enquit Whist avec un geste en direction de son petit cottage, qui se trouvait sur le domaine de la tour Beaumont.

Verity lui avait offert la maison lorsqu'il avait pris sa retraite près de sept ans plus tôt.

Elle jeta un coup d'œil à la nourrice de Beau, qui se tenait à proximité. Elle lui adressa un signe de tête, et reporta toute son attention sur son protégé. Verity se tourna vers Whist et Thomas.

— Oui, allons-y.

Whist lui fit signe de le précéder et la suivit dans le

cottage. Elle prit place sur une chaise qui lui permettait de voir son fils par la fenêtre. L'intendant et son petit-fils s'assirent à leur tour, l'observant avec impatience.

— J'apprécie que vous me receviez aujourd'hui, leur dit Verity, soudain nerveuse.

Elle était peut-être duchesse depuis presque sept ans, mais elle n'assumait pas encore pleinement son rôle. L'intendant, Cuddy, administrait le domaine presque entièrement sans sa contribution. Et si elle supervisait la maisonnée, le personnel était si efficace qu'il la rendait pratiquement inutile. Elle recevait rarement des visiteurs, et, la plupart du temps, ils ne se souciaient que de Verity et de son fils. Dans l'ensemble, elle menait une existence simple, dont elle était reconnaissante, car elle lui permettait d'être relativement indépendante. Seulement relativement, car son père essayait encore d'exercer son influence de temps en temps.

Il avait assez bien contrôlé les choses après la disparition de Rufus, le mari de Verity, et celle-ci avait toléré son ingérence pendant un certain temps avant de lui demander fermement d'arrêter. Cependant, elle le soupçonnait de garder une main sur certaines choses à cause de Cuddy. Son père l'avait recommandé à Rufus lorsque Whist avait pris sa retraite, et, apparemment, Cuddy était toujours l'homme de son père. Elle faisait peut-être erreur, mais elle n'avait pas tort sur un point : Cuddy n'était pas *son* homme.

Verity se redressa en regardant Beau qui poursuivait un lapin devant le cottage. Réprimant un sourire, elle se concentra sur le sujet qui la préoccupait.

— J'ai demandé à vous rencontrer tous les deux, car j'aimerais apporter des changements à la tour Beaumont.

Whist inclina la tête.

— De quel ordre ?

— Je crois qu'il est grand temps que j'engage mon propre

intendant, quelqu'un que j'aurais choisi, et en qui je peux avoir confiance pour gérer les choses comme je l'entends.

— Comme vous l'entendez…, commença Whist avant de tousser. Dois-je comprendre que vous souhaitez participer à la gestion du domaine ?

— Je suis la duchesse, dit-elle. Et en l'absence du duc, il est de ma responsabilité de le faire. D'ici quelques mois, mon mari sera sans doute déclaré légalement mort et mon fils héritera du titre. Je lui dois de veiller à ce que le domaine fonctionne bien.

Le front de Thomas se plissa, inquiet.

— Avez-vous des raisons de penser que ce n'est pas le cas ?

— Je n'en suis pas sûre. Lorsque je demande à Cuddy d'examiner les comptes avec moi ou de m'informer de la situation des locataires, il promet de le faire à un moment indéterminé dans le futur. Seulement, ce moment n'arrive jamais. Et lorsque je vais rendre visite aux locataires, seule, il apparaît que Cuddy ne passe pas beaucoup de temps avec eux.

Les plis du front de Thomas se creusèrent alors qu'il échangeait un regard avec son grand-père.

— Avez-vous insisté pour qu'il vous montre les livres de comptes ?

À présent, elle se sentait légèrement gênée.

— Je n'ai pas *insisté*, non.

Thomas cilla, ses cils sombres balayant brièvement ses yeux bleu brillant.

— Je ne voulais pas insinuer que vous auriez dû. Je vous demande pardon. J'essayais seulement de déterminer le ton de vos échanges avec lui. Il aurait dû vous les montrer la première fois que vous l'avez demandé.

Il pinça les lèvres en une ligne ferme.

Whist ricana.

— Il aurait dû vous les montrer sans que vous le demandiez, affirma-t-il en posant sur Verity un regard empreint de gentillesse et de compréhension. Que souhaitez-vous faire ?

— J'aimerais le remplacer, annonça-t-elle, accordant toute son attention au jeune homme assis en face d'elle. Par vous, Thomas.

La bouche de Whist se fendit d'un large sourire.

— C'est mon garçon ! Vous avez pris une excellente décision, Votre Grâce.

Les joues de Thomas prirent un peu de couleur.

— Je suis… Je ne sais pas vraiment quoi dire. Merci pour votre confiance, Votre Grâce.

— Je sais que votre grand-père vous a bien formé, et, bien que je déteste vous prendre à Bleven House, j'ai plus besoin de vous qu'eux.

Elle ignorait si c'était vrai, mais elle avait *vraiment* besoin de lui. Désespérément. Il était grand temps qu'elle prenne les choses en main.

Whist se tourna vers son petit-fils.

— Tu as fait un excellent travail là-bas, mais ceci est une opportunité incroyable. Les Entwhistle sont intendants à la tour Beaumont depuis plus de cent ans.

Si actuellement, ce n'était plus un Entwhistle, c'était uniquement parce que Rufus avait encouragé Whist à prendre sa retraite. Ce dernier avait hésité, mais au final, il n'avait pas eu le choix. Puis, à la demande de son père, il avait installé Cuddy.

Thomas tourna un regard humble vers Verity.

— Je serais honoré d'accepter le poste. Bien sûr, je devrai informer mon employeur actuel, et je ne voudrais pas partir précipitamment.

Whist hocha la tête.

— Certainement pas. En attendant, je peux aider en

prenant le relais, proposa-t-il en regardant Verity. Enfin, si vous le souhaitez.

Verity lui sourit chaleureusement, tandis qu'une partie de la pression qu'elle ressentait quittait ses épaules.

— Je ne demande pas mieux. Mais seulement si vous pensez que vous en êtes capable.

Il laissa échapper un petit rire.

— Je peux faire ce qui doit être fait pendant que Thomas met ses affaires en ordre. Quand comptez-vous vous séparer de Cuddy ?

L'angoisse qui venait de s'estomper submergea à nouveau Verity avec une force inquiétante. Elle n'aurait pas dû craindre d'exercer son autorité en tant que duchesse, mais elle était nerveuse à l'idée de dire à l'homme qu'il ne serait plus employé au domaine. Il ne s'agissait pas seulement de sa taille, et Cuddy était un homme imposant avec un bon nombre de muscles, mais aussi de son comportement. Il était toujours courtois et déférent, mais Verity ne s'était jamais sentie à l'aise en sa présence. Il dégageait une énergie nerveuse qui la mettait à cran. Elle supposait que ce n'était qu'elle, mais elle trouva le courage d'aborder le sujet.

— Comment pensez-vous qu'il va le prendre ?

— De manière professionnelle, répondit Whist. Comme il se doit. Pourquoi, avez-vous des raisons de penser qu'il se comportera autrement ?

Alors, ce n'était qu'elle. Mais elle était confrontée à lui bien plus souvent que Whist.

— Pas vraiment, dit-elle, décidant de ne pas poursuivre, ses préoccupations étant sûrement stupides.

Ces dernières années à la tour Beaumont, elle s'était isolée, satisfaite de se concentrer sur son fils. Mais à présent, elle était impatiente de se libérer de ses contraintes et d'exercer son devoir et son pouvoir en tant que duchesse. Elle le devait à son fils, sinon à elle-même.

Thomas lui jeta un regard sérieux.

— Si Cuddy vous pose des problèmes, j'espère que vous nous le ferez savoir immédiatement.

— Je n'y manquerai pas, merci, lui dit-elle en se levant, et ils firent de même. Je prévois de m'entretenir avec lui demain matin. Alors, Thomas, si vous souhaitez informer votre employeur demain, je vous laisse le soin de le faire.

Il s'inclina.

— Je suis profondément honoré et reconnaissant de l'opportunité de vous servir, vous et le domaine de la tour Beaumont, Votre Grâce.

— C'est moi qui suis honorée et reconnaissante, répondit Verity avec un sourire. Maintenant, arrêtez avec ça, je n'ai jamais apprécié l'obséquiosité.

Son nouvel intendant sourit en se redressant.

— J'essaierai de m'en souvenir.

Elle appréciait son sourire. Il lui permettait de se sentir un peu plus à l'aise face au changement à venir.

— Je dois vous prévenir que je prévois de vraiment m'impliquer dans la gestion du domaine ; autant que mon mari l'aurait été s'il était là.

— Je trouve cette initiative admirable, répondit Thomas, une lueur dans les yeux. Je veillerai à ce que vous puissiez remplir le rôle que vous souhaitez.

— Cela fait-il vraiment presque sept ans que Sa Grâce a disparu ? demanda Whist.

— En août, oui.

Cela semblait une éternité, et, d'une certaine façon, c'était le cas : toute la vie de leur fils. Non seulement Rufus n'avait jamais rencontré son enfant, mais il n'avait même jamais su qu'elle était enceinte. Il était parti à Londres pour s'incliner devant le roi et n'était pas revenu.

Whist lui adressa un regard bienveillant qui frôlait la

pitié. Elle y était habituée, et elle avait hâte de mettre cela derrière elle.

— Cela n'a pas dû être facile, mais bientôt vous pourrez passer à autre chose et le laisser partir.

Oh, cela faisait un certain temps qu'elle l'avait laissé partir. Peu de temps après son départ, pour être honnête. Elle était certaine que ce mariage avait été orchestré par son père. Un homme qu'elle haïssait l'avait mariée à un homme qu'elle avait fini par détester. Heureusement, elle n'avait eu à supporter Rufus qu'un peu plus de trois mois avant qu'il ne disparaisse. Elle en avait remercié Dieu chaque jour, et se sentait vraiment horrible pour cette raison.

Le timide sourire qu'elle avait perfectionné au cours des six dernières années et demie lui vint aux lèvres sans effort.

— Merci. J'ai hâte de passer à autre chose, et cela me pousse sur la bonne voie, dit-elle avant de se tourner vers Thomas. Je vous enverrai une note pour vous confirmer la date du départ de Cuddy.

Thomas hocha la tête.

— Puis-je vous raccompagner ?

— Bien sûr.

Le trio quitta le cottage de Whist, et Beau se jeta aussitôt dans les jupes de Verity.

— Maman, est-ce qu'on peut ramener le bébé chèvre à la maison ?

Elle écarquilla les yeux en direction de Whist, en guise de supplique silencieuse.

L'ancien intendant toussa.

— Je crains bien que non.

Thomas s'accroupit à côté de Beau.

— Si vous l'emmeniez avec vous, sa mère et elle seraient très tristes. Ce serait comme si vous deviez quitter votre mère. Vous ne voudriez pas faire ça, n'est-ce pas ?

Beau leva de grands yeux verts sur Verity.

— Non, je n'en ai pas envie du tout !

Il glissa sa main dans celle de sa mère, et elle lui serra les doigts.

Le garçon tourna la tête vers Thomas.

— Alors sa maman viendra aussi avec nous.

Thomas resta silencieux un moment, l'air pensif, alors qu'il contemplait le visage sérieux de Beau.

— Cela résoudrait certainement un problème, mais je crois que cela en créerait un autre, répondit-il en jetant un regard à Whist. Vous voyez, ce sont les chèvres de mon grand-père, et il les aime énormément. Il serait triste si elles partaient. Peut-être pourriez-vous leur rendre visite ?

Beau souffla et jeta un regard plein d'envie à l'enclos des chèvres.

— Je pourrais ? demanda-t-il en tournant les yeux vers Verity. Je peux, maman ?

— Bien sûr, répondit-elle.

Et parce que son fils pouvait faire fondre son cœur comme personne, elle ajouta :

— Peut-être devrions-nous envisager de garder un troupeau de chèvres plus près du château. Alors, tu pourrais aider en t'occupant des bébés.

Les yeux de Beau s'illuminèrent, et sa bouche s'étira en un large sourire jubilatoire.

— Oh oui ! Allons demander à Cuddy de faire ça tout de suite !

Verity rit de son excitation, tout en se réjouissant du fait que, bientôt, elle n'aurait plus à « demander à Cuddy » de faire quoi que ce soit d'autre que de partir. Et elle espérait que cela se passerait sans problème.

— *Je* vais m'assurer que cela arrive, mon chéri.

Elle jeta un regard à Thomas, qui lui adressa un signe de tête ferme.

Son nouvel intendant sourit à Beau.

— Il semblerait que nous soyons arrivés à une solution qui contente tout le monde.

Beau acquiesça.

— Merci de m'avoir aidé à résoudre ce problème. Maman dit que résoudre des problèmes est l'une des choses les plus importantes que nous devons apprendre.

Thomas inclina le visage vers Verity.

— Votre maman a raison, et vous êtes un garçon bien chanceux de l'avoir.

Son regard était chaleureux, empreint de respect et peut-être d'autre chose qui amena Verity à le percevoir sous un nouveau jour : comme un gentleman et pas seulement comme son nouvel employé. Non, ce n'était pas envisageable.

Avant qu'elle ait pu annoncer qu'il était temps de partir, Beau demanda :

— Où est votre maman, Thomas ?

— Oh, elle est morte il y a quelque temps, répondit-il d'une voix où transparaissait une pointe de tristesse.

— Mon père est peut-être mort. Mais je crois qu'il reviendra à la maison un jour, déclara Beau d'un ton terre à terre.

Il se rapprocha de Thomas. Puis il baissa la voix, pensant sans doute murmurer, mais parlant à peine plus bas qu'à son habitude.

— Je pense qu'il a été enlevé. Un jour, quand je serai grand, je le sauverai et le ramènerai à la maison.

C'étaient des moments comme ceux-là qui mettaient à mal les sentiments de Verity. Elle n'avait jamais fait allusion au fait que le père de Beau avait été horrible, et le personnel non plus. Ils devaient être conscients de la cruauté qu'il avait fait subir à Verity, mais ils n'en avaient jamais parlé ouvertement. Elle ne pouvait qu'imaginer le genre de père qu'il aurait été pour Beau. C'était la principale raison pour laquelle elle était reconnaissante qu'il ait disparu : elle aurait détesté le voir maltraiter son fils. En fait, elle n'était pas sûre qu'elle aurait pu le supporter.

Ainsi, tout en comprenant le besoin de Beau de glorifier son père, elle restait quelque peu neutre. Cela ne faisait qu'un an environ qu'elle avait commencé à préparer Beau à la probabilité que son père ne revienne pas. Bientôt, elle devrait expliquer que Rufus était mort et que lui, Beau, serait le duc. Elle n'attendait pas vraiment cette discussion avec impatience.

— Je n'ai aucun doute sur le fait que vous le sauverez, dit solennellement Thomas. Et votre père a vraiment de la chance de vous avoir pour champion.

Beau lâcha Verity pour poser les mains sur ses hanches.

— Oui, je suis son champion ! Comme un chevalier ! J'aime jouer aux chevaliers.

Thomas se mit à rire.

— Moi aussi. Avez-vous une épée en bois ?

Beau lança à Verity un regard plutôt mutin.

— Non. Maman ne me laisse pas en avoir une, parce que je courais tout le temps avec dans le salon.

— Eh bien, nous devons écouter nos mères, dit Thomas avec un regard d'excuse à la duchesse.

Il était grand temps de sauver le gentil Thomas de son fils. Verity ne pouvait s'empêcher d'être impressionnée par la manière dont il s'était comporté avec Beau, et elle avait hâte de l'avoir sur le domaine. Peut-être serait-il capable de procurer à Beau les conseils paternels qui lui faisaient défaut.

— Viens, Beau, nous devrions y aller. C'est bientôt l'heure de ton déjeuner, et ensuite tu as tes leçons de l'après-midi avec M. Deacon.

Sa nourrice se dirigea vers le carrosse et fit un signe de tête vers la portière.

— Venez donc, my lord.

Beau salua les Entwhistle.

— Au revoir !

Il s'attarda brièvement près de l'enclos des chèvres avant de grimper dans le véhicule avec l'aide de sa nourrice.

Verity se tourna vers Thomas, qui s'était redressé de toute sa hauteur. Il était juste un peu plus grand que son mètre soixante-dix.

— Merci pour votre gentillesse envers mon fils. Je pense qu'il va apprécier de vous avoir sur le domaine.

— Ce sera un plaisir. C'est un garçon charmant.

— En manque d'une figure paternelle, ajouta Whist en les regardant tous les deux avec un petit sourire.

Thomas jeta un regard scandalisé à son grand-père.

— Je ne me permettrais pas de spéculer.

— Votre grand-père a exprimé ce que je pensais, dit Verity. Beau a besoin de quelqu'un pour lui montrer certaines choses, comme la manière de prendre soin d'un chevreau. Plusieurs membres de mon personnel m'aident comme ils le peuvent, expliqua-t-elle en songeant à son majordome, Kirwin, qui adorait Beau. Je me montrerais négligente si je ne vous signalais pas qu'une partie de votre travail consistera sans doute à enseigner à Beau le fonctionnement du domaine.

Elle en avait parlé à Cuddy lorsque Beau avait eu six ans en janvier, et qu'elle avait engagé son tuteur, M. Deacon. Mais l'intendant avait fait ce qu'il faisait toujours : il avait différé.

— Je serai honoré de lui enseigner, répondit Thomas. Et, comme vous le savez, j'ai appris du meilleur.

Il adressa un sourire à son grand-père, qui rit avant de s'avancer vers son petit-fils pour lui donner une tape dans le dos.

— Tu étais un élève facile, mon garçon. Vraiment, Votre Grâce, le domaine ne pourrait pas être en de meilleures mains.

— C'est ce que je pense également, répondit Verity avec un signe de tête. À bientôt.

Elle se dirigea vers le carrosse dans lequel le cocher l'aida à monter, et, un instant plus tard, ils étaient en route.

Beau se rapprocha, blottissant son corps chaud contre le sien.

— Maman, je peux revenir voir les chèvres demain ?

— Je ne sais pas pour demain, mais bientôt. Et je vais voir si nous pouvons avoir un troupeau de chèvres plus près de la maison.

— Ce serait vraiment très chouette ! dit Beau avec un soupir. Un jour, je serai un bon duc, maman, parce que je saurai comment m'occuper de tous les animaux et de tous les gens à la tour Beaumont.

Elle déposa un baiser sur sa tête, respirant le doux parfum du garçon.

— Bien sûr que tu le seras. Tu seras le meilleur duc que la tour Beaumont aura jamais connu.

Le château, la tour Beaumont elle-même, était situé sur une colline avec une cour basse et une cour haute, toutes les deux entourées par le château proprement dit. La partie principale du château, où se trouvaient leurs quartiers d'habitation, entourait la cour haute. Il s'agissait d'une forteresse médiévale qui avait connu plusieurs rénovations dans un effort de modernisation. L'endroit était grand, plein de courants d'air, et magnifique. Pour elle, c'était sa maison.

Quelques minutes plus tard, le carrosse franchit la tour d'entrée et pénétra dans la cour basse, où il s'arrêta au pied des marches qui menaient à la moitié supérieure du château. Ils descendirent du véhicule, et Verity se baissa pour étreindre et embrasser Beau.

— Je te verrai après tes leçons.

— Mais d'abord, le déjeuner, annonça la nourrice. Je suis

affamée ! On fait la course jusqu'en haut ? En étant prudent, ajouta-t-elle avec un regard vers Verity.

Beau s'élançait déjà vers la porte supérieure du château.

— Essaie de m'attraper !

Verity sourit en les regardant pendant que le soleil printanier lui réchauffait la tête et les épaules. Elle ferma les yeux, bascula sa tête vers le ciel et laissa les rayons la baigner, la berçant de la promesse d'un nouveau départ.

Depuis que sa chère cousine lui avait rendu visite cinq mois plus tôt, elle était déstabilisée. Diana était venue accompagnée de son époux, même s'ils n'avaient pas encore convolé. Verity avait eu le plaisir d'assister à leur mariage à Gretna Green[1]. Cela avait été l'événement le plus romantique qu'elle avait jamais vu. Leur amour et leur passion l'un pour l'autre étaient palpables, et Verity n'aurait pas pu être plus heureuse pour la personne qu'elle préférait au monde.

Et pourtant, cela n'avait servi qu'à lui faire comprendre qu'elle était seule, dépourvue d'amour et de passion. Oh, elle avait Beau et, pour lui, elle serait éternellement reconnaissante. Durant six ans, elle s'était convaincue qu'elle n'avait besoin de rien d'autre. Jusqu'à ce qu'elle se rende compte du contraire.

Peut-être ne trouverait-elle pas l'amour ou la passion, mais elle allait se prendre en main et se donner les moyens de les trouver, si elle avait de la chance. Mais elle avait *déjà* eu de la chance, se rappelait-elle. Elle avait Beau, et elle n'avait pas Rufus. Le destin s'était montré plutôt clément, et elle n'avait vraiment aucune raison de se plaindre.

Non pas qu'elle se plaignait vraiment… Elle secoua la tête en gravissant les marches menant au large chemin, et se dirigea vers le côté droit du jardin qui flanquait les deux côtés de l'allée de pierre. Elle adorait les jardins de la tour Beaumont, les trois. C'était là qu'elle régnait, et cela ne manquait jamais de lui remonter le moral. Elle cherchait à présent le courage nécessaire pour passer à l'étape suivante, à savoir congédier Cuddy et faire accepter à Beau l'idée que son père ne rentrerait pas à la maison.

Elle s'était penchée pour sentir le bourgeon de sa rose préférée quand le bruit d'un cheval entrant dans la cour lui fit tourner la tête. Le cavalier solitaire était grand, large d'épaules, et son chapeau masquait son visage.

Verity retourna sur le chemin et revint sur ses pas jusqu'aux escaliers. Le cavalier dirigea sa monture vers le bas des marches et se laissa glisser sur le dos de l'animal. Les cheveux de Verity se dressèrent sur sa nuque, et la chaude journée de printemps devint subitement froide.

L'homme posa le pied sur la première marche en retirant son chapeau. Le vague sentiment de reconnaissance laissa place à l'effroi lorsque son regard croisa celui de la jeune femme.

— Je suis rentré.

CHAPITRE 2

Verity fixa l'homme, son mari apparemment, et ressentit une envie irrésistible de courir dans la maison et de lui fermer la porte au nez. Était-il possible qu'il soit vraiment ici ? Après tout ce temps ?

Un palefrenier se précipita vers eux, lui évitant de parler. Dans tous les cas, elle n'était pas sûre d'en être capable.

Rufus se tourna vers le serviteur qui s'approchait, et qui s'arrêta net à quelques mètres de lui. Même à cette distance, Verity vit le choc se dessiner dans l'expression du palefrenier : ses yeux s'écarquillèrent et sa mâchoire se décrocha.

Il fit une révérence.

— Votre Grâce.

Il semblait aussi incrédule que Verity.

— Pourriez-vous, euh… vous occuper de mon cheval ?

Rufus ne semblait pas sûr de lui. Et il ne ressemblait pas à l'homme dont elle se souvenait. Se souvenait-elle vraiment ? Cela faisait tellement d'années, elle avait depuis longtemps oublié le rythme de sa voix, sans parler des traits de son visage.

— Et, s'il vous plaît, faites envoyer les sacoches à la maison.

S'il vous plaît ?

Le palefrenier hocha la tête, puis mena le cheval aux écuries. Rufus regarda l'animal s'éloigner avant de se tourner à nouveau vers l'endroit où elle se tenait près de l'escalier. Puis il le gravit lentement, ses bottes cliquetant sur chaque marche.

Alors qu'il approchait du sommet, Verity fit un pas en arrière. Puis un autre encore. Lorsqu'il arriva sur le chemin, elle dut lever les yeux vers lui. Était-il plus grand que dans son souvenir ? D'un autre côté, elle n'était pas certaine de pouvoir se fier à sa mémoire, et pourtant, c'était tout ce qu'elle avait.

De quoi se souvenait-elle ? Ses cheveux châtain clair, ses yeux noisette perçants, sa mâchoire ferme et parfois cruelle, son nez fin et aristocratique, ses larges épaules et ses longs doigts. Oh oui, elle les sentait à nouveau mordre sa peau lorsqu'il la saisissait.

Elle frissonna lorsque l'air autour d'elle se rafraîchit.

— Où étais-tu ?

Elle ne voyait rien d'autre à dire. Et elle avait parlé d'une voix basse et tendue.

Il fit un pas de plus vers elle, et elle recula encore une fois.

— Je te demande pardon ? dit-il d'un ton poli qu'elle n'aurait jamais imaginé l'entendre utiliser.

Elle s'éclaircit la gorge, et s'efforça de se montrer courageuse.

— Où étais-tu ?

— C'est, euh… c'est une longue histoire, comme tu peux t'en douter. Pouvons-nous entrer ?

Il regardait le château derrière elle, et son regard était plein de nostalgie et peut-être… d'incrédulité.

Eh bien, voilà qui leur faisait un point commun. Doux Jésus, son mari se tenait devant elle !

Il avait demandé à entrer. Elle voulait lui crier que non, qu'il ne pouvait pas entrer, qu'il ne pouvait pas s'approcher d'elle ni de Beau, mais elle n'en fit rien. Elle ne pouvait pas. Il était chez lui. Le fait qu'il le lui demande était… étrange. Le Rufus qu'elle avait épousé serait passé devant elle en s'attendant à ce qu'elle le suive. Si elle ne l'avait pas fait, il serait simplement revenu sur ses pas et l'aurait empoignée par le bras pour la traîner avec lui.

Elle croisa les bras et enroula ses mains autour de ses biceps, comme si elle pouvait repousser son contact s'il essayait de le lui imposer.

— Bien sûr.

Elle se retourna et s'engagea sur le chemin, le menant vers la porte supérieure. Son dos picotait, car elle s'attendait à ce qu'il fasse quelque chose de déplaisant, qu'il fasse un commentaire méprisant ou qu'il la saisisse d'une manière ou d'une autre. Mais elle atteignit la porte supérieure, où elle s'arrêta et le regarda. Il se trouvait à plusieurs mètres derrière elle, se déplaçant assez lentement, semblait-il, tandis que sa tête tournait dans tous les sens, observant chaque détail de son environnement. Cela devait être étrange de se retrouver à la maison après tout ce temps.

Où était-il passé tout ce temps ? Pour la première fois depuis qu'elle l'avait vu, une émotion la submergea, au-delà du choc et de la peur : la curiosité.

Elle franchit la porte supérieure, puis traversa la cour haute jusqu'à l'arrière du château. Elle gravit un petit escalier tournant et ouvrit la porte de la salle du Roi. Avec le blason de la famille accroché au-dessus de la grande cheminée, cette pièce était la plus formelle du château. Des armures se tenaient dans les coins, et un assortiment impressionnant d'armes médiévales était accroché aux murs, parmi des portraits de membres de la famille Beaumont venus d'époques révolues.

Il n'y avait pas de portrait officiel de Rufus, rien que le petit tableau accroché dans la chambre de Beau. Il avait été commandé, ainsi qu'un portrait d'elle, après leur mariage, et avait été achevé après la disparition de son époux. Pour cette raison, elle n'avait jamais considéré qu'il le représentait vraiment. L'artiste l'avait rendu beaucoup plus affable qu'il ne l'était.

Elle se dirigea vers les fenêtres qui donnaient sur la pelouse arrière. Lui s'avança directement vers le portrait de l'ancien duc, son oncle Augustus, immortalisé dans la trentaine, dont Beau portait le nom. Elle ne l'avait pas remarqué avant, ou peut-être l'avait-elle oublié, mais Rufus présentait une ressemblance frappante avec cet homme.

Sauf que Rufus était plus grand. En fait, il lui semblait plus grand que sept ans plus tôt, et à l'époque, sa taille l'avait effrayée. Aujourd'hui, il avait les épaules plus larges, et il était vraiment plus grand que dans son souvenir. Mais peut-être sa mémoire lui faisait-elle défaut.

Lorsqu'il se détourna enfin du portrait, son regard parcourut la pièce, un peu comme s'il ne l'avait jamais vue auparavant. Mais c'était absurde. Sa mémoire à lui était sans doute juste un peu floue.

— Veux-tu un rafraîchissement ? lui demanda-t-elle. J'ignore combien de temps tu as voyagé.

— Tu mérites de savoir où j'étais. Veux-tu t'asseoir ? lui demanda-t-il avec un geste en direction des sièges devant l'âtre.

Cette fois encore, il demandait poliment. Par le passé, elle aurait fait ce qu'il lui demandait sans réfléchir, mais c'était il y a longtemps. Pourtant, elle ne pouvait réprimer le frisson d'appréhension qui parcourait son corps.

Rassemblant un brin de courage, elle s'avança vers le siège

le plus proche d'elle et qui donnait sur la pelouse arrière. Elle se percha sur le bord du canapé, et attendit de voir ce qu'il allait faire.

Il s'approcha lentement d'elle et s'assit dans le fauteuil qui se trouvait à sa droite. Il posa son chapeau sur l'accoudoir.

— Tu sembles en forme.

— Merci.

Elle aurait dû lui retourner le compliment. Mais il était difficile de faire la conversation avec un homme qu'elle considérait comme une bête. Elle parvint à articuler quelques mots.

— Toi aussi.

Alors, son imagination s'emballa. Pourquoi était-il revenu maintenant ? Pourquoi n'aurait-il pas pu demeurer loin ? Ses entrailles se crispèrent sous le coup d'une angoisse si ardente qu'elle frôlait la douleur. Que n'aurait-elle pas donné pour qu'il disparaisse à nouveau ! Tout avait été si parfait…

Il interrompit ses pensées.

— Tu voudras sans doute des détails, mais je n'en donnerai pas. Je préfère mettre ce qui s'est passé derrière moi.

Voilà qui ressemblait davantage à l'homme autoritaire qu'elle connaissait.

Verity se prépara, joignit ses mains et les serra sur ses genoux.

— J'ai été pris par une milice et embarqué de force sur un navire corsaire.

La tension qui palpitait en elle cessa tandis qu'elle essayait de comprendre ce qu'il disait.

— Tu as été enlevé ?

— C'est une autre façon de le dire.

— Mais tu es un duc. Qui voudrait enlever un duc ?

— Je le leur ai dit à chaque fois que j'en avais l'occasion, mais ils n'en avaient strictement rien à faire, répondit-il d'un ton ironique, avant d'ajouter, je te prie d'excuser mon langage.

Qui était cet homme ? Cette pointe d'humour, tant dans le ton que dans l'inclinaison de sa bouche, était peut-être plus choquante que sa révélation. Et ensuite, il lui demandait d'*excuser son langage* ? Il avait déjà dit bien pire en sa présence. Il l'avait *qualifiée* de bien pire.

Elle s'efforça de prendre une profonde inspiration alors que l'angoisse la submergeait à nouveau.

— Tu as passé les six dernières années et demie sur un navire ?

— En grande partie, oui. J'ai combattu dans la guerre avec l'Amérique. C'était horrible. Je préférerais ne pas entrer dans les détails, si tu le veux bien.

Une fois encore, il la traitait avec une déférence à laquelle elle ne se serait jamais attendue. Elle plissa les yeux en le fixant attentivement. Il ressemblait à son mari. Beaucoup. En dehors de la taille. Il avait la même mâchoire forte et carrée, les mêmes cheveux bruns, même si elle constatait maintenant qu'ils étaient un peu plus clairs, sans doute à cause du temps passé à l'air libre sur un bateau. Et le même nez, du moins c'était ce qu'elle pensait. Bon sang, elle avait vraiment du mal à se rappeler précisément ses traits. S'il se mettait à lui crier dessus, ou qu'il lui montrait les dents dans un accès de colère, alors elle aurait la certitude…

Elle se figea un instant. Pensait-elle qu'il n'était pas son mari ? C'était plus qu'absurde.

— Oui, dit-elle enfin, se rappelant qu'ils étaient censés avoir une conversation, aussi bizarre soit-elle après une si longue séparation. Je préfère ne pas connaître les détails non plus. Mais comment se fait-il que tu sois ici maintenant ? T'es-tu libéré de tes ravisseurs ?

— Oui. Le navire a pris feu, et je suis parvenu à m'échapper et à retrouver mon chemin jusqu'ici. Jusqu'à la maison, ajouta-t-il en jetant un nouveau coup d'œil autour de lui, s'imprégnant de son environnement comme s'il était entouré d'eau et qu'il mourait de soif.

— On dirait que tu n'arrives pas à y croire.

Elle voulut reprendre les mots dès qu'ils eurent franchi ses lèvres. Ce n'était pas le genre de choses qu'ils se disaient l'un à l'autre. Il n'était pas… amusant ni même, Dieu l'en garde ! *charmant*, et elle ne lui faisait pas la conversation.

— Je n'y arrive pas, en effet. Jamais je n'aurais imaginé revenir à la tour Beaumont.

Il ne parlait pas d'elle. Ni de Beau.

Beau.

Le cœur de Verity s'emballa au point qu'elle craignit qu'il ne se propulse hors de sa poitrine. Qu'allait-elle lui dire ? Qu'allait lui dire Rufus ? Était-il au moins au courant ? Il fallait qu'elle le lui dise, mais elle ne pouvait se résoudre à prononcer ces mots. Elle n'était pas certaine de pouvoir exposer son garçon à ce monstre.

— Je me rends compte que c'est… gênant, ou étrange, ou même les deux. Et sans doute beaucoup d'autres choses, dit-il.

Il arborait à nouveau ce petit sourire qui le rendait aussi séduisant que le jour où elle l'avait rencontré à la partie de campagne à laquelle elle avait assisté ici avec son père. Elle n'avait que dix-neuf ans. Aussi attirant qu'elle l'avait cru jusqu'à leur nuit de noces, six mois plus tard.

Elle ferma brièvement les yeux et reporta son attention vers la fenêtre et la pelouse qui s'étirait loin de la maison.

— C'est beaucoup de choses, oui, répondit-elle doucement. Je ne sais pas quoi dire ni comment réagir. Je suis… choquée.

— Je l'imagine bien. C'est un peu un choc pour moi d'être ici. Et un soulagement.

Elle l'entendait dans sa voix. Il semblait presque vulné-rable. Elle tourna la tête vers lui.

— Que t'est-il arrivé ?

— Je te l'ai dit...

— Oui, et je comprends que tu ne veuilles pas parler des détails, mais tu es très différent.

Il inclina la tête sur le côté et prit son temps pour répondre.

— De quelle manière ?

— En tout.

Elle s'interrompit avant de qualifier ses améliorations.

Améliorations ? Elle ne pouvait pas penser comme ça. Il était toujours Rufus Beaumont, duc de la Crapule, comme elle aimait l'appeler dans son esprit.

— C'est plus que gênant ou étrange. J'ai passé les six dernières années et demie à te pleurer, affirma-t-elle, le mensonge lui venant aisément. Et à avancer dans la vie.

— Tu n'as pas pris de mari ? s'enquit-il.

— Non, mais je ne suis pas prête non plus à t'accueillir en tant que tel. Je ne peux pas..., commença-t-elle, effrayée à l'idée de dire ce qu'elle voulait, mais c'était nécessaire. Les choses ne peuvent pas redevenir ce qu'elles étaient.

Elle le pensait, dans tous les sens du terme, et elle se prépara à sa colère. Qui ne vint pas.

Il acquiesça.

— Je comprends. Complètement. Je ne veux pas te forcer à quoi que ce soit. J'ai hâte de me familiariser à nouveau avec le domaine. Y a-t-il un nouvel intendant ? J'aimerais le rencontrer.

— Non, c'est toujours Cuddy.

Mon Dieu, il est là. Elle n'arrivait toujours pas à y croire, et elle se doutait qu'il lui faudrait du temps pour y parvenir.

— Bien sûr, tu peux le rencontrer.

Sauf qu'elle avait été sur le point de le renvoyer. Ses plans partaient en fumée ! Pourquoi avait-il fallu qu'il revienne ?

Elle se leva brusquement. Elle avait besoin de bouger pour évacuer l'énergie nerveuse qui la traversait. Alors qu'elle se dirigeait vers l'âtre, elle ignora le fourmillement d'appréhension qui parcourait sa nuque. Ne pourrait-elle jamais lui tourner le dos sans éprouver une sensation d'effroi ?

Devant la cheminée, elle se retourna et se rendit compte qu'elle avait eu de bonnes raisons de s'inquiéter. Il s'était levé de son fauteuil et s'approchait d'elle en silence. C'était différent aussi. Elle l'avait toujours entendu arriver ; ses pieds chaussés de lourdes bottes frappaient le plancher, donnant une impression de malheur imminent.

Il s'arrêta à quelques mètres d'elle, le front plissé par l'inquiétude. L'inquiétude !

— Je suis désolé pour cela… pour ce que tu dois ressentir. Je n'ose imaginer à quel point cela doit être difficile.

Elle ne savait absolument pas quoi faire de ses attentions. C'était comme s'il s'agissait d'une personne complètement différente. Elle ne cessait d'en revenir à cela. Car comment expliquer autrement ce total changement ? Elle cligna des yeux.

— As-tu été blessé ?

— Plusieurs fois.

Il le dit sans inflexion dans la voix, et elle se demanda comment il avait été blessé et dans quelle mesure.

Elle refréna sa curiosité. Elle ne voulait pas se préoccuper de son sort. Elle ne voulait même pas le *connaître*.

Et pourtant, elle le devait. Selon la loi, il était son mari, et il était ici. Il pouvait revendiquer ses droits maritaux et elle n'aurait rien à redire. Elle pourrait tenter de le poursuivre en justice pour divorcer… Un rire presque hystérique lui monta dans la gorge, et elle s'efforça de le ravaler.

Il fit un pas de plus vers elle, et elle recula. Il leva les mains.

— Je ne veux pas te bouleverser. Tu as besoin de temps pour t'adapter. Je comprends. J'en ai besoin aussi.

La tension entre eux était palpable : son anxiété à elle, et sa… surprise à lui ? Il devait bien se douter de la manière dont elle réagirait à son égard ? Il avait pris plaisir à l'effrayer, à la maintenir dans un état de méfiance permanent, sinon de peur. Il avait aimé la voir se recroqueviller.

Mais ce Rufus, car il n'était pas le même, semblait lui aussi se méfier, comme s'il ne savait pas trop à quoi s'attendre de sa part *à elle*. Peut-être avait-il oublié, et ce qui lui était arrivé l'avait suffisamment changé pour… Pour quoi ? Le rendre tolérable ? Elle ne croyait pas une telle chose possible.

Heureusement, ils furent interrompus par l'arrivée du majordome, Kirwin. Ses yeux bleu pâle s'écarquillèrent lorsqu'il vit Rufus.

— Votre Grâce, le salua-t-il d'un ton mi-surpris, mi-interrogateur.

Il était tellement surpris qu'il avait apparemment oublié de faire la révérence.

— Kirwin, c'est bon de vous voir.

Verity cligna des yeux en regardant son mari : elle allait devoir s'y habituer. Venait-il vraiment de dire que c'était *bon* de voir quelqu'un ?

— De même, Votre Grâce. Vos sacoches sont arrivées de l'écurie, et lorsqu'ils ont dit qu'elles appartenaient à Sa Grâce, je ne les ai pas crus.

— Et pourquoi l'auriez-vous fait ? demanda Rufus avec ce sourire presque charmant. Je suis réapparu de nulle part. Enfin, pas nulle part, mais cela aurait tout aussi bien pu être le cas. Il suffit de savoir que j'ai été emmené contre mon gré et qu'il m'a fallu tout ce temps pour rentrer chez moi.

Kirwin jeta un œil à Verity, et elle vit qu'il était toujours en état de choc. Comme ils le seraient certainement tous pendant un certain temps.

— Bienvenue à la maison, Monsieur. Je vais faire monter vos bagages à l'étage…

Il n'acheva pas sa phrase, et reporta son attention sur Verity.

— Je peux déplacer mes affaires hors de la chambre ducale, dit-elle en évitant de regarder Rufus. J'ai pris la grande chambre il y a quelques années.

— Ce qui est parfaitement logique, et je ne te demanderai pas de la quitter. Kirwin, mettez mes affaires où bon vous semble, ordonna Rufus, avant de poser les yeux sur Verity. À moins que tu n'aies une préférence ?

Il lui demandait sa *préférence* ? Oh, il faudrait plus que s'habituer à cela ! Elle allait devoir totalement bouleverser son comportement et sa manière de penser. *S'il restait ainsi.* Peut-être qu'à mesure qu'il se réinstallerait dans sa routine, il redeviendrait la bête qu'elle avait épousée.

Kirwin et Rufus la regardaient, attendant sa réponse.

— La chambre bleue.

C'était la plus proche du salon, et la plus éloignée de la sienne.

Le majordome hocha la tête avant de reporter son attention sur Rufus.

— Avez-vous besoin de quelque chose, Votre Grâce ?

— Un bain serait le bienvenu. Si cela ne vous dérange pas trop.

— Pas du tout. Je vais le faire préparer tout de suite.

Il pivota ensuite vers Verity, les sourcils levés, et parla d'un ton doux.

— My lord sera à l'étage dans la salle de Guinée.

Verity adressa un signe de tête au majordome.

— Merci, Kirwin.

L'homme partit, et elle prit une profonde inspiration.

Rufus posa sur elle des yeux interrogateurs.

— Un lord ?

— Le comte de Preston, expliqua-t-elle, avant d'ajouter devant son air perplexe, *ton fils*.

Il hocha rapidement la tête.

— Bien sûr. J'avais oublié qu'il porterait le titre, répondit-il, passant une main sur son front. Je me suis montré négligent. J'aurais dû demander directement de ses nouvelles. Comme je l'ai déjà dit, tout ceci est très étrange.

— Tu sais que tu as un fils ?

Il avait disparu avant qu'elle ne lui dise qu'elle attendait un enfant.

— Je l'ai… entendu dire.

C'était sans doute logique.

— D'où viens-tu ? Je veux dire, as-tu voyagé dans toute l'Angleterre ?

— Non, je suis arrivé à Liverpool il y a une quinzaine de jours. Je serais bien venu plus tôt, mais je n'étais pas… en grande forme.

À nouveau, elle eut envie de savoir ce qu'il avait enduré. Une odieuse partie d'elle était heureuse qu'il ait souffert. Elle n'imaginait personne qui le méritait davantage. Mais ces pensées lui donnaient le sentiment d'être petite et abjecte.

Elle se concentra sur Beau : rien n'était plus important que lui.

— Alors, tu as entendu parler de Beau en venant ici.

— Beau ?

— C'est ainsi que nous l'appelons. Il s'appelle Augustus Christopher Beaumont.

Ses yeux s'écarquillèrent sous le coup de la surprise.

— Christopher ?

— C'était le nom de son arrière-grand-père. As-tu oublié ?

— Pas du tout. Je suis juste surpris. Je me serais attendu à ce qu'il porte le nom d'Archibald.

Elle s'immobilisa totalement, s'attendant à ce qu'il lui reproche de ne pas lui avoir donné le nom de son père. Mais c'était Augustus qui avait fait preuve de gentillesse avec elle. Si seulement il n'était pas mort un mois après qu'elle eut épousé Rufus… Sa présence avait empêché Rufus de devenir une véritable crapule, et, après sa mort, les choses avaient empiré.

— J'aime beaucoup, lui dit-il doucement, ce qui la surprit plus que tout autre chose ce jour-là.

Et ce n'était pas peu dire. Était-ce ainsi que les choses allaient se passer ? Elle allait le fixer avec incrédulité alors qu'il continuerait à se comporter de manière totalement inhabituelle, tandis que ses entrailles se tordraient dans l'attente d'un changement d'humeur.

— C'est un très bon garçon, dit-elle prudemment. Je dois lui parler, le préparer avant que vous puissiez vous rencontrer.

— Je n'en attendais pas moins. Je te laisserai décider d'où et quand.

— Ta gentillesse et ta compréhension vont au-delà de ce que j'aurais pu espérer. Je lui parlerai après ses leçons. Si tout va bien, tu pourras le rencontrer ce soir.

— J'aimerais vraiment, merci. Et maintenant, je crois que je vais aller prendre ce bain.

Il se tourna vers l'escalier qui s'élevait contre le mur du fond, et elle le vit froncer les sourcils.

— La chambre bleue n'a pas changé, lui dit-elle. Tu te souviens où elle est ?

Il lui jeta un regard navré.

— J'ai bien peur que non, répondit-il avec un petit rire.

Il souriait, et il riait. Elle pouvait compter le nombre de fois où elle l'avait vu faire cela sur les doigts d'une main.

— Monte les escaliers et traverse le salon, et ce sera la première chambre à gauche.

Il la dévisagea un moment, la mettant légèrement mal à l'aise, mais pas pour les raisons auxquelles elle se serait attendue. Il y avait quelque chose d'inhabituel dans son regard : la curiosité.

— Je veux être sûr que tu comprennes que je ne m'attends pas à ce que notre mariage reprenne comme autrefois.

Comme autrefois... Essayait-il de lui dire qu'il allait être un homme meilleur ? Elle ne pouvait se résoudre à le lui demander. Ce qu'il lui avait fait subir, cette période atroce, sombre... ce n'était pas un sujet qu'elle abordait. Ni un sujet auquel elle pensait. Et, tout comme il l'avait précisé à propos de son absence, elle préférait laisser cela dans le passé.

— Tu sembles... changé. Peut-être devrions-nous nous comporter comme si nous venions de nous rencontrer.

En dépit de cette offre qu'elle lui faisait, elle n'était pas certaine de pouvoir oublier ce qu'il avait fait, ou qui il était. Ou celui qu'il avait été, s'il avait vraiment changé.

— Cela semble une idée judicieuse, répondit-il en baissant brièvement la tête. Fais-moi savoir ce que tu veux faire concernant notre garçon. J'attendrai tes instructions. À plus tard.

Il inclina la tête avant de prendre la direction des escaliers qu'il gravit jusqu'à l'étage supérieur. Elle le regarda disparaître dans le salon et laissa échapper un souffle. Elle n'avait même pas réalisé qu'elle retenait sa respiration.

Son corps voulait s'effondrer, mais elle résista à la baisse brutale de sa tension et de son angoisse, qui menaçait de la réduire en flaque. Au lieu de cela, elle se retourna et traversa la salle du Roi et le grand hall jusqu'aux escaliers menant à ses quartiers privés dans le coin opposé au salon.

Elle se rendit dans le bureau adjacent à la chambre ducale et gagna immédiatement son pupitre, où elle rédigea une courte lettre à l'attention de sa cousine Diana, la suppliant de venir immédiatement.

La main de Verity tremblait lorsqu'elle la termina. Elle avait besoin de sa cousine, la personne dont elle était la plus proche au monde, celle qui l'aiderait à faire face à ce qu'elle devait affronter.

Rufus était *rentré*.

Envolée son intention de reprendre la main sur son avenir et de tracer un chemin pour Beau et elle. À peine une heure plus tôt, elle était pleine d'espoir et d'excitation en planifiant les changements qui lui permettraient d'assumer pleinement son rôle de duchesse, et de s'assurer que son fils devienne le duc qu'elle voulait qu'il soit.

Maintenant, elle devait à nouveau répondre à son mari. Un homme animé de plus de cruauté et de colère qu'il n'aurait dû être humainement possible d'en ressentir. Et pourtant, cet homme qui était arrivé aujourd'hui n'était pas lui. Il était peut-être pire. Un inconnu qui pourrait lui retirer toute la liberté dont elle jouissait actuellement. Ou pire encore, il pourrait lui retirer son fils.

Non, elle n'allait pas s'effondrer. Elle tiendrait bon, pour Beau. Elle se leva pour porter la lettre en bas, et se jura qu'elle ne laisserait pas Rufus ruiner leur vie. Elle les protégerait, Beau et elle, à n'importe quel prix.

CHAPITRE 3

La vapeur du bain s'était depuis longtemps dissipée, et l'eau était devenue tiède. Il se leva, faisant couler de l'eau par-dessus le bord de la baignoire, et attrapa la serviette qui était posée sur la table voisine.

Il sortit, se sécha, puis déposa le linge sur le dossier d'une chaise poussée sous un large bureau en chêne. Il se dirigea vers le petit dressing jouxtant la chambre et y trouva ses maigres affaires rangées.

Il y avait peu de choix, mais il trouva quelque chose de convenable à porter. Demain, il devrait faire venir un tailleur pour prendre ses mesures et lui confectionner de nouveaux vêtements. À moins que... La duchesse avait-elle gardé certains de ses habits ? Devait-il lui poser la question ?

Bon sang, elle s'était montrée nerveuse ! Mais à quoi s'attendait-il après une absence de près de sept ans ?

Il se tourna vers le miroir pour nouer sa cravate, et fit une pause devant le reflet qui le fixait. Il n'avait pas l'air d'un duc.

Sans doute parce qu'il n'en était pas un.

Christopher Powell cligna des yeux. Que diable était-il en

train de faire ? S'il allait jusqu'au bout… Il ricana. Trop tard. Il s'était déjà compromis.

La cravate en soie se noua presque toute seule entre ses doigts. Ce n'était pas la même chose que de nouer des cordes sur son bateau, mais il était doué pour les deux. Il imaginait qu'un duc avait besoin d'un valet, mais ce n'était pas son cas.

Satisfait de son travail, Kit se détourna du miroir et finit de boutonner son gilet, fronçant les sourcils devant le tissu gris terne. Oui, il lui faudrait de nouveaux vêtements, puisque l'incendie avait emporté presque tout ce qu'il possédait, y compris ses beaux atours.

Il attrapa sa veste bleu foncé et l'enfila avant de lisser ses cheveux en arrière de son front. Et maintenant quoi ? Il ne pouvait pas quitter sa chambre de peur de tomber sur le garçon.

Doux Jésus, il avait un fils ! Ou du moins, il devrait faire semblant. Lorsque la duchesse l'avait mentionné, il avait tenté d'excuser le fait qu'il n'en ait pas parlé tout de suite. Mais ensuite, il avait eu l'impression qu'elle ne s'attendait pas à ce qu'il soit au courant, alors il avait dû inventer encore. Bon sang, il allait devoir rester sur ses gardes !

Au moins, le garçon ne l'avait pas connu ; peut-être qu'avec lui, Kit pourrait se détendre. Non, il ne pouvait pas faire ça. Il ne savait même pas quoi lui dire. Sans doute fallait-il qu'il y réfléchisse en premier lieu.

Il pivota vers le miroir et sourit.

— Beau, je suis ton père.

Il grimaça et fit un nouvel essai.

— Oh, mais quel grand garçon tu es ! Je suis heureux de te rencontrer, je suis ton père.

La mine renfrognée, il se détourna du miroir et se réprimanda une fois encore. Ce n'était pas ce qu'il avait prévu. Il avait pensé se faufiler dans le domaine et dans le château, où il aurait dérobé un objet de valeur, mais de peu d'importance, dont l'absence n'aurait guère été remarquée. Cet endroit devait être rempli de coûteuses pièces qui lui procureraient les fonds nécessaires pour remplacer son vaisseau et engager un nouvel équipage. Il doutait de pouvoir recruter un de ses anciens compagnons, mais il allait essayer. Ils avaient dû partir après le naufrage de son vaisseau.

Non, il n'avait pas prévu de devenir duc, mais lorsque cette opportunité s'était présentée, il n'avait pas voulu la laisser passer. Donc il ne l'avait pas fait.

Et voilà où il en était : duc de Blackburn, et il n'en éprouvait pas le moindre regret.

Un coup frappé à la porte le tira de ses pensées. Reconnaissant de cette interruption, il traversa la pièce et trouva Kirwin debout dans le hall. Il se souvenait de Kirwin et avait connu un moment d'appréhension en attendant que le majordome le reconnaisse à son tour. Mais il ne l'avait pas fait. À quoi Kit s'attendait-il ? Cela faisait presque deux décennies qu'il avait rencontré cet homme.

— Votre Grâce, commença le majordome, dont les yeux clairs reflétaient encore sa surprise. Madame la duchesse a demandé que vous la retrouviez avec Lord Beaumont dans le salon d'ici un quart d'heure.

Une bouffée d'angoisse submergea Kit, et la sueur perla dans son cou.

— Merci, Kirwin.

— Puis-je dire, Monsieur, que vous semblez un peu différent, mais vous êtes parti depuis longtemps. Sa Grâce m'a expliqué ce qui s'était passé, et je dois vous présenter mes condoléances pour ce que vous avez sans doute enduré.

Kit se sentait un peu mal de mentir à ce brave homme, mais c'était nécessaire pour arriver à ses fins ; des fins qui n'affecteraient aucune de ces personnes.

— J'apprécie, Kirwin.

Le majordome fit une petite révérence avant d'ajouter :

— Le dîner est servi à six heures dans la petite salle à manger.

Puis il s'en alla.

Kit referma sa porte et laissa échapper un soupir refoulé. Bon sang, mais à quoi pensait-il ? Bien sûr que cela pourrait nuire à ces personnes ! Il était sur le point d'annoncer à un garçon qui n'était pas son fils qu'il était son père !

Bon sang !

Il fallait qu'il s'en aille. Immédiatement. Avant de causer le moindre dommage.

Sauf que, s'ils devaient se retrouver dans un quart d'heure, elle l'avait sans doute déjà dit au garçon.

Reprends-toi. La petite voix dans sa tête était sévère et insistante. Il ne faisait que prendre ce qui aurait dû être à lui. Et, à en juger par la réaction de la duchesse, il ne lui manquerait pas lorsqu'il s'en irait. Au contraire, même, il aurait pu parier son nouveau bateau qu'elle serait ravie de le voir partir.

Il inspira profondément et reprit le contrôle de ses sens. Il pouvait gérer cela. Il avait affronté et vaincu bien pire que… Doux Jésus, il ne connaissait même pas son nom ! *La duchesse de Blackburn.* Il n'aurait pas à l'appeler par son prénom, car il n'avait pas l'intention de se montrer aussi familier. C'était déjà bien assez qu'il la tutoie, comme son mari le faisait apparemment.

En passant ses mains sur les revers de sa veste, il se dirigea vers la porte et quitta la pièce. Le salon était tout de suite sur sa droite. Il s'en souvenait bien, car c'était le lieu de vie principal du château. Il devrait faire un effort pour trouver certaines des autres pièces, comme la petite salle à manger. S'il se faisait surprendre à se promener, il pourrait aisément expliquer qu'il se réappropriait sa maison en explorant chaque pièce.

Oui, le salon était à peu près le même, même si les

meubles avaient été remplacés. Il y avait toujours une vitrine bourrée de livres dans un coin. La vaste cheminée était surmontée d'un tableau représentant un duc et une duchesse assis dans la salle du Roi, qui accordaient une audience à leurs serfs. Et une carte encadrée du domaine, datant de l'époque médiévale, était suspendue en face de la cheminée.

Kit avait longuement étudié cette carte lors de son unique visite et en avait parcouru chaque centimètre. Il s'avança vers elle, et son regard se posa sur une petite table en dessous. Une collection de petits soldats y était éparpillée, lui rappelant ce à quoi il s'était résigné…

— Papa !

Le cri le fit sursauter, et il se tourna vers le couloir menant à sa chambre. Un petit garçon aux cheveux bruns se précipita vers lui et jeta ses bras autour des jambes de Kit. Il s'attendait à trouver un enfant réticent, méfiant, tout comme sa mère l'avait été. Il n'aurait jamais pu imaginer un accueil aussi chaleureux ni l'explosion de chaleur qu'il ressentit en retour.

Kit tapota la tête du garçon, puis recula d'un pas.

— Laisse-moi te regarder.

Beau, qui ressemblait à un Beau – si tant est que quelqu'un puisse vraiment ressembler à un nom, car c'était un enfant plutôt beau, aux yeux brillants et au menton solide – se tint droit et bomba le torse.

— J'ai six ans !

— Évidemment ! Mais on pourrait facilement penser que tu en as sept.

Un sourire s'étira sur les traits du garçon, illuminant ses yeux verts. *Verts.* Comme les siens. Eh bien, c'était déjà quelque chose, se dit-il.

Beau prit la main de Kit, et, même si ce n'était qu'un petit geste tout simple, il le ressentit jusque dans ses orteils alors que le garçon l'entraînait vers le canapé.

— Raconte-moi tout sur l'endroit où tu étais, papa. Maman a dit que c'était une épreuve terrible et que tu ne voudrais pas en parler, mais j'ai dit que tu me raconterais.

Il lâcha la main de Kit et s'assit sur le canapé. Dès qu'il se laissa tomber à côté de lui, Beau se rapprocha autant qu'il le put.

— Je disais à maman que tu avais été enlevé et retenu captif. Sinon, pourquoi tu ne serais pas rentré ?

Pour quelle autre raison, en effet ?

— T'a-t-elle raconté que j'avais passé énormément de temps à bord d'un navire ?

Il jeta un coup d'œil vers le seuil de la porte où la duchesse s'attardait encore. Elle était grande, avec une silhouette légère et gracieuse. Des cheveux presque noirs encadraient son visage en forme de cœur, agrémenté d'un petit nez fin et de lèvres roses. Ses yeux étaient sombres, dotés de longs cils, et sans doute séducteurs si elle le voulait. Elle avait les bras croisés sur sa poitrine, et arborait le même regard sceptique et réservé qu'elle avait depuis son arrivée. C'était bien loin d'une attitude de séduction, et il se demanda pourquoi il y songeait.

— Non, répondit Beau. Sais-tu diriger un navire, papa ?

Kit reporta son attention sur le petit garçon.

— Oui. Peut-être qu'un jour je t'apprendrai.

Il grimaça intérieurement, sachant que cela ne se produirait jamais. Enfer et damnation, mais quelle mauvaise idée !

Les yeux verts de Beau brillaient d'excitation.

— Oh oui ! Mais d'abord, tu dois m'apprendre à tirer, et à manier une épée. J'ai déjà appris à monter à cheval, même si maman dit que j'ai besoin de beaucoup plus d'entraînement.

— Tu devrais toujours écouter ta mère.

Il la regarda à nouveau, et perçut un éclair de surprise dans son regard. Bon sang, mais quel genre d'ordure avait été le duc ? Au vu du comportement de la duchesse, Kit ne pouvait qu'imaginer quelqu'un de méprisable.

— C'est aussi ce que Thomas m'a dit aujourd'hui, expliqua Beau, mais Kit ignorait qui était Thomas. Maman sait tout.

Kit ne put se retenir de rire. Sa mère, même si elle était morte alors qu'il n'avait que huit ans, avait toujours tout su, elle aussi. Elle avait tenu leur maisonnée avec une précision stricte, et une quantité d'amour pour lui et son père. Sa mort avait décimé leur petite famille, et avait entraîné la fin de l'innocence de Kit.

— Oui, c'est généralement le cas des mères.

Beau fixait Kit d'un regard suppliant.

— Parle-moi des méchants hommes qui t'ont enlevé, papa. As-tu été obligé de les tuer ?

— Beau !

Le ton tranchant et féminin de la duchesse résonna dans la pièce, les amenant, l'enfant et lui, à tourner la tête dans sa direction. Elle avait quitté le seuil de la porte et s'avançait maintenant vers eux, sourcils froncés.

— C'est une question terrible ! Il n'a tué personne. Et même s'il l'avait fait, tu es bien trop jeune pour entendre des histoires aussi horribles.

En vérité, Kit avait tué beaucoup d'hommes. Son gagne-pain, qui l'avait mené à faire la guerre, l'avait exigé. Mais il n'allait pas le dire. Il ne pouvait contester le fait que Beau n'avait pas à entendre de telles horreurs.

Kit se pencha vers le garçon et le regarda droit dans les yeux.

— Lorsque tu seras assez grand, je te raconterai mes voyages, d'accord ? Mais, pour l'instant, j'aimerais me concentrer sur le fait d'être à la maison auprès de toi. Et de ta mère.

Il la regarda à nouveau, et surprit son expression déconcertée juste avant qu'elle ne la masque. Oui, le duc avait été un déplorable abruti, et il voulait savoir de quelle manière et pourquoi. Pour une raison inconnue, il ressentait l'envie féroce de protéger l'enfant à ses côtés et la femme qui se tenait tout près.

Pourtant, il ne protégeait jamais que lui et son navire. Mais il avait échoué avec ce dernier. Le dégoût lui monta à la gorge, mais il le ravala. Il aurait bientôt un nouveau vaisseau. Un *meilleur* vaisseau. En attendant, il jouerait au duc. Et au père. Et au mari.

Il coula à nouveau un regard vers la duchesse et vit son mépris à peine voilé. Pas au mari, alors !

Ce qui lui convenait. Il n'était pas venu ici pour faire la cour à une épouse ou pour choyer un fils. Il ferait le nécessaire pour récupérer ce qu'il avait perdu, et il le ferait avec ce qu'il méritait. Ce qui lui avait été promis.

Beau passa les bras autour de la taille de Kit et le serra.

— Je suis si heureux que tu sois rentré ! Je savais que ce jour arriverait, même si maman ne le savait pas.

Les tripes de Kit se contractèrent, et il batailla pour chasser la culpabilité engendrée par l'adoration du garçon. Il observa à nouveau la duchesse. Elle avait les lèvres pincées, les sourcils froncés. Elle n'aimait vraiment pas cette situation.

S'extirpant de l'étreinte avec une tape dans le dos du garçon, Kit lui adressa un petit sourire.

— Qu'est-ce que tu es censé faire maintenant ? Je suis sûr que j'ai perturbé ta routine.

— Il a fini ses leçons tôt, dit la duchesse. Mais il devrait aller se préparer pour le dîner.

Kit cilla en la regardant.

— Est-ce qu'il dîne avec toi ?

Ce n'était pas habituel dans des maisons telles que celle-ci, du moins pour le peu qu'il en savait.

— Oui. Après tout, nous ne sommes que deux. Enfin, nous *n'étions* que deux.

La pointe d'amertume dans son ton était sans équivoque. Elle détestait carrément cette situation. La culpabilité de Kit redoubla.

— Dois-je partir, maman ? lui demanda Beau, suppliant. Ne pourrais-je pas rester avec papa ?

Kit ébouriffa les cheveux du garçon.

— Ta mère et moi avons des choses à discuter. Des sujets qui t'ennuieraient sûrement. Tu te souviens que j'ai dit que tu devais toujours écouter ta mère ?

Comme l'avait fait ce Thomas, qui qu'il soit.

— Oui, papa, acquiesça Beau en descendant du canapé. Après le dîner, je te montrerai tous mes soldats.

— Avec plaisir, répondit Kit.

Il n'avait jamais eu de soldats de plomb. Tout ce qu'il avait eu, c'était une montagne de livres. Et à défaut d'autre chose, il les avait littéralement dévorés. Encore et encore et encore.

Beau jeta ses bras autour du cou de Kit et l'étreignit à nouveau. L'homme le serra contre lui, et l'odeur d'herbe et de petit garçon l'envahit. Lorsque Beau se recula, il posa les mains sur le visage de Kit.

— Tu me ressembles.

Kit se força à rire.

— À qui d'autre devrais-je ressembler ?

Beau lui sourit.

— À personne, juste à moi. Parce que tu es *mon* papa.

Il se retourna et sautilla en sortant de la pièce. Mais il pivota sur le seuil de la porte et regarda sa mère avec inquiétude.

— Où va dormir papa ?

La duchesse fit un geste vers le mur qui séparait le salon de la chambre de Kit.

— Dans la chambre bleue.

— Est-ce qu'il pourrait s'installer à côté de moi ? J'aimerais qu'il dorme tout près, dit-il en regardant Kit. Tu peux même dormir dans ma chambre, si tu veux.

Celui-ci réprima un sourire et attendit que la duchesse s'en occupe.

— La chambre bleue est beaucoup plus grande et plus confortable, dit-elle.

— Est-ce là que tu dormais avant, papa ?

— Ah…

Il regarda la duchesse d'un air interrogateur.

Elle sourit à son fils.

— Laisse-moi discuter avec ton père de l'endroit où il veut dormir.

Kit s'en fichait, du moment qu'il y avait un lit, et pas un hamac sous le pont.

— Oui, maman. Mais veille à ce que ce soit près de moi.

Il leur sourit à tous les deux avant de se retourner et de disparaître dans le couloir.

La duchesse reporta son attention sur Kit et poussa un soupir, comme si elle venait d'accomplir une tâche difficile. C'était sans doute le cas.

— Je ne me soucie pas vraiment de l'endroit où je dors, lui dit-il.

— Alors peut-être devrais-tu prendre la chambre à côté de Beau. Si ça ne te dérange pas ?

Elle posa sur lui un regard méfiant, alors même qu'il venait de dire qu'il s'en fichait. Il devait aller chercher la source de ce qui n'allait pas chez elle. Ou chez lui. Ou les deux.

Il lui montra un fauteuil en face du canapé.

— Assieds-toi. S'il te plaît.

Elle se laissa tomber sur le siège avec empressement, puis cligna des yeux en fronçant les sourcils. Il crut qu'elle allait dire quelque chose, mais elle se contenta de serrer les mains sur ses genoux. Sa tension était palpable.

Il chercha les bons mots.

— Je sens que tu es mal à l'aise, et j'aimerais apaiser tes… inquiétudes. Je t'en prie, je te demande de te montrer complètement honnête.

Il avait failli parler de ses peurs, mais avait finalement décidé que le terme était trop dur.

Elle haussa les sourcils, et il pouvait presque voir les rouages tourner dans son esprit tandis qu'elle serrait ses mains et creusait les joues. Il lui fallut un moment pour rassembler ses idées, du moins, c'était ce qu'il semblait.

— Vraiment ? Tu veux que je sois honnête ?

Il lui offrit un sourire paisible.

— Sans réserve.

— Je ne te reconnais pas du tout.

C'était un coup dur, mais pas inattendu. Même s'il savait qu'il ressemblait au duc, leurs traits n'étaient pas identiques.

— Je suis parti longtemps, avança-t-il prudemment.

— Oui, acquiesça-t-elle en plaquant ses mains contre ses jupes, fléchissant les doigts. Ce n'est pas que tu aies l'air diffé-rent, quoique ce soit vrai. Un peu, en tout cas.

Elle s'interrompit, cligna des yeux, et lui demanda :

— Est-ce que tes yeux sont verts ?

— Oui. Comme ceux de Beau.

Il ignorait de quelle couleur étaient les yeux du duc.

— J'ai le souvenir qu'ils étaient noisette.

— Parfois, selon la lumière, il y a un peu de marron dedans.

C'était un autre mensonge pur et simple, mais il allait devoir s'habituer à en dire.

Elle inclina la tête sur le côté et plissa légèrement les yeux. Se redressant, elle poursuivit.

— Comme je le disais, il ne s'agit pas que de ton apparence qui est différente. Ton comportement est... Eh bien, il m'est totalement étranger. Pour le dire simplement, tu n'es pas le Rufus que j'ai épousé.

C'était sa chance. Sinon pour éliminer les couches de son appréhension à son égard, du moins pour apaiser ses inquiétudes.

— Est-ce une mauvaise chose ?

Elle se figea un bref instant.

— Non, dit-elle doucement. Et c'est là que réside le problème. C'est plutôt une bonne chose, en fait. Mais, est-ce... réel ?

Les mots tombèrent de sa bouche comme des pétales, flottant jusqu'au sol, doux et hésitants avant de se poser autour de lui.

— Je suis réel.

Ce fut tout ce qu'il put dire. Tout ce qu'il avait envie de dire à ce moment-là.

— Tu m'as demandé de me montrer honnête. J'ai besoin de savoir que je peux te faire toute confiance pour être cette personne différente.

Oh ! combien il avait envie de lui demander quel genre de personne il avait été avant. Pas quelqu'un de bien, cela au moins était clair. À quel point son fichu parent était-il une ordure ? Kit le découvrirait. Quelqu'un le lui dirait.

— J'ai vécu une expérience éprouvante. Et je suis parti depuis longtemps, assez pour avoir changé de façon significative.

Cela au moins, c'était la vérité. Il avait quitté l'Angleterre à l'âge de quinze ans, et il était revenu une vie plus tard.

— Puis-je te faire confiance pour être... gentil ?

Il gémit intérieurement et se promit de gifler le duc si jamais leurs chemins se croisaient. Ce qui semblait hautement improbable.

— Sur mon honneur, lui promit-il, avant de se rendre

compte que son honneur devait lui être parfaitement inconnu. Je te propose ceci. Tu auras le pouvoir de dire et de faire tout ce que tu jugeras nécessaire. Je dormirai là où tu me diras, j'agirais avec Beau comme tu me le diras, et je communiquerai avec toi de la manière qui te conviendra. La seule chose dont j'ai besoin, c'est d'autonomie pour m'occuper du domaine, comme c'est mon devoir de le faire.

Son devoir.

Son esprit revint à cet été-là, dix-sept ans plus tôt, lorsque son père, son véritable père, l'avait amené ici et lui avait montré la vie qui aurait dû être la sienne. *S'il* avait été légitime. Il avait adoré chaque moment, et il avait eu faim de cet impossible qui lui permettrait d'hériter un jour du duché. Mais c'était un avenir inaccessible, du moins l'avait-il pensé.

Jusqu'à maintenant.

Il avait besoin d'argent, que son père lui avait promis, pour acheter un nouveau bateau. Mais il *voulait* cette position et cet endroit, au moins pour un petit moment.

— C'est plutôt généreux de ta part, merci.

Elle semblait toujours ne pas le croire.

Il se pencha en avant, et grimaça en la voyant se recroqueviller contre le fauteuil. Mon Dieu ! *Lui* n'était pas un monstre, mais il avait envie d'étrangler l'homme qui lui avait fait ça.

— Tu n'es pas obligée de me faire confiance tout de suite. Tu verras que les choses seront… mieux qu'avant.

Il détestait ce qu'elle devait penser de lui, mais il ne pouvait pas vraiment lui raconter la vérité. Bon sang ! Il pourrait prendre n'importe quoi dans la maison, et repartir le lendemain. C'était peut-être ce qu'il devait faire.

— Il se trouve que tu pourrais *effectivement* m'aider pour quelque chose.

Il riva ses yeux sur ceux de la duchesse.

— Il te suffit de demander.

— Tu me promets que je peux te faire confiance ? Que tu ne te mettras pas en colère ?

L'inquiétude dans les yeux de la jeune femme lui embrasa la poitrine.

— Je te promets ces deux choses. S'il te plaît, dis-moi comment je peux t'aider.

— Après ta disparition, mon père est venu ici pour… *m'aider*, expliqua-t-elle, et à sa manière de le dire, il comprit que c'était plutôt le contraire. Il travaillait en étroite collaboration avec Cuddy, ce qui me semblait logique puisqu'il t'avait encouragé à l'engager. Ils semblent avoir gardé une relation proche. Bien que je sois la duchesse, je crois que Cuddy lui obéit toujours.

L'arête de son nez se plissa tandis qu'elle parlait d'eux avec un dégoût évident. Bon sang ! Y avait-il des hommes dans sa vie qui étaient dignes de ce nom, en dehors de Beau ?

— Aujourd'hui, j'avais décidé de le renvoyer. Je veux le remplacer par le petit-fils de Whist.

Kit se souvenait de Whist, l'ancien intendant, qu'il avait rencontré lors de son bref passage ici. Il avait été soulagé d'apprendre qu'il n'exerçait plus cette fonction, pour le cas où il se souviendrait du bâtard qui avait passé un été sur le domaine. Mais c'était il y a fort longtemps, et Kit était bien différent maintenant, bien sûr. Il ressemblait également à son cousin, ce qui expliquait pourquoi cette mascarade réussissait un tant soit peu. Jusqu'à présent.

— Est-ce qu'il y a un problème avec ce Cuddy ? Ou est-ce simplement parce qu'il répond à ton père plutôt qu'à toi ?

Cela suffisait pour discréditer Cuddy, et aux yeux de Kit, c'était le cas.

Elle souleva une épaule et détourna son regard de lui.

— Oui, c'est ça. Il n'apprécie pas que je participe à la gestion du domaine. En ton absence, je me suis dit qu'il était important que je joue un plus grand rôle, surtout que Beau grandit.

Il ne pouvait pas la contredire sur ce point.

— Eh bien, il fera tout ce que je lui dirai de faire maintenant. Je suis désolé qu'il se soit montré difficile.

Elle reporta son regard sur le sien, et l'intensité de ses iris sombres le transperça.

— Tu vas le garder, alors ?

— J'en doute. Je n'aime pas les gens qui manquent de respect envers ceux à qui il est dû. Et la duchesse du domaine le mérite, et plus encore. Où habite cet homme ?

Son incrédulité avait une fois de plus fait place à la perplexité, mais cette fois, elle n'était plus fugace. Peut-être faisait-il enfin des progrès.

— Dans la tour sud-est. Son bureau est situé au rez-de-chaussée, et ses quartiers d'habitation sont au-dessus.

— Parfait. Je le rencontrerai demain. Voudrais-tu te joindre à moi ?

Elle écarquilla les yeux.

— Je… euh… oui. Si ça ne te dérange pas.

— Je ne t'aurais pas conviée si c'était le cas. Quand je t'ai dit que je voulais de l'autonomie, je ne voulais pas suggérer que tu serais exclue. Je t'impliquerai dans tout ce que tu désireras.

Ce mot réveilla quelque chose en lui. Pas seulement le mot, mais le fait de le prononcer en sa présence. Pour son plus grand malheur, elle était une femme d'une beauté saisissante.

Son malheur ?

Oui, parce que même si elle était son « épouse », il ne se permettrait pas de l'approcher de manière aussi intime. Leur mariage, aussi court soit-il, serait tout à fait platonique.

Elle se leva, et il sentit qu'elle avait besoin d'un peu de répit loin de sa présence.

— Merci. Je n'arrête pas de le dire, mais je suis incroyablement reconnaissante de ce changement dans ton comportement. J'espère que cela durera.

Il faillit rire à l'idée des pensées qui l'avaient traversé quelques instants plus tôt. Il n'avait pas besoin de s'inquiéter au sujet d'une éventuelle intimité avec la duchesse. Il doutait qu'elle touche à nouveau son mari un jour, du moins, pas de son plein gré. Et c'était aussi bien. Et c'était aussi bien qu'il ne connaisse pas son nom. Pourtant, il aurait bien aimé.

Il se leva à son tour.

— Je suis à ton service. Pourrais-je me joindre à Beau et toi pour le dîner ?

— Je pense que tu le dois. Il est aux anges que tu sois revenu. Je t'en supplie, quoi que tu fasses, ne le déçois pas.

La résolution de Kit vacilla. Lorsqu'il avait saisi cette opportunité, il n'était pas au courant pour le garçon. Et il savait d'expérience ce que c'était que d'être jeune et de subir des pertes et des déceptions.

Bon sang !

Une voix dans sa tête lui criait d'arrêter. Beau n'avait jamais connu son père, et d'après ce que Kit pouvait en dire, cet homme avait été une véritable ordure. Il montrerait au petit garçon ce qu'un bon père pouvait être, et s'il n'en avait un que pour une courte période, c'était mieux que de ne pas en avoir du tout, n'est-ce pas ?

— Je vais prendre la chambre à côté de la sienne, annonça-t-il. Je vais parler à Kirwin.

— Merci. Encore une fois.

Elle ne sourit pas, et il ne s'attendait pas à ce qu'elle le fasse. Ce qui ne signifiait pas qu'il n'avait pas envie de la voir faire. Il imagina son visage s'illuminant de joie, et décida que cela vaudrait la peine de travailler pour l'obtenir.

CHAPITRE 4

Quand Verity se réveilla le lendemain matin, elle se demanda si le retour de Rufus n'avait pas été un rêve. Mais ensuite, le visage émerveillé de son fils envahit son esprit, et elle sut que ce n'était pas le cas. Beau était tout simplement fasciné par son père, et, jusqu'à présent, Verity ne pouvait pas le lui reprocher. Rufus se montrait charmant, attentif, et exactement le genre de père qu'elle voudrait pour Beau.

Ce qui n'avait absolument aucun sens.

Elle brûlait de lui demander pourquoi il avait changé. Avait-il simplement assez souffert au cours des six dernières années et demie pour ne plus ressembler au monstre qu'il avait été ? C'était sans doute possible, se disait-elle, mais cela la faisait également réfléchir. S'il avait pu autant changer une fois, il était possible qu'il change à nouveau. Il lui faudrait un certain temps avant de pouvoir se détendre avec lui, si elle le pouvait vraiment un jour.

Ce matin-là, Beau et elle avaient pris leur petit-déjeuner à la table de son bureau, comme ils le faisaient habituellement. Son petit garçon lui avait demandé pourquoi son père n'était pas là, et Verity avait simplement répondu qu'il leur faudrait du temps pour instaurer une nouvelle routine. À dire vrai, elle ne l'avait pas invité. Non pas qu'elle n'y avait pas pensé, simplement, elle n'en avait pas eu envie.

Et elle se sentait mal à cause de cela.

Elle songea à Beau, qui était déjà dans la salle de Guinée avec sa nourrice, et son cœur se serra. Alors qu'elle était ravie de le voir si heureux d'avoir son père, une partie d'elle ne souhaitait pas le partager. Surtout avec Rufus.

Oh, elle était affreuse ! Il était de retour, pour le meilleur ou pour le pire, et cela faisait partie des termes de leur mariage. Il fallait qu'elle le soutienne, ou au moins qu'elle le tolère, pour le bien de Beau.

La veille au soir, il s'était montré plutôt merveilleux, jouant aux soldats avec Beau après le dîner et promettant de lui offrir un bateau miniature pour jouer. Il avait affirmé que les garçons avaient besoin de bateaux. Il était si passionné par ce sujet que Verity se demandait s'il n'avait pas appris à aimer la navigation durant son absence. Est-ce qu'être de retour sur la terre ferme serait difficile pour lui ? Il avait tellement changé qu'elle n'aurait pas été surprise qu'il n'aime pas cet endroit. Ou peut-être était-ce simplement ce qu'elle espérait.

Une nouvelle fois, le dégoût de soi la saisit et elle descendit les escaliers jusqu'au couloir près de la cuisine avant de sortir dans la cour haute. Rufus se tenait près de la porte supérieure, où ils avaient convenu de se retrouver avant d'aller voir Cuddy.

Il se retourna, l'entendant peut-être refermer la porte avant qu'elle ne descende les marches menant à la cour. Alors qu'elle s'approchait, il leva les yeux vers l'horloge montée sur la brique.

— Depuis combien de temps est-elle cassée ? lui demanda-t-il.

Elle le rejoignit, et plissa les yeux en observant les aiguilles immobiles.

— Environ deux ans, je crois. Cuddy ne cesse de dire qu'il va la faire réparer.

— Et pourquoi ne l'a-t-il pas fait ?

— Quand je lui pose la question, il me répond qu'il n'a trouvé personne pour le faire.

— Je peux probablement m'en charger, dit Rufus, à sa grande surprise.

Elle ne l'avait jamais connu amateur de mécanique. Il était doué pour l'équitation, la chasse, la boisson, et peu d'autres choses. Il était aussi doué pour se montrer horrible, se dit-elle. Ou du moins, il avait été doué pour cela.

Elle l'observa, et son regard s'attarda sur son profil avant de regarder sa tenue. Il portait les mêmes vêtements que la veille, et elle se demandait si c'était tout ce qu'il avait. Ses vêtements étaient remisés quelque part par ici ; elle demanderait à Kirwin de les sortir.

— Allons-nous voir l'intendant ? s'enquit Rufus.

— Oui.

Le pouls de Verity s'emballa. Était-ce parce qu'elle craignait que Rufus lui offre son bras ? Ou était-elle simplement nerveuse à l'idée de rencontrer Cuddy ?

Heureusement, Rufus ne le lui proposa pas. Il se contenta de lui faire signe de se joindre à lui tandis qu'ils franchissaient la porte supérieure.

— Les jardins sont magnifiques. Y a-t-il d'autres roses ? demanda-t-il. Ou bien ma mémoire est-elle défaillante ?

Ses tentatives de conversation futile laissaient toujours Verity perplexe, mais elle les préférait à ce qu'il était auparavant.

— Non, tu as bonne mémoire. J'ai ajouté d'autres roses au fil des ans. Je me suis prise d'intérêt pour les jardins.

— J'ai hâte d'aller inspecter les autres.

Elle faillit le croire. Elle cherchait encore à savoir s'il se montrait gentil dans un but précis, ou s'il était simplement le nouveau Rufus amélioré. Les alternatives lui faisaient tourner la tête.

Ils prirent le chemin à travers le jardin qui menait à la cour basse, où elle l'avait rencontré hier lors de son retour miraculeux. Oui, c'était une manière précise de le décrire. L'avoir à la maison après si longtemps, sans parler du fait qu'il s'était nettement amélioré, n'était rien de moins qu'un miracle. Un pour lequel elle n'avait pas prié !

Ils traversèrent la cour en biais pour atteindre le bureau de Cuddy. Après le dîner, la veille au soir, il avait dit avoir envoyé un mot à l'intendant pour arranger cet entretien. Verity se demandait ce que ce dernier pensait. Il était parvenu à la tenir à distance, ce qui lui déplaisait terrible-ment, mais il ne pourrait pas en faire autant avec Rufus.

La porte du bureau de Cuddy était entrouverte, mais le duc frappa sur le bois avant de la pousser.

— Bonjour, dit-il avant de faire signe à Verity de le précéder.

Elle pénétra dans la pièce sombre. Une vive lumière grise de printemps filtrait à travers les hautes fenêtres, complétée par deux lanternes allumées, l'une sur le mur et l'autre sur le large bureau de Cuddy.

L'intendant se leva et contourna le meuble. Il s'inclina devant Rufus.

— Bonjour, Votre Grâce. Vous avez l'air en forme, lui dit-il avant de s'incliner également devant Verity. Votre Grâce.

— Et si nous nous asseyions ? demanda Rufus.
— Comme vous voulez, répondit Cuddy.

Alors que l'intendant retournait derrière son bureau, Rufus attendit que Verity prenne place. Elle s'assit sur l'une des deux chaises qui faisaient face au bureau. Rufus s'installa à côté d'elle et ne perdit pas un instant avant de passer aux choses sérieuses.

— J'aimerais voir les livres de comptes.

Cuddy acquiesça.

— D'accord. Je les ferai livrer à la maison plus tard dans la journée.

— En fait, j'aimerais les voir maintenant, s'il vous plaît.

Rufus parlait d'un ton agréable, mais ferme. L'ancien Rufus aurait hurlé : « *Donnez-moi ce foutu registre !* »

— Certainement.

Cuddy hésita un instant, les yeux rivés sur ceux du duc, avant d'ouvrir un tiroir du bureau. Il en tira un livre relié en cuir et le fit glisser sur le bois jusqu'à Rufus.

— Ce sont les comptes de cette année et de la précédente. Je peux faire envoyer le reste à la maison. Les livres sont dans mes archives.

Il tourna légèrement la tête, et son regard se dirigea vers la droite. La petite salle d'archives se trouvait derrière le bureau.

— Merci, dit Rufus, ouvrant le registre dont il parcourut quelques pages avant de le refermer avec un petit sourire. J'ai hâte de le lire en détail. Je dois également vous demander pour quelle raison vous ne les avez pas partagés avec Sa Grâce.

Les yeux de Cuddy s'écarquillèrent brièvement tandis qu'il jetait un regard vers Verity. Un éclair de méchanceté assombrit ses iris brun foncé avant qu'il ne se concentre à nouveau sur Rufus.

— Elle ne les a pas demandés.

Rufus ne la regarda même pas avant de rétorquer.

— Elle a demandé à vous parler, et à s'impliquer davantage dans la gestion du domaine. En tant que duchesse, c'est son droit. Je dirais même que c'est son devoir, particulièrement en mon absence. Je n'apprécie pas que vous ayez ignoré ses demandes. Pour cette raison, j'ai décidé de mettre un terme à votre emploi, avec effet immédiat.

Les yeux de Cuddy étaient tellement écarquillés que Verity craignit qu'ils ne tombent de sa tête. C'était un homme grand et trapu, mais ses traits lui avaient toujours semblé petits : des yeux aux paupières lourdes, une bouche aux lèvres fines et un menton pratiquement inexistant.

— Votre Grâce, s'il vous plaît, permettez-moi de rectifier cette erreur.

— J'ai bien peur que cela ne soit pas possible, Cuddy. Nous avons déjà trouvé un remplaçant, et nous souhaitons qu'il débute dès que possible.

— Mais vous n'êtes arrivé qu'hier ! bafouilla-t-il.

Verity observa le sourire mauvais qui courba la bouche de Rufus.

— Je travaille de manière très efficace. Certains pourraient même dire que je suis impitoyable.

Un frisson parcourut l'échine de Verity. C'était le Rufus qu'elle connaissait. Et pourtant… non. Jamais il n'avait été aussi élégant dans ses abus. Non pas que ce qu'il était en train de faire puisse être qualifié d'abus. Non, ce qu'il faisait était de la justice et du bon sens, et elle n'aurait pas pu être plus heureuse.

Et cela la poussait à tout remettre en question.

Comment pouvait-elle trouver de la joie auprès de cet homme ? Parce qu'il avait fait ce qu'elle avait demandé en congédiant Cuddy ? Ce n'était pas seulement parce qu'il l'avait renvoyé. Il l'avait fait en exposant clairement la raison, à savoir que sa manière de la traiter n'était pas acceptable. De plus, il n'avait pas voulu accorder à l'homme une chance de rectifier son comportement.

Verity dévisagea son mari et tenta de faire remonter ses sentiments de colère et de ressentiment. Mais pour l'instant, elle ne trouvait que de la gratitude et peut-être une lueur d'admiration.

L'irritation lui monta à la gorge. Non, elle ne l'admirerait pas.

Cuddy posa les mains à plat sur le bureau, et Verity perçut un léger tremblement dans ses doigts.

— Mais, Votre Grâce, je n'ai nulle part où aller !

— Vous pouvez rester quelques jours, et je vous donnerai trois mois de gages, ainsi qu'une recommandation, à condition que je trouve les comptes en ordre. Je vous suggère de commencer à chercher un nouveau poste. Je suppose que vous retomberez sur vos pieds. C'est ce que font les hommes comme vous en général, conclut-il avec ce sourire fade et légèrement sinistre, avant de tourner la tête vers Verity. Nous y allons ?

Elle le fixait, toujours aussi perplexe.

— Oui.

Se levant, elle jeta un regard à Cuddy, qui prit un moment pour faire comme eux. Les muscles de sa mâchoire étaient contractés, et des lignes tendues apparurent autour de sa bouche.

L'intendant inclina la tête vers Rufus.

— Merci pour votre *générosité*, Votre Grâce.

Il prononça le mot « générosité » comme s'il avait eu un pistolet pointé sur la tête le menaçant d'employer ce terme sous peine de mort.

Rufus prit le registre sur le bureau.

— L'un de nos véhicules vous emmènera là où vous le souhaitez, si vous en avez besoin. Faites-moi savoir quand vous prévoyez de partir. Merci pour votre service, Cuddy.

Il se tourna vers Verity et tendit une main en direction de la porte.

Elle partit sans un mot pour l'intendant, et précéda Rufus dans la lumière grise du soleil. Enfin, pas totalement grise, se dit-elle en plissant les yeux vers le ciel. Quelques nuages étaient en train de se dissiper.

Rufus se mit à marcher à côté d'elle, et ils traversèrent à nouveau la cour basse. Ils avaient atteint les escaliers avant qu'elle n'ose parler. Elle jeta un coup d'œil à la tour, et vit Cuddy qui se tenait dans l'embrasure de la porte en les regardant fixement.

— Il nous observe, annonça-t-elle.

— Je ne suis pas surpris. Peut-être est-il en train de comploter un meurtre, dit-il doucement.

Elle se tourna vers son profil.

— Tu ne le penses pas vraiment ?

— Non, non. Il est bien trop lâche pour ça.

— Comment le sais-tu ? demanda Verity, qui se rappela ce qu'il avait dit dans le bureau, que les hommes comme Cuddy retombaient généralement sur leurs pieds. Tu sembles en savoir beaucoup sur lui, pourtant il avait à peine commencé ici avant que tu disparaisses.

— Pas vraiment, mais je peux deviner. Je n'ai pas apprécié son hésitation avec le livre de comptes, et compte tenu de ce que tu m'as raconté sur la façon dont il te traitait, j'ai des raisons de douter de son intégrité.

Ils franchirent la porte supérieure, hors du champ de vision de Cuddy, et Verity se détendit un peu.

— Tu es sûr qu'il ne va pas vraiment faire quelque chose d'horrible ?

— Pas tout à fait, mais je prévois de garder un œil sur lui. C'est pourquoi j'ai offert que l'un de nos véhicules le conduise à destination, expliqua-t-il en s'arrêtant dans la cour haute avant de se tourner vers elle. Nous avons assez de véhicules pour le faire, n'est-ce pas ? Je suppose que j'aurais dû vérifier cela en premier lieu.

Verity cligna des yeux devant le soupçon de vulnérabilité dans son regard.

— Oui, nous avons plusieurs véhicules : un carrosse, un brougham, un chariot et un cabriolet. En revanche, notre contingent de chevaux ne va sans doute pas t'impressionner. Je ne me suis pas tenue informée de la situation des écuries.

Elle y avait pensé la nuit précédente tandis qu'elle luttait pour trouver le sommeil. Elle avait mentalement dressé la liste de toutes les choses qu'il pourrait lui reprocher, et pour lesquelles il pourrait la blâmer et lui infliger une punition.

— Je ne m'attendrais pas à ce que tu le fasses. Pourquoi cela serait-il nécessaire de toute façon ? As-tu suffisamment de chevaux pour les véhicules ? Beau m'a tout raconté sur son poney… et ta jument. On dirait que tu as très bien géré les choses.

— Nous avons vendu ton cheval, lâcha-t-elle, aussitôt horrifiée de le lui avoir dit de cette manière.

Elle avait redouté ce moment, mais le cheval s'était avéré difficile à monter pour les autres, alors plus personne ne l'avait fait. Et comme le comportement de l'animal était devenu de plus en plus problématique, Cuddy l'avait vendu.

— C'était l'idée de Cuddy.

Elle détestait l'impression que cela donnait, comme si elle rejetait la faute sur quelqu'un d'autre, mais c'était la vérité.

Il inclina la tête sur le côté, plongeant son regard dans celui de Verity.

— Tu pensais que je serais en colère.

— Oui. C'était ta… créature préférée.

Elle avait été sur le point de dire « personne », mais évidemment, cela n'avait aucun sens. Et pourtant, il avait traité l'animal mieux que quiconque sur le domaine. Ses chiens venaient en deuxième position. Verity leur avait trouvé des foyers chez des locataires dès la première année de sa disparition. Tous, à l'exception du plus petit, Falstaff, qui s'était accroché à ses jupes dès que Rufus était parti pour Londres. Ils avaient forgé un lien fort jusqu'à la naissance de

Beau, et le chien avait alors partagé son adoration avec le bébé. Il était mort l'année dernière, les plongeant, Beau et elle, dans une profonde tristesse. Mais à présent, ils avaient sa progéniture, qui avait pratiquement le contrôle du château. Avec les chats, les lapins, et l'écureuil. Et bientôt des chèvres.

— En parlant de créatures…, dit-elle. J'ai dit à Beau hier que je ferais en sorte de faire déplacer un troupeau de chèvres plus près du château. Il s'est vraiment attaché au chevreau de Whist.

— Les chevreaux sont incroyablement attachants. Est-ce qu'il y a plusieurs troupeaux sur le domaine ?

— Oui, mais je pensais demander à M. Maynard. C'est lui qui a le plus grand cheptel, et cela ne le dérangera sûrement pas de se séparer de quelques-uns.

— Je lui poserai la question cet après-midi, lorsque je commencerai ma visite du domaine, répondit Rufus. Voudrais-tu te joindre à moi ? En l'absence d'un intendant, j'aimerais avoir un guide.

Elle le regarda en clignant des yeux. Une fois de plus, elle se trouvait à court de mots face à une autre invitation prévenante.

— À nouveau, je t'ai laissée sans voix, constata-t-il. J'ai l'impression de le faire assez souvent. Réfléchis-y, et dis-moi ce qu'il en est au déjeuner.

Il avait promis à Beau de prendre le repas de midi avec lui.

— C'est bon. Je veux dire, je peux te répondre maintenant. Oui, j'irai avec toi, dit-elle avant d'inspirer profondément pour apaiser son cœur qui s'emballait soudain. Tout ceci est très étrange.

— J'ai bien peur de n'avoir pas été une personne très gentille avant. J'espère que je me comporte mieux depuis mon retour.

Il l'avait dit presque comme s'il ne se souvenait pas de l'horrible manière dont il l'avait traitée.

Son comportement s'était certes amélioré, mais cela ne voulait pas dire qu'elle était prête à l'accueillir.

— Je pensais ce que j'ai dit hier, dit-elle prudemment, de peur de provoquer l'ours. Je ne souhaite pas que les choses redeviennent comme avant.

— Moi non plus. Il me semblait que nous devions nous comporter comme si nous venions de nous rencontrer.

— Je ne suis pas certaine de pouvoir agir autrement. Après tout ce temps, je te connais à peine. En réalité, j'ai l'impression de ne pas te connaître du tout. Et pourtant, je ne peux pas oublier qui tu étais avant. Je ne suis pas sûre de le vouloir.

Son puissant instinct de conservation ne l'aurait pas laissée faire.

— C'est parfaitement logique pour moi. Sache que je n'ai aucune attente. Et je voudrais que tu n'en aies aucune à mon égard non plus, dit-il en secouant légèrement la tête. En fait, ce n'est pas tout à fait exact. Je veux que tu t'attendes à de la gentillesse, du respect, et de la gratitude pour tout ce que tu as accompli en mon absence. Tu ne mérites rien de moins.

— Je vais… essayer…

Elle n'avait pas voulu hésiter, mais c'était plus fort qu'elle.

— … cela me prendra du temps.

— Je comprends tout à fait. Et je suis ravi que tu te joignes à moi pour la visite. Devrions-nous inviter Beau ?

Probablement… il adorerait cela. Mais Verity n'était pas encore prête à l'exposer de façon aussi importante. Elle voulait d'abord passer du temps seule avec lui pour s'assurer qu'il n'était pas une menace pour son fils.

— Il a des leçons, et je déteste perturber sa routine. Et ne lui dis pas, sinon il essaiera de te convaincre de l'emmener.

Rufus rit doucement.

— Ah, redevenir un petit garçon, quand on pense que tout est possible, même faire changer d'avis sa mère.

Verity trouva sa déclaration étrange. Rufus s'était rarement confié sur son enfance, et lorsqu'il l'avait fait, c'était uniquement pour maudire son père, un homme froid et autoritaire. Son mari avait dû hériter cela de lui. Ce qui l'amenait à se demander comment son père et son oncle, l'ancien duc, avaient pu être si différents. Augustus était chaleureux et gentil. Néanmoins, il y avait chez lui une certaine tristesse sous-jacente due à la perte de son jeune fils lors de la même partie de campagne où elle avait rencontré Rufus.

— Où travaille actuellement cet Entwhistle ? s'enquit Rufus, la tirant de sa rêverie.

— Bleven House.

— C'est loin ?

Elle le regarda, surprise. Il devait se souvenir de qui étaient leurs voisins.

— Leur domaine jouxte la tour Beaumont au sud.

— Exact, acquiesça-t-il, affichant un sourire d'autodérision. Je crains d'avoir oublié beaucoup de choses.

Mais il se souvenait de sa jeunesse. Une jeunesse qu'elle ne reconnaissait pas forcément. Pensait-elle encore qu'il y avait une chance qu'il ne soit pas vraiment Rufus ? C'était impossible. La ressemblance était trop forte, et il savait certaines choses.

— Il ne vaudrait mieux pas que je rende visite à Entwhistle à Bleven House, mais j'aimerais lui parler avant de prendre une décision finale au sujet de son emploi.

Elle l'avait déjà engagé, et il était possible que Thomas ait déjà informé son employeur.

— Mais tu as dit à Cuddy que nous avions déjà un remplaçant.

— Je voulais qu'il soit convaincu que ma décision était définitive.

Sa décision. Il avait congédié Cuddy, et c'était lui qui engagerait Thomas. Il ne l'avait pas dit, mais elle comprenait ce qu'il voulait dire.

— J'ai déjà proposé le poste à Thomas… Entwhistle, se corrigea-t-elle.

— Oh, c'est *lui*, Thomas ? demanda-t-il.

Verity posa sur lui un regard interrogateur.

— Beau l'a mentionné plusieurs fois hier, expliqua-t-il. Je me demandais qui il était. Entwhistle devra comprendre que c'est moi qui prendrai la décision finale, dit-il en passant le livre de comptes dans son autre main.

Verity se hérissa.

— Il s'attend à travailler ici.

— Et il le fera sans doute, répondit Rufus d'un ton égal. Je sens ton… indignation, et je voudrais te rappeler que tu m'as accordé une totale autonomie pour gérer le domaine.

Effectivement. Jusqu'à présent, si elle devait se fier au renvoi de Cuddy, il avait fait un excellent travail. Ceci dit, cela ne faisait qu'une journée.

Ce n'était pas comme si elle pouvait discuter avec lui. Depuis son arrivée, il s'était montré déférent et prévenant. Les choses auraient pu être bien pires.

— Mes excuses. Je dois m'habituer.

— Je comprends. Et j'apprécie ta confiance.

Elle faillit éclater de rire. *Cela*, il ne l'avait pas.

Et il ne l'aurait probablement jamais.

CHAPITRE 5

Le déjeuner avait été très animé, car Beau avait présenté à Kit son nouvel écureuil de compagnie, M. Bajoues. Son nom était, bien entendu, dû à la quantité de nourriture qu'il pouvait fourrer dans les poches qu'il avait dans les joues. Apparemment, Beau avait passé les dernières semaines à amadouer l'animal pour qu'il se rapproche de la maison, jusqu'à ce que la créature entre enfin à l'intérieur. Désormais, il leur rendait visite chaque jour vers midi, au grand dam des trois chiens qui étaient également présents. Cela n'amusait pas non plus les deux chats, qui gardaient leurs distances et regardaient l'écureuil, et les chiens, à dire vrai, avec une froide consternation.

La ménagerie rappelait à Kit sa propre enfance au presbytère. Sa mère adorait les chats, et le meilleur ami de son père était un terrier hargneux qui n'était jamais plus heureux que sur les genoux de son maître. Ce qui ne signifiait pas qu'il n'appréciait pas aussi de gambader avec Kit dans le jardin.

C'était une époque heureuse. Avant que sa mère ne succombe à une nouvelle fausse couche. Avant que l'obscurité ne s'abatte sur eux et ne vole la joie de son père.

Kit jeta un coup d'œil à Verity qui chevauchait à proximité. C'était une très belle femme, et son assise était excellente. Elle semblait être née sur un cheval. La jupe couleur terre de sa tenue d'équitation se confondait presque avec le flanc de son cheval.

Elle s'était sentie nerveuse à l'idée de lui faire voir l'écurie, mais elle l'était presque toujours en sa présence. Lorsque ce n'était pas le cas, elle était confuse. Ou perplexe. Ou juste carrément déconcertée.

Il ignorait toujours quelle sorte de bête il avait été, mais il comptait bien le découvrir. En fait, il avait espéré le faire aujourd'hui, pensant que les locataires pourraient l'éclairer. Toutefois, il s'était surpris à l'inviter à se joindre à lui. Cela rendait les choses un peu plus difficiles.

Elle se rapprocha de lui et fit un signe vers le cottage devant eux. Apparemment, ce serait leur premier arrêt. Il ne s'attendait pas à voir la totalité des vingt mille hectares en un jour, bien sûr, mais il espérait pouvoir rendre visite à une poignée de locataires. La première chose à faire était de rendre visite à M. Maynard et à son troupeau de chèvres.

Alors qu'ils entraient dans la cour, une femme sortit du cottage, s'essuyant les mains sur son tablier. Une fille, pas aussi jeune que Beau, la suivit dans les escaliers.

Kit arrêta son cheval et en descendit, puis reporta son attention sur Verity qu'il aida à faire de même. Il ne l'avait pas aidée à monter, l'un des palefreniers s'en était chargé, et il se demandait ce que cela lui ferait de la toucher. Tressaillirait-elle ? Il s'attendait à ce que ce soit le cas.

Il tendit le bras et saisit doucement sa taille, l'aidant à se poser au sol dans un mouvement fluide. Il s'écarta aussitôt d'elle, mais le contact lui avait appris plusieurs choses : sa taille était assez fine, elle était plutôt musclée, et elle n'aimait vraiment pas qu'il la touche.

Dès que ses pieds touchèrent le sol, elle s'éloigna de lui.

Elle prenait également soin de ne pas établir de contact visuel. Il ne lui en voulait pas. Il blâmait la pourriture qui lui avait servi de mari.

Kit reporta son attention sur le cottage. La fille qui avait suivi sa mère dehors se dirigeait maintenant vers un appentis, tandis que la femme venait vers eux. Elle n'avait pas de coiffe, alors elle porta sa main à son front pour faire de l'ombre à ses yeux.

La duchesse, dont il ne connaissait *toujours* pas le prénom, sourit à la locataire.

— Bon après-midi, madame Maynard.

— Bonjour, Votre Grâce.

Mme Maynard exécuta une belle révérence. Elle posa les yeux sur Kit, tandis que sa bouche tressaillait en signe de nervosité.

— Madame Maynard, je vous présente Sa Grâce, le duc de Blackburn.

Une brève et vive bouffée de fierté explosa dans la poitrine de Kit. Se lasserait-il d'être présenté ainsi ? Sans doute pas, vu qu'il n'avait pas prévu de rester ici assez longtemps pour cela.

Un éclair de surprise passa dans les yeux de Mme Maynard avant qu'elle n'exécute une profonde révérence. Elle ne leva pas les yeux vers lui en se redressant.

— C'est un miracle que vous soyez de retour, Votre Grâce. Nous avons prié tous les jours pour que vous rentriez sain et sauf.

— Vraiment ? Eh bien, je vous en remercie. Ma chance est sans doute due à votre prévenance et à votre grâce.

Une jolie rougeur colora les joues de la femme lorsqu'elle regarda enfin le visage de Kit. Mais cela ne dura qu'un bref instant, après quoi elle tourna la tête. Il suivit la direction de ses yeux et vit la fille revenir vers la maison. Elle était précédée d'un homme en tenue de travail. Un chapeau à larges bords protégeait son visage tandis qu'il se dirigeait vers eux d'un pas résolu.

Mme Maynard se précipita à sa rencontre et lui parla brièvement avant qu'il ne continue vers Kit et la duchesse. Il était évident que la locataire avait prévenu son mari de l'identité de leur invité.

Il s'inclina brièvement.

— Votre Grâce, nous sommes honorés de votre visite, dit-il, avant de s'incliner également devant la duchesse. Votre Grâce.

— Vous êtes mon premier arrêt au cours de ma visite du domaine, l'informa Kit. J'ai cru comprendre que vous avez un impressionnant troupeau de chèvres. Vous voulez bien me montrer ?

— Ce serait un privilège pour moi. Venez, proposa-t-il, les conduisant au-delà du hangar d'où il était venu, vers une grande zone clôturée.

Il leur parla par-dessus son épaule en s'approchant de la barrière.

— Ce n'est que l'un des enclos. Il y en a quatre autres de la même taille.

Kit regarda les chèvres qui broutaient. Il aperçut une poignée de chevreaux et se retourna pour interroger la duchesse.

— Beau voulait un chevreau, c'est bien cela ?

— Il s'est attaché à l'un d'entre eux, mais il les aimera tous de la même façon.

M. Maynard ouvrit la barrière et la tint pour que Kit et la duchesse entrent dans l'enclos. Mme Maynard et leur fille ne les avaient pas suivis.

Lorsqu'ils furent tous à l'intérieur, M. Maynard referma la barrière et les conduisit vers un groupe qui se tenait non loin.

— Nous avons eu quatre naissances au cours de la

dernière quinzaine, et nous en attendons une demi-douzaine d'autres dans les quinze prochains jours. Le printemps est une période chargée !

Il rit en regardant Kit.

— Je peux l'imaginer, répondit celui-ci. Il se trouve que nous aimerions en avoir un petit troupeau près du château. Mon fils aimerait apprendre à s'occuper des chèvres.

M. Maynard fronça les sourcils.

— Vraiment ? C'est une drôle d'éducation pour un futur duc, mais c'est très noble.

Kit savait que l'homme ne cherchait pas à l'offenser, et, dans l'absolu, il aurait été d'accord. Il se demandait si le véritable duc aurait permis à Beau de s'occuper des chèvres. D'après ce qu'il connaissait de son cousin, il aurait parié que non.

— Je suis d'accord. Vous verrez que je ne suis pas un duc ordinaire.

Il sourit et ne put s'empêcher de jeter un coup d'œil à la duchesse.

Elle le regardait avec quelque chose qui ressemblait à de la stupéfaction. Un jour, il cesserait de la choquer. Peut-être. D'un autre côté, il était possible qu'il s'en aille avant que cela n'arrive. Dans le cas présent, il espérait que non. Il voulait qu'elle lui fasse confiance. Il n'était pas sûr de savoir pourquoi. Peut-être parce qu'il se disait que ce serait bon pour elle. Elle avait besoin de savoir que son mari actuel n'était pas l'horrible bête dont elle se souvenait.

Jusqu'à ce qu'il la quitte… Ensuite, il serait vraiment cette horrible bête.

Sauf qu'elle s'en ficherait. Elle serait soulagée de retrouver sa vie telle qu'elle la voulait. Il voyait du ressentiment enfoui sous des vagues d'appréhension, de choc et de stupéfaction.

— Pensez-vous que nous pourrions avoir un petit troupeau ? s'enquit la duchesse auprès de M. Maynard.

— Oh, certainement. Et je serais heureux de venir construire un enclos. Vous aurez également besoin d'une cabane pour leur faire un abri.

— Je pourrai vous aider, proposa Kit.

La duchesse et M. Maynard le regardèrent avec surprise. Il comprit qu'une fois encore, il avait dépassé les limites normales de son rôle.

— Comme je l'ai dit, je ne suis pas un duc ordinaire. Indiquez-moi la taille et les détails, et je veillerai à ce que nous ayons le bois nécessaire. Nous sommes impatients d'avoir les chèvres au château, le plus tôt sera le mieux.

— J'ai hâte de vous aider, Votre Grâce, répondit le locataire.

Le regard de M. Maynard se porta sur un point au-dessus de l'épaule droite de Kit.

— Zut ! Racer a encore trouvé le moyen de franchir la barrière. Je pensais avoir réparé ce loquet !

Il se précipita vers le périmètre de l'enclos, et Kit le suivit. Il avait vite compris qu'il pourrait rattraper la chèvre égarée plus rapidement que M. Maynard.

Kit sauta aisément par-dessus la barrière, et se mit à courir à toute vitesse. Il rattrapa l'animal et le souleva du sol. Un bêlement sonore lui emplit les oreilles alors qu'il ralentissait et se tournait à nouveau vers l'enclos.

— Dis donc, que tu es bruyant ! Déçu de t'être fait attraper si vite, hein ? Je parie que tu as causé beaucoup de tracas à M. Maynard. Tu devrais peut-être venir au château. Je crois que Beau pourrait aimer te courir après.

M. Maynard et la duchesse l'attendaient juste à l'extérieur de l'enclos lorsque Kit déposa la chèvre par-dessus la clôture.

— Je vous remercie, Votre Grâce. Je serais encore en train de courir après cette canaille sans vous.

— Heureux d'avoir pu vous aider, Maynard. Vous feriez peut-être mieux d'envoyer Racer au château si elle vous cause des difficultés. Racer, cela veut dire « coureur », n'est-ce pas ? Voilà un nom bien trouvé !

Maynard lui jeta un regard dubitatif.

— Il est un peu pénible. Êtes-vous certain de vouloir l'avoir ?

— Je vous fais confiance pour décider de ce qui est le mieux. Je voulais seulement vous proposer cette solution si elle peut être utile à la gestion de votre troupeau.

Ils repartirent vers le cottage, où Maynard leur proposa des rafraîchissements. Kit refusa, car ils avaient plusieurs autres locataires à visiter. Maynard promit d'envoyer les détails nécessaires à la réalisation de l'enclos et de l'abri au château le matin suivant.

Lorsque Kit et la duchesse revinrent à leurs chevaux, il lui proposa de l'aider à monter. Elle ne répondit rien, se contentant d'un léger hochement de tête. Il fit de son mieux pour la toucher de la manière la plus superficielle possible, et pour mettre un terme au contact rapidement.

Lorsqu'elle fut installée sur sa selle, elle le regarda d'un air interrogateur.

— J'ai eu l'impression que tu parlais à cette chèvre. Que lui as-tu dit ?

— Je lui ai dit qu'elle était bruyante et je lui ai demandé si elle était contrariée que je l'attrape si vite. Ensuite, je lui ai demandé si elle voulait venir et devenir l'animal de compagnie de Beau.

Elle le dévisagea, puis la plus belle chose qui soit se produisit : elle rit. Ses lèvres se retroussèrent et un son semblable au chant des oiseaux qu'il avait entendu sous les tropiques l'enveloppa. Il se tenait au-dessous d'elle, se prélassant dans la lueur de sa bonne humeur, et décida que c'était l'endroit le plus chaleureux et le plus lumineux du monde.

— Tu devrais faire cela plus souvent, lui dit-il doucement.

Puis il voulut immédiatement retirer ce qu'il avait dit, car la joie disparut de son visage.

La femme insouciante au sourire séduisant se mua en duchesse réservée et distante.

— Mes excuses, lui dit-il. Je ne voulais pas dépasser les bornes. Continuons.

Il grimpa sur son cheval, et ils chevauchèrent jusque chez le prochain locataire, qui leur montra son troupeau de vaches. Kit n'avait que peu d'expérience avec le bétail et la perspective d'en apprendre davantage l'enthousiasmait. Alors qu'il posait des dizaines de questions, il entendait la voix de son père lui dire : « *Kit, tu ne peux pas espérer tout savoir sur le monde, mais par Dieu, tu vas essayer.* » Il se rendit compte aussi qu'il aurait pu passer le reste de l'après-midi ici, mais qu'ils devaient continuer. Il promit au locataire qu'il reviendrait bientôt.

Tout au long de la conversation, la duchesse l'avait observé avec un mélange de perplexité et d'admiration. Elle avait aussi posé des questions, ce que Kit avait trouvé admirable.

Le troisième locataire était un fermier, et, à présent, il était suffisamment échauffé pour accepter l'offre de bière de l'homme. Cependant, il refusa de s'asseoir ; à la place il préférait faire le tour des champs, une chope à la main.

La duchesse était restée avec la femme du fermier, et Kit se demandait s'ils devaient retourner au château. L'après-midi s'était réchauffé. Peut-être pourraient-ils rendre visite à un locataire de plus. Il s'était attendu à trouver ce tour du domaine intéressant, mais maintenant il ressentait quelque chose de bien plus profond : il était investi.

Kit termina sa bière et tendit sa chope vide à M. Dooley.

— Merci pour votre aimable hospitalité.

— Merci d'être venu, Votre Grâce. Allez-vous rentrer au château maintenant ?

— Je pense que nous allons rendre visite à un locataire de plus.

Dooley hocha la tête.

— Je me rends chez mon voisin pour l'aider à réparer son toit, si vous voulez bien m'accompagner. Pas pour réparer le toit, bien sûr, mais je peux vous présenter. Bricker est un peu rustre, mais il a une bonne âme, et il a besoin d'aide de temps en temps. Il a perdu ses fils en France et en Espagne.

La poitrine de Kit se serra. Il semblait injuste que des gens comme son cousin, des nobles jouissant de la richesse et du prestige, soient exemptés de telles horreurs alors que de jeunes garçons de la campagne donnaient leur vie, laissant souvent leur famille beaucoup plus pauvre.

— Est-ce qu'il va bien ? demanda Kit.

— Assez bien. Nous nous entraidons, Votre Grâce. C'est pourquoi je vais aller réparer son toit.

— Je viens avec vous pour vous aider, répondit-il d'un ton ferme, pour que ses intentions soient claires.

Dooley parut choqué sur le moment, mais sembla comprendre que l'offre de Kit était sincère. Et qu'elle n'était pas ouverte à la négociation. Kit commençait à se rendre compte qu'on ne remettait jamais en question les décisions d'un duc.

— C'est trop gentil de votre part. Je vais aller chercher mes outils. J'avais prévu d'y aller à pied, si vous voulez partir devant.

— La duchesse et moi vous y retrouverons.

Après avoir reçu les indications pour se rendre à la maison de Bricker, Kit se rendit au cottage et frappa à la porte. Mme Dooley répondit avec un sourire, et la duchesse apparut derrière elle.

— Prêt ? lui demanda-t-elle en nouant son chapeau d'équitation sous son menton.

C'était un modèle décontracté avec une plume de paon, positionné selon un angle séduisant sur ses cheveux noirs.

— Oui, répondit-il avant de remercier Mme Dooley pour son hospitalité.

La duchesse fit de même. Dehors, il lui expliqua qu'ils allaient faire un dernier arrêt.

— J'espère que cela ne te dérange pas.

— Pas du tout.

— Tu n'as pas trop chaud, tu n'es pas trop fatiguée ?

Elle plissa brièvement les yeux.

— Je ne suis pas une duchesse ordinaire.

Que ce soit une tentative de sa part de se montrer charmante ou non, il était totalement captivé, et il ne put s'empêcher de rire.

— Je m'en souviendrai.

Elle lui adressa un sourire à l'ombre de son chapeau affriolant.

— Et toi ? Est-ce que tu as trop chaud ? Tu es fatigué ?

C'était une question légitime, et il dut réviser son jugement précédent. Il semblait qu'il y avait *une* personne assez courageuse pour remettre en question la parole d'un duc, et, au vu de son comportement, il n'aurait jamais imaginé que ce serait elle. Peut-être lui faisait-il bonne impression. *Peut-être* qu'elle baissait sa garde.

— Je vais bien, merci.

Il l'aida à enfourcher sa monture, encore une fois en toute hâte, et ils se mirent rapidement en route vers la maison de M. Bricker. Ils dépassèrent Dooley un peu plus loin sur le chemin, et il les salua lorsqu'ils passèrent au trot.

— M. Dooley se rend-il aussi chez M. Bricker ? s'enquit-elle.

— Nous allons réparer son toit. Si cela prend trop de

temps, je pourrai te trouver une escorte pour rentrer à la maison.

— Ce ne sera pas nécessaire. Comme je te l'ai dit, je ne suis pas trop fatiguée pour continuer, affirma-t-elle, lui jetant rapidement un regard, et il fit de même. D'abord, tu dis que tu vas aider à construire l'enclos et l'abri pour les chèvres, ensuite, tu attrapes une chèvre, et maintenant tu veux réparer un toit ? As-tu appris toutes ces choses pendant ton absence ?

Elle paraissait plutôt incrédule, et, à présent, Kit se demandait ce que son mari faisait pour passer ses journées. L'équitation... il semblait aimer monter à cheval. C'était d'un ennuyeux ! Sauf si l'on avait une destination précise ou que l'on était en bonne compagnie. Il jeta un nouveau regard dans sa direction.

— Es-tu au courant des difficultés de M. Bricker ? lui demanda-t-il.

— Non. Je devrais ?

— Il a perdu ses fils à la guerre et il a besoin d'aide pour entretenir sa maison. Je prévois de faire le point sur sa situation et de voir ce que je peux faire pour l'améliorer.

— Je peux m'en charger pendant que tu répares le toit, proposa-t-elle alors qu'ils quittaient le chemin en direction du cottage.

Il fit arrêter son cheval et en descendit.

— C'est une excellente idée, dit-il en s'approchant d'elle pour l'aider à descendre. Nous allons travailler ensemble pour assurer le confort de M. Bricker.

Elle posa les mains sur ses épaules alors qu'il la faisait glisser vers le sol. Et comme ils l'avaient déjà fait à plusieurs reprises, cette fois-ci, il se rendit compte qu'elles restaient sur sa veste une fraction de seconde de plus que précédemment.

— Je crains de n'avoir pas été avertie qu'il était seul, et

j'aurais dû l'être. J'ai laissé Cuddy me tenir à l'écart. J'aurais dû venir ici moi-même et faire ce que tu fais.

Il entendit les reproches qu'elle se faisait dans sa voix ; il voulait apaiser ses remords.

— Ne te réprimande pas. Ce n'est pas comme si tu étais restée oisive. Tu avais Beau et la gestion du château, ce qui est plus que suffisant pour te tenir occupée. D'après moi, tu t'es plutôt bien acquittée de ta tâche en mon absence.

— Comment peux-tu le savoir ? Cela ne fait pas une journée que tu es rentré.

Il ne pouvait peut-être pas vraiment le savoir, mais son intuition lui disait qu'il avait raison.

— Visiblement, le personnel a énormément de respect pour toi, et ton fils t'adore. Je dirais que c'est un foutu succès !

Il grimaça en se rendant compte de la transgression de son langage et s'interrompit. Il avait travaillé si dur pour l'améliorer !

— Mes excuses. C'est un peu difficile de laisser la vie de marin derrière soi.

— C'est ce que je commence à voir, murmura-t-elle, avant de poser le regard derrière lui, inclinant la tête vers le cottage. Voilà M. Bricker.

Kit pivota pour faire face à l'homme qui avançait vers eux. Il se déplaçait lentement et il était légèrement voûté. Kit eut envie d'offrir immédiatement une retraite à cet homme.

— Bonjour, monsieur Bricker, le salua Kit. Je suis Blackburn.

Bricker inclina la tête sur le côté et le dévisagea un moment. Plus l'homme attendait avant de parler, plus l'angoisse de Kit augmentait. Voyait-il quelque chose ? Savait-il que Kit n'était pas Rufus Beaumont ?

— Vous semblez différent, Votre Grâce. En fait, si vous ne vous étiez pas présenté, je n'aurais pas pensé que c'était vous.

Je dois bien admettre qu'il y a une petite ressemblance, alors j'aurais pu me poser la question, dit-il avant de regarder la duchesse. Vous êtes certaine que c'est lui ?

Le souffle de Kit se bloqua dans sa poitrine tandis que Bricker recommençait à l'étudier. Il risqua un regard vers la duchesse, qui avait tourné la tête vers lui.

— Aussi certaine que je peux l'être.

Ce n'était pas exactement un soutien catégorique, mais c'était le mieux qu'il pouvait espérer. Il chercha à surmonter cette gêne aussi vite que possible.

— J'ai cru comprendre que votre toit avait besoin d'une réparation. M. Dooley est en route, et j'aimerais l'aider. Quel est le problème ?

— Vous allez réparer mon toit ?

L'admiration se mêlait à la surprise dans la voix de l'homme.

— J'aimerais bien, oui.

Il jeta un œil au chemin et vit Dooley approcher. Bien. L'homme serait là d'ici quelques minutes, et ils pourraient se mettre au travail. Kit reporta son regard vers le toit de chaume du cottage.

— Vous avez une fuite ?

— Un peu dans le coin. Je vais vous montrer. Le pire se trouve ici, mais ça s'écoule aussi à l'intérieur, si vous voulez jeter un coup d'œil, expliqua-t-il en conduisant Kit vers le bord du petit cottage, lui montrant les traces d'eau sur l'extérieur.

— Je veux bien. C'est pour ça que je suis ici. Dites-nous, monsieur Bricker, quelle est votre activité ?

— Je garde quelques moutons, Votre Grâce. J'ai aussi une petite ferme, mais Dooley ainsi que Wallace qui se trouve au nord de chez moi font la plus grande partie du travail ces derniers temps.

— Eh bien, cela ne me semble pas tout à fait juste,

monsieur Bricker, constata Kit, qui se rendit compte de son erreur en voyant les sourcils gris et touffus de l'homme s'abaisser sur ses yeux. Non pas que vous ne fassiez pas le travail, mais que vous n'ayez pas l'aide adéquate.

— Je dispose d'une aide adéquate ! répondit Bricker avec fougue. Dooley et Wallace m'aident beaucoup.

Avant que Kit puisse répondre, la duchesse se rapprocha de l'homme âgé et lui adressa un sourire chaleureux.

— J'en suis sûre, monsieur Bricker. Pourriez-vous m'escorter à l'intérieur où il fait un peu plus frais ? Je serais ravie que vous me parliez de vos moutons.

Elle jeta un regard à Kit et passa son bras autour de celui de l'homme plus âgé. Bricker sembla se redresser lorsqu'il se détourna du duc et la fit entrer dans sa maison.

Ce dernier remarqua que Bricker ne l'avait pas traité avec la même déférence que tous les autres jusqu'à présent. Sans doute parce qu'il ne pensait pas que Kit était vraiment le duc.

Eh bien, cela devait arriver, se dit-il. Mais l'homme allait-il le confronter ? Kit en doutait, mais Bricker semblait immunisé contre le décorum ducal.

Ce qui le fit sourire.

Dooley s'avança vers le cottage.

— Vous avez rencontré Bricker, alors ?

— Effectivement. J'ai bien peur de m'être fait mal comprendre, de lui avoir donné l'impression qu'il ne devrait pas avoir besoin d'aide.

Kit retira sa veste qu'il posa sur le perron. Il se fichait de la salir ou de l'abîmer, ou de faire la même chose avec les vêtements qu'il portait, d'ailleurs. Demain, le tailleur viendrait prendre ses mesures pour une nouvelle garde-robe. Il n'avait pas l'intention de se faire confectionner quelque chose d'extravagant, mais il avait besoin d'au moins quelques vêtements adaptés à sa nouvelle fonction. Il voulait juste quelques pièces en plus qui ne seraient ni vieilles ni usées.

Dooley déposa ses outils et afficha un sourire.

— Je suppose qu'il s'est montré grincheux à ce sujet. C'est un grognon, mais ne vous laissez pas abattre. Comme je l'ai dit, c'est une bonne âme. En dessous de sa carapace, ajouta-t-il avec un sourire. Je vais juste aller chercher son échelle.

Il fit le tour du cottage, et Kit se précipita pour l'aider.

Une heure plus tard, ils avaient réparé le toit de chaume. Kit avait également retiré son gilet, et sa chemise était pratiquement trempée de sueur. C'était bon de travailler, et il avait hâte de construire l'enclos des chèvres.

Bricker sortit et marcha sur la veste de Kit sans s'en rendre compte alors qu'il les rejoignait dans la cour pour examiner leur travail.

La duchesse referma la porte derrière elle en sortant à la lumière du soleil. Elle faillit marcher sur les vêtements de Kit elle aussi, mais se pencha pour les ramasser avec un léger froncement de sourcils. Elle leva les yeux et son regard se posa sur Kit. À en juger par ses yeux écarquillés et les légères traces de rose sur ses joues, il devina qu'elle était scandalisée par son état de déshabillage.

Il jeta un coup d'œil à Dooley qui était aussi en manches de chemise. Mais il s'agissait d'une chemise de travail, et on attendait de lui qu'il se démène, tandis que Kit était apparemment censé superviser et s'abstenir de toute activité. *Eh bien, merde !*

— Sa Grâce a fait un excellent travail, annonça Dooley, avant de faire un signe de tête à Kit. J'étais ravi d'avoir son aide aujourd'hui. Merci.

— Tout le plaisir était pour moi, répondit-il, sincère, car il en avait apprécié chaque moment. Faites-moi savoir si je peux vous aider à nouveau.

Il décida de serrer les mains des deux hommes : d'abord Dooley pour montrer à Bricker ce qu'il avait l'intention de faire et ensuite l'homme plus âgé, qui continuait de le regarder avec une pointe de scepticisme, mais aussi un brin de quelque chose qui aurait pu être de l'admiration.

— J'apprécie, Votre Grâce, lui dit Bricker, avant de tourner un regard affectueux vers la duchesse. Sa Grâce m'a dit que vous aimeriez m'offrir un cottage pour ma retraite. Je vous en suis très reconnaissant, mais j'aimerais quand même avoir mes moutons.

— Nous serions ravis que vous gardiez vos moutons, monsieur Bricker, lui confirma-t-il. Je suis sûr que personne ne s'en occupera mieux que vous.

Ils firent leurs adieux, et Kit déroula ses manches en revenant vers la duchesse. Elle lui tendit son gilet et haussa un sourcil. Il commençait à remarquer que c'était l'une de ses mimiques favorites.

Il enfila le vêtement, puis lui prit sa veste tandis qu'ils repartaient vers leurs chevaux.

— Merci, dit-il simplement.

— Je ne voulais pas le dire, mais tes vêtements sont un peu lamentables. Tes anciens vêtements sont quelque part dans le château. Je vais demander à Kirwin de les ressortir.

— Il l'a déjà fait, l'informa Kit en enfilant sa veste, avant de commencer à boutonner son gilet.

Il aurait donné n'importe quoi pour retirer sa cravate, mais il se dit qu'un duc ne devrait pas aller si loin.

— Déjà ? demanda-t-elle en secouant la tête. Cela ne devrait pas me surprendre. Kirwin est extrêmement efficace. Tu as dit que je dirigeais bien le château, mais à la vérité, Mme Hunsacker et lui gèrent tout tellement bien que je n'ai presque rien à faire.

— J'ai du mal à le croire.

Il décelait chez elle une tendance à se dévaloriser, et se demanda si son minable de mari n'en était pas le responsable.

Elle agita la main alors qu'ils rejoignaient leurs chevaux.

— Pourtant, c'est vrai, dit-elle avant de regarder son

costume. Si Kirwin t'a apporté tes vêtements, pourquoi portes-tu encore ceci ?

Parce que rien n'était à sa taille. Apparemment, il était plus grand que son cousin, de quelques centimètres, et bien plus large d'épaules. Ses jambes étaient aussi un peu plus musclées, ce qui l'avait empêché d'enfiler ses pantalons. Il décida de saisir cette excuse.

— Il semblerait que mes années passées en mer aient augmenté la largeur de mes épaules et la circonférence de mes cuisses.

Il rit, espérant qu'elle ne se souviendrait pas de ce que Bricker avait dit plus tôt.

Elle posa très brièvement les yeux sur lui, et cette séduisante touche de couleur revint sur ses joues.

— Je le vois. Je suppose que tu vas devoir faire venir un tailleur. Ou Kirwin s'en est-il déjà occupé ?

— Il l'a fait. Le tailleur viendra au château demain.

Elle hocha la tête avec un petit sourire. Il n'était pas aussi magnifique que celui qu'elle lui avait offert plus tôt, mais il le prenait comme un enfant qui s'empare d'une friandise à Noël.

Kit l'aida à enfourcher son cheval une fois de plus, et ils saluèrent Bricker et Dooley en reprenant le chemin du château.

Dès qu'ils entrèrent dans la cour de l'écurie, Kit sentit la tension dans l'air. Il descendit de cheval tandis que Kirwin s'avançait vers eux d'un pas déterminé.

Un palefrenier aida la duchesse à descendre pendant que Kit s'adressait au majordome.

— Quelque chose ne va pas ?

Quelque chose clochait manifestement, étant donné les sourcils froncés et la couleur grisâtre de Kirwin.

— C'est Lord Augustus, annonça-t-il, se tournant tout d'abord vers la duchesse, ce que Kit comprenait.

Son cœur commença à s'emballer, et il ne pouvait qu'imaginer ce qu'elle devait ressentir.

— Je vous en prie, venez tout de suite au jardin ! Le jardin est.

Kit y aurait couru s'il s'était souvenu de l'endroit où il se trouvait. À la place, il vint aux côtés de la duchesse qui ramassa ses jupes et courut aussi vite qu'elle le pouvait. Pendant tout ce temps, il pria pour que Beau aille bien.

<h1 style="text-align:center">CHAPITRE 6</h1>

Alors qu'ils se précipitaient vers le jardin est, Verity essayait de ne pas paniquer.

— Qu'est-ce qui ne va pas avec Beau ? demanda-t-elle à Kirwin.

— Il a suivi Moustache dans le chêne, plus haut qu'il n'est jamais allé, et je crains qu'il ne puisse pas redescendre.

Ils traversèrent la cour basse jusqu'à la tour d'entrée et s'élancèrent sur le côté du château jusqu'au jardin est. Le chêne, d'une hauteur d'environ neuf mètres avec un enchevêtrement de branches à escalader, se trouvait au fond du jardin.

— Il a déjà grimpé à cet arbre ? demanda Rufus alors qu'ils se hâtaient dans l'allée.

— Plusieurs fois, mais il sait qu'il ne faut pas aller trop haut.

Malgré cela, il essayait souvent, lorsque la tentation était trop forte. Voilà pourquoi il avait besoin d'être surveillé.

— Où est sa nourrice ? s'enquit Verity, mais au même moment, elle vit la femme qui se tordait les mains sous l'arbre.

Kirwin fit un geste de la main.

— Voilà, Votre Grâce.

Verity se précipita en avant.

— Que s'est-il passé ?

La nourrice se mit à pleurer.

— Oh ! Votre Grâce, je lui ai dit de ne pas aller plus haut, mais il a insisté sur le fait que Moustache avait besoin d'aide.

De toute évidence, le chat n'avait besoin de personne, désormais assis sous l'arbre, levant le nez vers le tronc.

— Maman ?

Verity s'approcha de l'arbre et scruta les branches jusqu'à ce qu'elle trouve Beau. Il était assez haut.

— Je suis là, Beau.

— Excuse-moi.

La voix profonde de Rufus résonna près de son oreille. Il s'était débarrassé de sa veste, et elle tourna la tête vers Kirwin qui tenait le vêtement.

— Est-ce que tu vas aller le chercher ?

— Bien sûr.

Il commença à escalader le tronc et atteignit Beau avec rapidité et facilité, comme s'il grimpait aux arbres tout le temps.

Elle le vit parler au garçon, qui s'accrochait à la branche des deux bras. Son petit visage était triste et pâle, et Verity avait hâte de le serrer contre elle et de lui dire que tout irait bien. Ensuite, elle le gronderait pour ne pas avoir écouté sa nourrice ni sa mère.

Il fallut plusieurs minutes de ce qui semblait être de la cajolerie, mais ensuite Rufus bougea. On aurait dit qu'il pendait de l'arbre, et Verity en eut le souffle coupé. Il tourna le dos à Beau, et un instant plus tard, un des bras de son fils s'enroula autour de son cou. Cela prit encore un moment, durant lequel Verity ne respira toujours pas, pour que l'autre bras de Beau rejoigne le premier, serrant fermement Rufus.

Le petit garçon avait les yeux hermétiquement fermés tandis que sa mère luttait pour garder les siens ouverts. S'il laissait tomber son fils…

Rufus dit quelque chose, et Beau ouvrit les yeux. Ensuite, l'homme se mit à descendre, bien plus lentement qu'il n'était monté. Verity avait la sensation qu'il aurait pu revenir deux fois plus vite, mais qu'il n'en faisait rien à cause de sa précieuse cargaison.

Lorsqu'il atteignit le tronc et ne fut qu'à quelques mètres du sol, elle finit par respirer. Les bottes de Rufus touchèrent le sol, et elle s'avança pour prendre Beau dans son dos. Il passa les bras autour d'elle, et serra ses jambes autour de sa taille.

— Je suis désolé, maman.

Il gémit un moment contre son cou, et elle le serra fort en pressant ses lèvres contre sa tête brune.

— Tu es en sécurité, maintenant.

Son regard dériva vers Rufus, que Kirwin aidait à enfiler sa veste. Le majordome brossa la manche du duc, et le regarda avec une sorte d'admiration.

Elle comprenait parce qu'elle ressentait la même chose, et elle ne savait pas du tout quoi faire à ce sujet. Elle l'avait haï et méprisé pendant si longtemps !

Beau souleva la tête de son épaule et se tourna pour regarder Rufus.

— Tu as vu ce que papa a fait ? C'est le meilleur grimpeur de tous les temps !

— J'ai vu, murmura Verity.

— C'est à cause de tout le gréement sur les bateaux. Il m'a dit que la première fois qu'il a dû monter, il était terrifié, mais qu'il devait le faire.

— Exactement comme toi tu devais redescendre, confirma Rufus avec un sourire. Nous devons apprendre à vaincre nos peurs. C'est ce que tu as fait aujourd'hui, et je suis fier de toi.

Le petit garçon sembla grandir dans ses bras, au point qu'elle sentait pratiquement la joie que lui procuraient les paroles de son père. Verity n'était pas insensible non plus.

— Merci, dit-elle, mais c'étaient des mots bien trop simples pour lui montrer sa reconnaissance.

Non seulement il avait sauvé Beau, mais il avait également enseigné au garçon une leçon précieuse.

Elle se serait attendue à ce qu'il punisse son fils. En fait, même encore maintenant, elle s'attendait à ce qu'il fasse une remarque sur le fait que Beau avait ignoré sa nourrice. Comme il n'en faisait rien, elle reposa son fils et s'accroupit pour le regarder dans les yeux.

— Beau, je suis très heureuse que tu sois sain et sauf, et on dirait que tu as appris une leçon sur le courage. Cependant, tu devrais aussi apprendre une autre leçon : tu dois écouter ta nourrice. Et si papa n'avait pas été là pour te secourir ?

Elle manqua de s'étrangler sur ces mots qu'elle n'aurait jamais imaginé prononcer.

Beau baissa les yeux à terre.

— Je serais encore dans cet arbre. Je suis désolé, maman. J'aurais dû écouter ma nourrice, marmonna-t-il en levant ses yeux verts sur ceux de sa mère. Devrais-je être puni ?

Verity reconnaissait qu'elle était peut-être trop indulgente avec Beau, mais c'était un bon garçon dans l'ensemble. Elle regarda Rufus qui les observait. Il haussa légèrement les épaules, lui laissant clairement le soin de décider. Il faisait exactement ce qu'il avait dit et ne se mêlait de rien en dehors de la gestion du domaine.

— Tu devrais sûrement, répondit-elle en reportant son attention sur son fils. Interdiction de monter aux arbres pendant trois jours.

Beau ouvrit la bouche comme pour protester, mais il jeta un coup d'œil à son père et hocha la tête.

— Oui, maman. Mais alors, est-ce que papa pourra m'apprendre à monter et descendre tout seul ? Il m'a promis.

Vraiment ? Ce devait être l'une des choses dont ils avaient discuté dans l'arbre. En même temps qu'ils avaient parlé de la peur de Rufus de devoir grimper sur le gréement d'un navire. Elle était intriguée par les expériences qui avaient transformé cet homme, et plus qu'un peu curieuse. Dommage qu'il lui ait dit qu'il ne voulait pas en parler. Sauf, semblait-il, lorsqu'il devait persuader son fils de descendre d'un arbre.

Y aurait-il une raison pour qu'il ressente le besoin de se confier à elle au sujet des six dernières années et demie ? Elle n'en voyait aucune, mais, pour l'instant, elle acceptait que sa vie soit complètement chamboulée.

— Je vais lui en parler, dit Verity en se levant.

Une partie d'elle craignait encore de confier Beau à Rufus. Mais jusqu'à présent, il s'était montré à la hauteur de la tâche.

— Mais maintenant, j'aimerais que tu ailles à l'étage et que tu retires tes vêtements sales.

— Oui, maman.

Beau la serra rapidement dans ses bras, puis alla voir Rufus et l'étreignit également, juste un tout petit peu plus longtemps. Du moins, elle en eut l'impression.

Verity ressentit une pointe de jalousie en voyant le petit garçon prendre la main de sa nourrice et repartir vers la maison. Elle se tourna vers Rufus.

— J'ai l'impression que nous devons nous réjouir du temps que tu as passé à bord du navire.

Il haussa les épaules.

— Je l'aurais quand même sauvé, mais peut-être que cela aurait pris un peu plus de temps.

— Je devine que tu as vaincu ta peur, dit-elle, songeant

qu'il était de notoriété publique qu'il n'avait jamais aimé grimper au sommet des tours.

— Oui, confirma-t-il, et elle crut lire dans son regard un éclair d'incertitude. Je crois que je vais rentrer me changer aussi. Et peut-être prendre un bain avant le dîner.

Kirwin se tourna vers le château.

— Je vais aller arranger cela, Votre Grâce.

Rufus sourit et leva la main.

— Ce n'est pas nécessaire. Je peux demander au valet de pied.

Il inclina la tête et repartit vers le château, laissant Verity seule avec le majordome.

Ils gardèrent le silence en observant Rufus franchir la porte d'entrée et disparaître hors de leur vue.

Kirwin prit la parole en premier.

— Il a bien changé, Votre Grâce. Si ce n'est pas trop présomptueux de ma part de le dire.

— Ce n'est pas le cas, et je suis d'accord.

Verity plissa les yeux, puis se tourna vers l'arbre avant de repartir en direction de la maison. Kirwin se mit en route à ses côtés.

— Il m'a dit que vous aviez trouvé ses vêtements... d'avant. Merci d'y avoir pensé.

— Ils ne lui allaient pas.

— C'est ce qu'il m'a dit. Il m'a également dit que vous aviez organisé la visite d'un tailleur pour demain.

— C'est vrai. C'était absolument nécessaire, dit-il, puis il s'interrompit durant quelques pas avant de poursuivre. Je ne l'ai pas vu essayer les vêtements, mais je l'ai vu tenir un manteau, et j'ai tout de suite compris qu'il ne lui irait jamais.

— Oui, il est plus imposant après cette absence.

Il était plus musclé, chose qui avait été facilement démontrée par toutes les activités qu'il avait entreprises ce jour-là. À présent, en le revoyant grimper à l'arbre, elle devait bien admettre qu'il était remarquablement bien bâti. Elle n'avait pas souvenir qu'il avait de tels muscles avant. Mais, à l'époque, elle s'était efforcée de le toucher le moins possible.

— En fait, il semble également un peu plus grand, constata Kirwin. Et j'ai remarqué qu'il ne portait pas les bottes, qui étaient pratiquement neuves au moment de sa disparition. Je ne pense pas qu'elles lui aillent non plus.

— Mes pieds ont changé de taille après la naissance de Beau, répondit Verity.

Non pas que Rufus ait porté un enfant, évidemment, mais le fait était que des changements pouvaient intervenir. Essayait-elle de trouver des excuses pour exclure la possibilité qu'il ne soit pas vraiment Rufus ? Et pourtant, comment serait-ce possible ? Il lui ressemblait tellement, et il savait des choses qu'un étranger ne pourrait pas connaître.

Il connaissait Kirwin, et il avait demandé pourquoi le nom de Beau n'était pas Archibald. Soudain, elle avait envie de creuser un peu plus et de voir ce qu'il savait ou ignorait.

— Je ne sais pas ce qui l'a poussé à changer autant, mais j'en suis plutôt ravi, constata Kirwin. Pour le bien de Lord Augustus et le vôtre.

Verity était d'accord, mais elle ne dit rien. Alors qu'ils traversaient la cour basse, Kirwin la regarda.

— Mme Hunsacker et moi voulions nous excuser pour notre comportement après votre arrivée ici. Nous savions qu'il ne vous traitait pas très bien, mais nous étions trop effrayés pour dire quoi que ce soit. J'aime à penser que je l'aurais fait s'il n'avait pas disparu.

Elle s'arrêta au pied de l'escalier menant au chemin conduisant à la guérite supérieure.

— Je suis sûre que vous l'auriez fait.

Avec le recul, elle ignorait comment elle aurait pu survivre. Les abus avaient commencé par des insultes et avaient progressé jusqu'à la dévalorisation. Ensuite, il avait commencé à la toucher plus brutalement, ce qui correspondait à la façon dont il la traitait dans la chambre à coucher. Il la pinçait et l'empoignait, puis il s'était mis à la pousser et à la frapper. Mais cela n'avait pas été sa méthode de torture préférée. Non, cela avait consisté à lui refuser des choses : ses plus beaux sous-vêtements, à manger et à boire, et enfin le sommeil.

Deux jours avant sa disparition, elle l'avait déçu au lit, et il l'avait obligée à rester debout dans un coin de la pièce pour le restant de la nuit. Il l'avait prévenue que s'il se réveillait et la trouvait endormie ou si elle bougeait, il lui ferait passer la nuit dehors. Sous une pluie battante. Et comme il avait tendance à se réveiller une ou deux fois dans la nuit pour utiliser le pot de chambre, elle était restée là, trop terrifiée pour bouger.

— Quand je l'ai revu hier, j'ai été bouleversée, dit-elle doucement.

— Tout comme nous, répondit Kirwin, dont le soutien signifiait plus pour elle qu'il n'aurait pu l'imaginer. Nous nous sommes immédiatement promis de vous garder en sécurité, vous et Lord Augustus, à n'importe quel prix.

— Il semblerait que vous n'ayez pas à prendre de mesures drastiques. Il a l'air plutôt différent.

Elle priait pour que cela reste ainsi.

Kirwin partageait peut-être ses réserves.

— Si nous avons le moindre soupçon qu'il revienne à ses anciennes habitudes, nous vous protégerons.

Verity lui toucha le bras et lui adressa un sourire affectueux.

— Merci, Kirwin. Et, s'il vous plaît, remerciez Mme Hunsacker également. Mais je vous conseille d'être prudents. C'est un duc après tout, et, à côté de lui, nous ne sommes rien.

Rufus le lui avait rappelé tant de fois… Finalement, cette

conversation ne faisait que lui rappeler à quel point il avait été horrible. Elle eut soudain envie d'un bain, elle aussi, pour se libérer de cette complaisance qui l'avait gagnée cet après-midi. Elle se débarrasserait de sa gentillesse, de son attention et de son contact. Même cela avait considérablement changé. Lorsqu'il l'avait aidée à monter et à descendre de cheval tout l'après-midi, elle avait presque imaginé qu'il la touchait avec affection.

Presque.

Elle ne pouvait pas se permettre de croire qu'il était autre chose que le démon qu'elle connaissait.

~

*D*eux jours passèrent en un clin d'œil, pendant lesquels Kit consacra beaucoup de temps à réunir le matériel pour la construction de la nouvelle chèvrerie et du nouvel abri, à rendre visite à d'autres locataires et à revoir les livres de comptes après le départ de Cuddy la veille.

Kit baissa les yeux sur le livre ouvert, qui comprenait des entrées jusqu'à la semaine précédente, et fronça les sourcils. Il ne comprenait pas pourquoi certaines réparations n'avaient pas été effectuées, comme celle de l'horloge dans la cour, ou pourquoi des chevaux avaient été vendus. Le domaine semblait bien se porter, et pourtant il n'y avait pas d'excédent.

Il allait devoir les lire une seconde fois. Heureusement, il lisait très vite.

Kit se leva lorsqu'un coup fut frappé à la porte. Un sentiment d'angoisse le traversa et il fit rouler ses épaules pour s'en débarrasser. C'était lui qui avait demandé cette réunion, lui qui avait convié les Entwhistle ici. Whist allait-il le reconnaître ?

— Entrez ! dit Kit, l'air bien plus calme et posé qu'il ne l'était.

La porte s'ouvrit et l'ancien intendant entra. Il retira son chapeau pour dévoiler une fine couche de cheveux gris. Homme de taille et de corpulence moyennes, Whist semblait à peine plus âgé que lorsque Kit l'avait vu, quelque dix-sept ans plus tôt. Cependant, il comptait un peu plus de rides autour des yeux, et sa carrure semblait un peu moins robuste.

Il était suivi d'un homme plus grand, aux épaules plus larges et aux yeux bleu vif. Il devait s'agir de son petit-fils, l'apparemment populaire Thomas Entwhistle, qui avait charmé à la fois la duchesse et Beau.

Et que Kit n'était pas tout à fait certain de vouloir engager. Il comprenait bien le désir de la duchesse d'employer une personne de son choix, et il entendait exercer le même droit.

Kit fit le tour du bureau et leur tendit la main.

— Whist, c'est bon de vous revoir.

Le vieil homme fixa sa main un moment avant de la secouer prudemment.

— Bonjour, Votre Grâce. Permettez-moi de vous présenter mon petit-fils, M. Thomas Entwhistle.

Entwhistle s'inclina et sembla encore plus réticent à serrer la main de Kit. C'est alors que Kit comprit enfin qu'un duc ne devait pas serrer la main de ses inférieurs. Bon sang ! Il le faisait avec les locataires depuis son arrivée, et alors qu'ils avaient eux aussi hésité, il n'avait pas fait le rapprochement.

Désireux d'oublier ce moment embarrassant, et peut-être révélateur, il revint derrière le bureau et leur fit signe de s'asseoir.

— Merci à vous deux d'être venus aujourd'hui. Comme vous le savez, nous cherchons à employer un nouvel intendant.

— Vous cherchez ? répéta Whist, surpris, haussant les sourcils. Sa Grâce a proposé le poste à Thomas.

— Je suis au courant, mais c'était avant que je ne rentre chez moi. Maintenant que je suis là, c'est moi qui prendrai la décision finale.

— Mais vous avez renvoyé Cuddy ? s'enquit Entwhistle.

L'invitation de Kit à cette réunion mentionnait que Cuddy n'était plus l'intendant. Il n'en avait pas indiqué la raison, mais il imaginait que ce genre de ragots circulait rapidement dans le domaine. Et Whist résidait sur le domaine dans un cottage de retraite. Ce qui poussa Kit à dire :

— Whist, j'ai un locataire qui a besoin de prendre sa retraite dans un cottage où il pourra garder un petit troupeau de moutons. L'endroit où il vit maintenant est un trop grand fardeau.

— Bricker ? Il aurait dû s'installer dans un endroit plus petit il y a plusieurs années, répondit Whist en secouant la tête. J'ai proposé mon aide à Cuddy de temps en temps, lorsqu'il débutait à ce poste, mais j'ai abandonné, car il n'en voulait jamais. J'aurais dû vérifier les choses moi-même.

Whist semblait nourrir des regrets similaires à ceux de la duchesse.

— Cuddy a donné l'impression de fournir un travail efficace, et si l'on se fie à ce que disent les livres de comptes, les affaires marchent très bien.

Entwhistle se pencha légèrement en avant sur sa chaise.

— Vous ne semblez pas convaincu.

— Parce que je ne le suis pas. D'après ce que me disent les locataires, il devrait y avoir un excédent, mais lorsque j'ai examiné les livres hier soir et ce matin, je n'en ai pas trouvé la trace.

Whist jeta un regard sceptique à Kit, ce qui le crispa.

— Pardonnez-moi de vous le dire, Votre Grâce, mais votre expérience en matière de gestion de domaine n'est pas très poussée. Thomas et moi pourrions examiner les éléments et apporter un avis d'expert. Mais c'est peut-être pour cela que vous nous avez convoqués ici ?

Kit se sentit soulagé. Jusqu'à présent, l'homme ne semblait pas le reconnaître autrement que pour ce qu'il était, le duc de Blackburn, en dépit du faux pas de la poignée de main. Cette crainte apaisée, il se sentait un peu agacé par le jugement de Whist. Ce qui était absurde, car tout ce qu'il avait appris au sujet de la gestion de domaine remontait à dix-sept ans, et il n'avait jamais imaginé qu'il aurait l'occasion de le mettre en pratique.

— Ce n'est pas la première raison.

Il les avait invités avant que ses soupçons ne prennent racine.

— Mais maintenant que j'ai passé en revue les comptes, je me pose des questions. Il semblerait que l'ancien duc, Augustus, ait dépensé sans compter. Est-ce une évaluation exacte ?

Whist sembla peiné.

— J'en ai bien peur. Il aimait organiser des fêtes et faire étalage de son pouvoir et de sa richesse. Il a également donné pas mal d'argent à diverses causes charitables, en particulier à des garçons orphelins.

Kit avait vu des entrées dans les journaux qui le confirmaient, mais entendre Whist le dire lui donnait froid dans le dos. Il avait donné de l'argent à d'autres garçons, mais, au bout d'un moment, pas à son propre fils. Et maintenant que Kit en avait besoin, il semblait ne pas y en avoir. Ou du moins pas autant qu'il l'avait espéré. Et voilà qu'il dépensait de l'argent pour un enclos à chèvres et un abri. Mais bon sang, qu'est-ce qui n'allait pas chez lui ? Il aurait dû prendre cet argent et partir. Il avait besoin d'un nouveau navire et d'un nouvel équipage, pas de construire des logements pour des chèvres.

Et pourtant, il était là, avec aucune intention de partir. Du moins, pas encore, pas lorsqu'il y avait des choses à faire et une opportunité de laisser la tour Beaumont et ses habitants en meilleur état qu'il ne les avait trouvés.

— Je vois que la duchesse ne dépense pas ainsi. En fait, elle gère une maisonnée plutôt frugale.

— Ils n'ont pas besoin d'extravagance, dit Whist, un peu sur la défensive.

— Je n'ai pas dit le contraire. Toutefois, si le domaine fonctionne de manière similaire et que les dépenses ont diminué, pourquoi n'y a-t-il pas d'excédent ?

Whist et son petit-fils échangèrent un regard inquiet.

— En l'occurrence, je voudrais que vous passiez les comptes en revue. Peut-être pouvez-vous m'aider à découvrir ce qui s'est passé.

Maintenant, Whist affichait la surprise à laquelle Kit s'attendait de la part de presque tout le monde sur ce foutu domaine. Le duc avait été une vraie ordure. Whist répondit avec prudence.

— Nous en serions heureux, Votre Grâce. Cependant, un tel examen nous obligerait à interroger chaque locataire, et à vérifier les informations notées dans les registres. Je dois préciser que Thomas est toujours, pour un temps du moins, employé à Bleven House. Il ne dispose pas du temps supplémentaire nécessaire pour effectuer un examen de la tour Beaumont en plus de ses fonctions, surtout si vous n'envisagez pas de l'engager.

Autrement dit, si Kit l'engageait directement, les besoins et les désirs de chacun seraient satisfaits. Kit devait simplement embaucher cet homme. Whist avait été un sacré bon intendant d'après ce que Kit avait pu entendre, et il ne pouvait qu'imaginer que son petit-fils n'était pas différent.

Pourquoi Kit hésitait-il ? Il allait bientôt partir. Vraiment ? Honnêtement, il n'en savait rien. Il n'allait pas prendre de l'argent pour financer son navire, du moins pas avant d'être certain que le domaine n'en souffrirait pas.

Kit reporta son attention sur Entwhistle.

— Quand pouvez-vous commencer ?

L'homme, qui devait avoir cinq ans de moins que Kit, se redressa.

— Dans une quinzaine de jours. Je pourrais venir dimanche, c'est mon jour de congé, pour commencer l'inspection, si cela vous convient.

— Effectivement. Merci, lui dit Kit.

— Je peux commencer maintenant, si vous le souhaitez, lui proposa Whist.

— Cela nous serait utile, répondit Kit avec un geste vers une petite pile de registres sur le coin du bureau. Ce sont les comptes depuis que vous avez pris votre retraite.

— Cela vous dérange-t-il que je m'installe ici pour les examiner ? lui demanda Whist.

— Pas du tout. J'ai d'autres affaires qui requièrent mon attention. Je dois commencer la construction d'une chèvrerie et d'un abri pas loin des écuries.

Whist sourit.

— Pour Beau ? demanda-t-il, avant de grimacer. Je suis désolé, pour Lord Augustus ?

La familiarité de l'homme ne dérangeait pas Kit. La question qu'il se posait, c'était de savoir à quel point le jeune Entwhistle était devenu familier avec Beau, et avec *la duchesse*.

— Oui. Je crois que je dois vous remercier d'avoir déclenché son obsession pour les chèvres.

Whist rit.

— Ce garçon aime les animaux de toutes sortes.

— Je devrais retourner à Bleven House, annonça Entwhistle en se levant, adressant un regard sérieux à Kit. Je vous remercie pour cette opportunité. J'ai hâte de vous servir, et de servir la tour Beaumont au mieux de mes capacités.

Kit se leva à son tour et inclina la tête vers le jeune homme.

— Je n'ai aucun doute à ce sujet.

Entwhistle partit, laissant Kit seul avec Whist, qui l'observait maintenant d'un air dubitatif. L'anxiété revint, et Kit se demanda si c'était le moment où quelqu'un allait dévoiler sa ruse. Il se rassit, mais se percha seulement sur la chaise au cas où il ressentirait le besoin de fuir à l'improviste.

— Vous avez bien changé, si je peux me permettre, dit Whist.

— Tout le monde le dit.

Kit ne voyait aucune raison de prétendre le contraire. Il savait que les gens en discutaient. À plusieurs reprises maintenant, il était entré dans une pièce ou dans les écuries, et le personnel était immédiatement devenu silencieux. Il imaginait que cela pouvait être simplement parce qu'il était le duc, mais il savait qu'il n'en était rien. Ils le regardaient avec un mélange de peur et de méfiance. Il était prêt à tout pour changer cela. Tôt ou tard, Beau apprendrait quel genre d'homme son père avait été. Peut-être que durant le temps qu'il passerait ici, il pourrait atténuer ce choc en étant un homme dont Beau pourrait être fier.

— Comment ? s'enquit Whist, ramenant Kit à sa question. Où étiez-vous pendant tout ce temps ?

— En mer. Cette expérience a fait une forte impression sur moi.

Whist haussa les sourcils.

— Vraiment ? Je ne vous imagine pas sur un bateau. Est-ce que cela vous a plu ?

Il agita la main et afficha un petit sourire d'autodérision.

— Bien sûr que non. Vous êtes un duc et vous avez été contraint à un dur labeur, constata-t-il, plissant les yeux en scrutant Kit un moment. Je suppose que c'est pour cela que vous avez changé. Du moins, c'est ce qu'il semble.

Kit fut secoué d'un tremblement d'angoisse.

— Êtes-vous en train de suggérer que je suis malhonnête ?

Whist haussa les épaules.

— Les changements sont remarquables. Qui dit que vous ne redeviendrez pas l'homme que vous étiez ? Je ne crains pas de dire que je m'inquiétais pour le domaine sous votre contrôle. Mais à l'époque, vous n'auriez jamais participé à une réunion comme celle-ci, et encore moins convié mon petit-fils et moi à venir.

Kit grimaça intérieurement. Il n'y avait là rien qu'il n'ait déjà soupçonné, mais l'entendre sans cesse commençait à lui peser. C'était sans doute pour cela qu'il tenait tant à ce que tout soit en ordre avant son départ.

L'air dans la pièce sembla se raréfier un peu alors que le malaise de Kit augmentait. Il se leva une fois encore, impatient de s'échapper de ce petit espace.

— Je suis une personne totalement différente de celle que j'étais avant de disparaître. On pourrait même dire que *ce* Rufus est mort.

Whist leva le nez vers lui, ses yeux sombres et brillants dans la lumière qui filtrait des fenêtres situées en haut du mur de pierre.

— Je l'espère, car nous sommes nombreux à vouloir nous assurer que la duchesse et son fils seront à l'abri de l'homme que nous pensions connaître.

Kit ressentit la culpabilité de l'homme en même temps que sa noble conviction.

— Personne ne le souhaite plus que moi, dit-il, contournant le bureau en regardant le vieil homme d'un air entendu. *Personne.* Prenez tout le temps dont vous avez besoin ici. Si vous êtes d'accord, nous irons rendre visite à certains locataires cet après-midi.

Sans attendre de réponse, Kit quitta le bureau, refermant la porte derrière lui alors qu'il sortait dans la matinée nuageuse du printemps.

Il laissa échapper le souffle qu'il retenait. Un jour ou l'autre, quelqu'un allait le confronter pour cette mascarade. Mieux valait qu'il soit parti avant que cela n'arrive. Peut-être devrait-il partir maintenant.

Sans l'argent dont il avait besoin ?

Non seulement il n'avait nulle part où aller, et il était hors de question d'aller travailler sur le navire d'un autre, mais il ne pouvait pas tourner le dos maintenant, alors qu'il soupçonnait Cuddy d'avoir été un intendant malhonnête. Si l'homme avait volé le domaine, et Kit n'aurait pas été surpris d'apprendre qu'il l'avait fait, il le retrouverait et l'obligerait à rendre ce qu'il avait volé.

Une voix au fond de son esprit lui rappela que lui aussi avait prévu de voler le domaine.

Mais ce n'était pas vraiment du vol, car son père le lui avait promis, avant de revenir sur sa promesse.

Et il ferait de son mieux pour laisser une impression positive à la tour Beaumont et sur tout le monde ici. Il serait un duc inoubliable, pour lui comme pour eux, même si ce n'était que pour une courte période.

CHAPITRE 7

Ces dix derniers jours, Verity avait vécu avec un étranger. Rufus ressemblait à son mari et avait la même voix que lui, pour autant qu'elle s'en souvenait. C'était difficile à dire, car il lui parlait d'une manière totalement différente. Cependant, ses actes et son comportement continuaient à lui faire douter qu'il soit vraiment Rufus.

Pourtant, chaque jour qui passait, elle se rendait compte qu'elle avait envie qu'il le soit.

Pas pour elle. Non, elle ne s'intéressait pas à lui. Mais pour Beau : il se révélait chaleureux, attentionné et très impliqué dans l'éducation de son fils. Il s'était procuré un petit bateau, avait parlé à Beau des Caraïbes et de ses îles ainsi que de la côte américaine. Le petit garçon était resté suspendu à chaque mot de son père, et voir leur relation se développer dépassait les espérances de Verity.

Tout en la rendant jalouse.

Il était difficile d'être en colère contre Rufus, car il se montrait très serviable et modeste, mais en même temps, Verity regrettait son indépendance. Non pas que Rufus semblait se soucier de ce qu'elle faisait. En fait, même s'ils

partageaient une maison et un fils, leur relation était strictement… Comment exactement ?

Elle le regardait. Il se tenait debout près de la barrière du
nouvel enclos des chèvres, avec Beau qui sautait anxieuse-
ment d'un pied sur l'autre à ses côtés pendant que les bêtes
arrivaient. M. Maynard les mena dans leur nouvel habitat. Il
y en avait onze, y compris un tout petit bébé âgé d'une
semaine seulement. Beau alla directement vers ce chevreau,
et Verity sourit lorsqu'il caressa l'animal qui bêla doucement
en retour.

Verity était debout à l'extérieur de l'enclos et observait la
clôture que Rufus avait construite ainsi que l'impressionnant
abri. M. Dooley avait proposé son aide, tout comme M. Maynard. Tous les trois, avec l'aide de quelques palefreniers,
avaient assemblé le tout au cours des derniers jours. Le fait
que Rufus soit capable d'effectuer ce travail manuel, sans
parler de la conduite du projet, était tout simplement stupéfiant. Verity n'arrivait toujours pas à y croire.

Et c'était là que résidait son problème principal avec lui.
Elle n'arrivait pas à le croire. Elle avait *envie* de le croire. Qui
aurait préféré ce qu'il était avant à ce qu'il était aujourd'hui ?

Mais la préférence n'était pas le souci. Elle n'arrivait tout
simplement pas à être sûre qu'il était vraiment Rufus. Et s'il
ne l'était pas, qui était-il ? Un imposteur qui semblait plus
ducal que le véritable duc.

Dans sa nouvelle garde-robe, il semblait important et
accessible, et surtout, il était terriblement, *terriblement* beau.
Lorsqu'elle l'avait rencontré lors de la partie de campagne,
elle l'avait trouvé attirant. Ils avaient dansé, et s'étaient assis
ensemble à un dîner. Il s'était montré charmant et agréable,
même après la mort tragique du fils d'Augustus, qui était
tombé dans l'étang et s'était noyé. En fait, c'était Rufus qui
l'avait trouvé et il avait mal supporté la mort du garçon. Il
avait également été d'un grand soutien et d'un grand récon-

fort pour Augustus, un comportement qui avait impressionné Verity et qui était la raison pour laquelle elle avait accepté sa demande en mariage avant de repartir avec son père.

Six mois plus tard, ils étaient revenus pour qu'elle puisse épouser Rufus, et, cette même nuit, elle avait rencontré le véritable homme derrière la façade. Après cela, elle avait compris que l'apparence ne signifiait rien.

Voilà pourquoi il était bien plus attirant pour elle maintenant que son caractère s'était considérablement amélioré. Mais avait-il assez changé ? Pour quoi ? Dans quelle mesure voulait-elle ou espérait-elle que leur mariage change ? Elle frissonna à cette idée.

Elle cligna des yeux en voyant qu'il venait vers elle, son chapeau rabattu sur son front pour se protéger du soleil.

— Tu ne viens pas voir les chèvres ? lui demanda-t-il.

— J'en ai l'intention, si. Je regardais juste Beau.

Et toi. Mais cela, elle ne le dit pas.

Ses yeux verts brillaient dans la lumière de l'après-midi ; mais elle n'avait toujours aucun souvenir qu'ils aient jamais été de cette couleur.

— Il est complètement captivé.

— Effectivement. Merci pour ça.

Elle le pensait sincèrement. Son retour avait énormément compté pour Beau, et le fait qu'il joue un rôle aussi actif dans la vie de son fils était étonnant. Et plus que ce que la plupart des pères feraient.

Le regard de Rufus se posa quelque part derrière elle.

— Ah, voilà les Entwhistle.

Verity regarda par-dessus son épaule et vit Thomas qui conduisait un chariot. Son grand-père était assis à côté de lui.

— Tu les as invités ?

— Oui. Après tout, ceci est la faute de Whist, indirectement.

Verity sourit. Elle commençait à s'habituer à son sens de l'humour, mais il la surprenait encore parfois.

— Je suppose que oui. C'est gentil de ta part de les inclure.

— Je devais le faire, vraiment. Whist passe beaucoup de temps ici, et, à mon avis, il se serait invité tout seul si je ne l'avais pas fait.

— Cela t'aurait-il dérangé ?

— Bonté divine ! Non, il est plus que bienvenu. Il est pratiquement de la famille.

Verity remarqua qu'il avait un peu changé son langage depuis son arrivée. Les premiers jours, il aurait dit « bon sang, non ! » Apparemment, il avait dû réapprendre à être un duc. Ou même apprendre tout court, car elle estimait qu'il ne maîtrisait pas très bien cette discipline avant sa disparition.

— C'est l'impression que cela donne, vu le temps qu'il a passé ici pour l'inspection.

— Exact. Mais cela va changer un peu lorsque Thomas prendra le relais d'ici quelques jours.

Thomas avait aidé son employeur à trouver un nouvel intendant et l'aidait actuellement à s'installer.

— Je suis surprise qu'il ait trouvé le temps d'être ici aujourd'hui, dit Verity. Je pensais qu'il serait trop occupé à Bleven House.

— C'est dimanche, son jour de congé, nota Rufus.

Thomas et Whist s'approchèrent d'eux, et tandis que le grand-père allait directement dans l'enclos des chèvres pour voir Beau, le petit-fils se dirigea vers l'endroit où se tenait Verity à l'extérieur de la clôture. Il se tourna vers Rufus et s'inclina légèrement.

— Merci de nous faire participer aujourd'hui, Votre Grâce.

— Cela semblait normal, puisque Beau s'est entiché de la chèvre de votre grand-père.

— C'est vrai ! s'exclama Thomas en riant. Et, vous savez,

je pense qu'il va l'offrir à Beau, puisqu'il a un endroit pour la garder.

— C'est trop généreux de sa part, dit Verity. Je croyais qu'il aimait beaucoup ses chèvres.

— C'est vrai, mais vous devez savoir qu'il leur préfère Beau.

— Papa ! Papa !

La voix enjouée de Beau parvint jusqu'à eux. Avec un sourire, Rufus se tourna.

— On dirait que l'offre vient de lui être faite !

Verity ne put s'empêcher de sourire en regardant Beau prendre la main de son père et parler avec enthousiasme à grand renfort de gestes vers Whist.

— Vous avez l'air heureuse, lui dit Thomas, attirant son attention.

Elle se considérait comme une personne heureuse, en général. Mais sa manière de formuler son observation donnait l'impression qu'il s'agissait d'une bizarrerie.

— Je le suis.

— Je n'étais pas sûr que vous le seriez. Mais Grand-père dit que Sa Grâce est gentille et attentionnée, et que tout le monde semble l'apprécier, surtout les locataires.

— Oui, je pense que c'est le cas.

Cela semblait normal, puisqu'il passait la plupart de son temps avec eux. Et quand il ne les rencontrait pas, ne les aidait pas, et ne sollicitait pas leur aide pour l'inspection, il passait son temps avec Beau. Ou il construisait cet enclos à chèvres pour lui.

Thomas posa la main sur le haut de la clôture, et s'orienta vers l'enclos plutôt que vers elle.

— Je suis ravi pour vous.

La note de regret dans sa voix disait tout autre chose, mais elle n'était pas sûre de savoir quoi répondre à cela.

Elle repensa au moment du retour de Rufus. Ce même

jour, elle avait proposé à Thomas le poste d'intendant, et elle avait commencé à le considérer comme peut-être autre chose que quelqu'un qui gérerait le domaine. Depuis que sa cousine Diana lui avait rendu visite en décembre dernier et qu'elle avait épousé son mari, Verity avait commencé à regarder les hommes d'une manière différente, comme elle ne l'avait jamais fait auparavant. Seulement, elle n'en rencontrait pas beaucoup qui soient célibataires ou d'un âge approprié. Thomas, cependant, était proche d'elle en âge, attirant, intelligent, et célibataire. De plus, son fils l'aimait bien, et il était gentil avec Beau.

Elle n'avait jamais vraiment envisagé une cour, mais cette possibilité lui avait traversé l'esprit. Mais Rufus était revenu, et maintenant tout ceci n'était plus d'actualité. Le comportement de Thomas semblait indiquer que cette possibilité lui avait aussi traversé l'esprit.

— Avez-vous toujours hâte de travailler ici ? lui demanda-t-elle, se demandant si cela ne serait pas gênant maintenant.

Il tourna les yeux vers elle.

— Bien sûr. C'est une opportunité extraordinaire, et je pense que je vais aimer travailler pour Sa Grâce.

Il le dit avec un brin de cette surprise qu'elle ressentait encore au quotidien. On aurait pu croire qu'elle s'était habituée à l'évolution de Rufus au cours des quinze derniers jours, mais le changement était tellement radical !

— Maman, Thomas ! les appela Beau. Pourquoi restez-vous là-bas ?

— Je n'en ai aucune idée, murmura Thomas avec un sourire, puis il se tourna vers elle. J'y vais, vous venez ?

— Comment pourrais-je refuser ?

Il lui ouvrit la barrière et la tint pour elle avec un grand geste. Elle lui fit une révérence et rit en passant devant lui. Elle posa son regard sur Beau, et aperçut une autre paire d'yeux verts qui l'observaient.

Le regard de Rufus était insondable avant qu'il ne le détourne d'elle. Mais elle eut le temps de sentir un éclair de chaleur le long de son échine. Confuse, elle attribua cela à la température élevée de l'après-midi.

Beau lui raconta avec enthousiasme que Whist lui avait offert son bébé chèvre, et Verity le remercia abondamment pour sa générosité.

— C'est un plaisir pour moi de voir ce garçon aussi ravi. Et il m'a promis que je pourrais lui rendre visite quand je le voudrais. Parce que je suis de la famille, vous voyez.

Il adressa un clin d'œil à Beau qui rit avant de partir à la poursuite de Racer. Apparemment l'animal aimait être poursuivi, et l'enfant était ravi de lui faire plaisir.

Le bruit d'un carrosse arrivant dans la cour de l'écurie attira l'attention de tous. Verity inspira brusquement dès que la portière s'ouvrit sur sa cousine chérie.

— Diana !

Elle se sentait aussi excitée que Beau avec ses chèvres lorsqu'elle se précipita hors de l'enclos.

Le temps qu'elle atteigne la cour, Diana et Simon étaient sortis du carrosse. Et Verity sut immédiatement que quelque chose était différent. Quelque chose de merveilleux. Mais elle ne dit pas un mot. Pas encore. Elles auraient tout le temps ce soir pour bavarder comme deux pies.

Elles s'enlacèrent chaleureusement, puis Verity prit Simon dans ses bras.

— Je suis si heureuse que vous soyez venus !

— Dès que nous avons pu, répondit Diana, qui regarda derrière Verity, vers l'enclos des chèvres. Est-ce que c'est lui ?

Verity se retourna. Même si trois hommes se tenaient au même endroit, il était facile de savoir qui était « lui ».

— Oui.

— Et tu dis qu'il est simplement arrivé à cheval après six

ans et demi ? s'enquit Simon en secouant la tête. J'espère qu'il avait une bonne raison pour rester loin d'ici.

Il l'avait dit avec une pointe d'humour.

— Il a été enlevé, et contraint à servir dans la Marine, expliqua Verity. Mais il refuse d'en dire plus. C'est une personne totalement différente de l'homme que j'ai épousé.

— Tu ne veux pas dire ça littéralement ? demanda Diana.

Était-ce le cas ? Parfois, elle était certaine qu'il était forcément quelqu'un d'autre. Et d'autres fois, elle se convainquait que c'était Rufus. Comment aurait-il pu ne pas l'être ?

— Non.

Elle n'avait pas l'air convaincue, parce qu'elle ne l'était pas. Et pourtant, elle ne pouvait pas se résoudre à exprimer sa peur. Parce que, si ce n'était pas Rufus…

Simon sembla légèrement inquiet.

— Est-ce une mauvaise chose ?

— Au contraire, c'est une très bonne chose. Il s'est beaucoup amélioré.

Diana lui sourit.

— Je suis tellement ravie !

— Je suppose que nous devrions aller le rencontrer, dit Simon. C'est la raison pour laquelle nous avons fait tout ce chemin.

Diana lui donna un léger coup de coude, et lui adressa un regard d'exaspération affectueuse.

— Et pour voir Verity et Beau. Et pour partager notre nouvelle en personne, dit-elle en tournant son visage rayonnant vers sa cousine, confirmant ses soupçons. Simon et moi attendons un enfant pour l'automne. J'espère que tu seras la marraine de notre fils.

— De notre *fille*, la corrigea Simon.

Diana leva les yeux au ciel avec un rire.

— Je t'ai déjà dit que c'était un garçon.

— Comment pourrais-tu le savoir ? demanda Simon avant de se tourner vers Verity. Tu le savais ?

Verity réfléchit. Elle était totalement terrifiée à l'idée que Rufus puisse revenir et qu'il soit aussi horrible avec leur enfant qu'il l'était avec elle. Elle priait simplement pour que son enfant soit à l'abri du danger et n'avait pas pensé à son sexe.

Ce n'était pas tout à fait vrai. Lorsqu'elle avait compris qu'elle attendait un enfant, elle avait espéré que ce serait un garçon, parce que cela aurait rendu Rufus heureux. Il lui avait fait clairement comprendre qu'il attendait d'elle qu'elle tombe enceinte le plus tôt possible, et que son rôle principal dans leur mariage était de lui fournir un héritier, et au moins un remplaçant.

— Je ne savais pas, répondit doucement Verity. Mais cela ne veut pas dire que ce n'est pas le cas de Diana.

Et elle le croyait vraiment. La situation de sa cousine était très différente de celle de Verity. Il suffisait de les regarder ensemble, leur amour était palpable. La main de Simon n'avait pas quitté le dos de Diana, et ils se tenaient suffisamment près l'un de l'autre pour que l'épaule de la jeune femme touche le torse de son mari.

— Eh bien, nous verrons, lui dit Simon, l'air un peu sceptique. Maintenant, allons rencontrer ton mari.

Verity se crispa. Elle avait parlé de Rufus à Diana, mais seulement en termes généraux. Personne ne connaissait les détails de son mariage, et elle n'était pas sûre de les révéler un jour. Surtout pas maintenant, alors qu'il était si… agréable. Quiconque ne l'avait pas connu auparavant ne pouvait le croire capable d'une telle cruauté.

Ils se dirigèrent vers l'enclos des chèvres, Verity prenant un peu d'avance tandis que Diana et Simon suivaient, bras dessus bras dessous. Elle avait informé Rufus que sa cousine et son mari viendraient leur rendre visite bientôt.

Il les rejoignit à la barrière qu'il ouvrit.

— Bienvenue, Duc, Duchesse.

Il inclina la tête vers eux deux.

Simon lui tendit la main.

— Appelez-moi Romsey, s'il vous plaît.

— Très bien. J'espère que vous m'appellerez Blackburn.

— Blackburn… quel nom de crapule ! On dirait un pirate.

Rufus éclata de rire. Et ne s'arrêta pas. Et rit encore un peu. Il passa une main sous son œil en essayant de se contrôler.

— Je vous demande pardon. Je ne sais pas vraiment pourquoi, mais c'est incroyablement amusant. Vous ne trouvez pas ?

Verity réprima un sourire. C'était sans doute parce qu'il s'était retrouvé sur un navire corsaire.

Beau arriva en sautillant vers eux.

— On ne trouve pas quoi, papa ?

Sans attendre de réponse, il étreignit Diana.

— Je suis si heureux que tu sois là, tantine Diana ! Tu veux voir mes chèvres ?

— Oh, mais oui ! répondit-elle avec un sourire. Tu te souviens d'oncle Simon ?

— Oui, mais ce n'était pas mon oncle à l'époque !

Il n'était pas vraiment son oncle maintenant, pas plus que Diana n'était sa tante. Mais ces titres lui semblaient les plus appropriés, d'autant plus que Diana était comme une sœur pour Verity. Beau s'inclina formellement devant Simon.

— Comment allez-vous ? dit-il d'un ton plus grave que sa voix habituelle.

Verity ne put retenir un fou rire devant la performance de son fils. Elle était plutôt bonne, et, à en croire l'étincelle dans ses yeux verts, il le savait.

— Bien joué, Beau ! dit Rufus avec un clin d'œil.

Apparemment, il avait entraîné leur fils. Certes, cela ne la surprenait pas, vu l'intérêt qu'il portait à Beau, mais cela lui faisait néanmoins chaud au cœur.

— Merci, papa ! répondit fièrement le petit garçon. Maintenant, vous devez tous venir rencontrer mes chèvres. Je voulais appeler le bébé *Sailor* parce que papa était marin, mais comme Whist m'a donné un *autre* bébé chèvre, je crois que je devrais plutôt donner son nom au premier.

— Pourquoi ne pas donner son nom à la chèvre que Whist t'a donnée ? lui demanda Simon.

— C'est une fille ! répondit Beau en riant. En plus, elle a déjà un nom : Agnès.

— Je vois, dit Simon d'un ton pensif. Tu veux que nous t'aidions à choisir entre *Sailor* et Whist ?

Beau hocha la tête.

— Il nous faut rencontrer ce bel animal avant de pouvoir prendre une décision. Montre-nous le chemin, mon garçon.

Ils suivirent tous Beau, qui les faisait manger dans sa main, comme toujours. Pour la première fois de sa vie, Verity était consciente de l'impression d'avoir une famille autour d'elle. Et cela n'incluait pas seulement les personnes liées à elle par le sang ou le mariage. C'était bien plus que ça. C'était un sentiment d'appartenance, de connexion. C'était sûrement dû au fait que Beau, Diana et Simon étaient ici ensemble.

Puis son regard se posa sur le dos de Rufus. Il marchait devant elle, à côté de leur fils. *Leur* fils. Qu'elle le veuille ou non, Rufus était sa famille, et, à cause de Beau, ils étaient irrévocablement liés.

Même si cela ne lui plaisait pas, elle se rendit compte qu'elle ne détestait plus cette idée. Ce qui était une perspective terrifiante.

près un quart d'heure de visite de l'enclos des chèvres, la duchesse de Romsey se tourna vers sa cousine avec un sourire fatigué.

— Verity, verrais-tu un inconvénient à ce que je fasse une pause avant le dîner ?

Verity ! Il connaissait enfin son nom !

Kit essaya de ne pas rire devant l'ironie de la chose : son prénom signifiait « vérité ». C'était une amusante contradiction avec le mensonge total de sa présence ici. Mais cela lui donnait aussi à réfléchir.

Ce nom lui convenait parfaitement, car pour lui, vérité rimait avec beauté, et en dépit de tous ses voyages, il n'avait jamais rencontré de femme plus belle qu'elle.

Verity.

Il aurait pu répéter son nom en boucle dans sa tête pour le reste de la journée. Bon sang, il était épris d'elle ! Et qui aurait pu le lui reprocher ? Au-delà de sa beauté, c'était une excellente mère, une duchesse respectée, et elle possédait une immense intelligence qu'il avait eu le plaisir de sonder. Elle s'était révélée être une assistante accomplie dans le cadre du projet d'inspection, l'accompagnant pour rendre visite aux locataires les jours où Whist avait besoin de se reposer. Elle était exactement le genre de compagne qu'un homme pouvait espérer.

Si tant est qu'il ait cherché une compagne, ce que Kit n'avait jamais fait.

Les corsaires se mariaient rarement, car peu de femmes voulaient se joindre à eux en mer. Et l'alternative consistait à vivre séparément la plupart du temps, ce qui ne plaisait pas du tout à Kit. Mais… est-ce que quelque chose l'attirait dans l'idée du mariage ? Il n'y avait jamais réfléchi.

Mais ces derniers temps, il y avait songé à plusieurs reprises. Comment aurait-il pu faire autrement alors qu'il était, quoique de manière fallacieuse, en possession d'une femme ?

Possession… Ce mot éveillait quelque chose en lui, qui s'intensifiait lorsqu'il regardait Verity. Il ne pensait pas pouvoir la posséder, pas plus qu'il n'en avait envie. Non. Il préférait plutôt l'idée qu'elle le possède. Il était seul et sans attaches depuis si longtemps que l'idée que quelqu'un le désire et le prenne, et pas seulement dans un sens purement sexuel, était extraordinairement attirante. Bon sang, il devait arrêter de penser à ça, parce que le sens sexuel commençait à prendre le dessus, et s'il ne faisait pas attention, il allait devenir dur.

Comme il l'avait été ces dernières nuits en pensant à elle. Verity.

Verity.

Plongé dans ses rêveries, il avait complètement manqué la conversation qui avait suivi, mais pour une raison ou pour une autre, les femmes se dirigeaient vers la maison avec Beau, et Thomas et Whist étaient en train de prendre congé.

— À demain, dit Whist avec un signe de la main.

Kit le salua à son tour.

— Oui, à demain.

— Et je serai là mercredi, dit Thomas avec un signe de tête.

— J'ai hâte d'y être.

Kit les regarda se tourner et marcher vers leur chariot, et il se souvint avoir observé Thomas avec Verity un peu plus tôt. Il semblait y avoir quelque chose entre eux, mais Kit n'en était pas tout à fait certain, et il ne pouvait pas vraiment demander. Comment cela se passerait-il, exactement ? *Dis, je vais partir dans quelques semaines, alors, si vous avez tous les deux des sentiments romantiques, ne me laissez pas me mettre en travers de votre chemin.*

Il y avait tellement de choses qui rendaient Kit fou à ce

sujet. D'abord, il ne savait pas quand il allait partir et il ne voulait pas vraiment y penser. Ensuite, il ne pouvait pas dire une telle chose, bien sûr, pas sans révéler les tréfonds de sa malhonnêteté. Enfin, l'idée que Verity et Thomas, ou même Verity et n'importe qui, puissent éprouver des sentiments romantiques l'un pour l'autre le rendait irritable.

Oui, il était carrément épris, et c'était vraiment dommage. Car il ne pouvait rien y faire.

— Quelque chose ne va pas ? demanda Romsey, tirant Kit de sa jalousie.

— Non, non, répondit celui-ci en secouant la tête. On y va ?

— Oui, je veux voir comment va Diana. Elle attend notre premier enfant pour l'automne.

Cela semblait joyeux, mais ce n'était pas nécessairement un sujet de discussion entre hommes, surtout entre hommes qui venaient de se rencontrer. Mais la fierté et l'excitation dans la voix de l'homme étaient indubitables. Il était ravi, et il voulait que tout le monde le sache.

C'était quelque chose que Kit respectait. Et il l'enviait même, pour être honnête. Tout comme il n'avait jamais réfléchi au mariage, il n'avait jamais pensé à la paternité non plus. Mais à partir du moment où Beau s'était rapproché de lui sur le canapé ce premier jour, il avait été perdu. En réalité, l'idée de partir lui faisait mal à la poitrine, et lui retournait l'estomac. Même sans songer à Verity et l'affection qu'il éprouvait pour elle, il n'était pas certain de pouvoir quitter Beau.

— Félicitations à vous, dit Kit, se demandant si sa voix était aussi fluette qu'il en avait l'impression.

Même s'il aimait beaucoup Beau, le garçon ne lui appartenait pas et ne lui appartiendrait jamais. Et il n'aurait sans doute jamais de fils à lui. Était-ce égoïste de sa part de vouloir revendiquer Beau ? Surtout que le garçon était visiblement ravi d'avoir enfin son père ?

Kit avança jusqu'à la barrière qu'il ouvrit pour Romsey. Racer se précipita vers l'ouverture, mais Kit la referma avant qu'elle ne puisse passer. Avec un bêlement déçu, la bête rejoignit son groupe. Il vérifia le loquet pour s'assurer qu'il tiendrait. Il l'avait conçu pour qu'il soit très solide au vu du penchant de la chèvre pour l'évasion.

— On dirait que vous vous attendiez à ce qu'elle essaie de s'échapper, observa Romsey.

— Toujours. Mais elle a une bonne personnalité.

Romsey tourna la tête vers Kit, l'air incrédule.

— Une chèvre a une personnalité ?

— Autant qu'un chien, un chat ou un cheval.

— Je suppose que c'est logique, même si je ne suis pas tout à fait convaincu pour les chats. Ils ont *effectivement* des personnalités, mais ils sont terriblement énigmatiques.

— Ils peuvent l'être, approuva Kit. Moustache est plutôt amusant. Il joue même à « va chercher » avec Beau.

— Vraiment ? Il faudra que je le voie pour le croire. Ce garçon a une sacrée ménagerie. Vous êtes sûr qu'il y a de la place pour les invités ?

Kit éclata de rire.

— Pour l'instant, mais il semble collectionner les animaux à un rythme alarmant. Il a un très grand cœur, et c'est un garçon curieux. Il est en train d'apprendre à s'occuper des chèvres. Demain, je lui montrerai comment les traire.

— *Vous* allez lui montrer ? demanda Romsey. Vous savez traire une chèvre ?

Alors qu'ils entraient dans la cour basse, Kit hocha la tête.

Romsey plissa les yeux en le regardant.

— Et vous avez construit cet enclos et cet abri.

Whist en avait parlé plus tôt au duc et à la duchesse.

— Oui.

Kit était désormais habitué à la stupeur des gens, même si les locataires ne manifestaient plus aucune surprise. Ils l'avaient accepté tel qu'il était. Plutôt, tel qu'il prétendait être. Sauf que cette personne, du moins son personnage, était vraiment qui il était.

Quel fouillis !

— Saviez-vous tout cela avant de disparaître, ou avez-vous passé les six dernières années à garder des chèvres ?

Kit le dévisagea, cherchant à savoir s'il plaisantait. Il n'était pas tout à fait sûr.

— J'ai passé la plus grande partie des six dernières années et demie sur un bateau.

— C'est ce que j'ai entendu dire. Je plaisantais pour les chèvres. Je suppose que vous preniez une part active dans la gestion du domaine avant votre disparition.

— En réalité, j'ai appris à connaître les chèvres depuis mon retour. Beau s'intéresse à elles.

Kit ne ressentait pas le besoin de se défendre, mais il ne voulait pas non plus que Romsey pose des questions gênantes. Le mieux était d'apaiser la curiosité de l'homme, et Kit espérait que ce n'était rien de plus.

— Eh bien, c'est sacrément impressionnant, constata Romsey alors qu'ils gravissaient les marches menant à la guérite supérieure. J'imagine que c'est étrange d'être de retour.

Étrange, stimulant, merveilleux.

— Cela a demandé un ajustement.

— Avez-vous été surpris de trouver un fils en rentrant à la maison ? Diana a dit que vous aviez disparu avant de savoir que Verity était enceinte.

Kit jeta un bref regard à Romsey. Il l'appelait Verity ? Kit aussi voulait l'appeler Verity. Maintenant qu'il connaissait son nom. Mais il n'oserait pas le lui demander. Les conditions de leur relation étaient claires, et une telle familiarité n'en faisait pas partie. À la place, il concentra son esprit sur la relation qui ne connaissait pas de limites et qui l'avait entièrement bouleversé d'une manière à laquelle il ne s'attendait pas.

— Rentrer à la maison et découvrir Beau a été une véritable joie, dit-il, et il en pensait chaque mot.

Romsey lui jeta un coup d'œil alors qu'ils arrivaient à la porte haute.

— Est-ce douloureux de penser aux années que vous avez manquées auprès de lui. Je ne peux que l'imaginer.

Il disait cela avec une telle compréhension que Kit se dit que cet homme savait ce qu'était la perte.

— J'essaie de ne pas y penser.

En réalité, ce à quoi il essayait de ne pas penser, c'était aux années qu'il manquerait après son départ. En à peine quinze jours, il s'était vraiment attaché au garçon, et il n'était pas prêt à envisager de le quitter.

— C'est sans doute pour le mieux. Cela ne sert à rien de se concentrer sur le passé. Malgré tout, six ans et demi, c'est long. Verity dit que vous avez été embarqué de force sur un bateau. Comment avez-vous réussi à survivre à ça ? Et pas seulement y survivre, mais à en sortir apparemment meilleur.

Il était déjà au courant que le comportement de Kit était différent ? Verity leur avait-il écrit à son sujet ou leur avait-elle dit dans la cour de l'écurie ? Kit les avait observés parler, conscient qu'ils discutaient de lui à la manière dont ils ne cessaient de lui jeter des regards.

Kit résista à la tentation d'ignorer la question de Romsey alors qu'ils traversaient la cour haute pour rejoindre l'arrière du château.

— On… survit, simplement.

Ils s'arrêtèrent devant la large porte qui menait à la salle du Roi, et Romsey hocha la tête en signe de compréhension.

— C'est vrai. Et peut-être que vous en sortez meilleur, si vous avez de la chance. J'ai comme l'impression que c'est ce qui vous est arrivé. En tout cas, c'est ce qui m'est arrivé à moi, et c'est à Diana que je le dois.

Kit sauta sur l'occasion pour changer le cours de leur conversation.

— À quoi avez-vous survécu ?

Il ouvrit la porte et fit signe à Romsey de le précéder.

Celui-ci grimaça.

— C'est un sujet plutôt déprimant. J'ai été marié avant, et elle est morte. C'était une tragédie, et je craignais de ne jamais m'en remettre.

— Pourtant, vous y êtes parvenu.

Kit avait remarqué à quel point Romsey était proche de sa femme, et comment il la touchait souvent, avec soin et amour.

— Grâce à Diana. Elle m'a sauvé de toutes les manières dont une personne peut être sauvée, expliqua-t-il en inclinant la tête vers Kit. Je ne peux qu'imaginer les failles qui peuvent subsister dans votre âme après une expérience aussi éprouvante, mais peut-être que Verity vous aidera à les combler. Et maintenant je dois aller voir ma femme. Je vous verrai au dîner.

Avec un signe de tête, il se tourna et gravit les escaliers.

Kit prévoyait de monter lui aussi, mais il ne le suivit pas immédiatement. Les paroles de Romsey le mettaient mal à l'aise. Des failles dans son âme ? Une expérience éprouvante ? Il avait choisi d'embarquer sur un navire à l'âge de quinze ans, et il n'avait jamais regardé en arrière. Certes, son père lui avait manqué de temps en temps, mais la vie qu'il avait menée était passionnante et enrichissante, quoiqu'un peu solitaire. Les failles qu'il pouvait avoir dataient de la période précédant son départ en mer, laissées par la mort de sa mère, la tristesse envahissante de son père et la vérité sur ce qu'il était vraiment, et qui il ne pourrait jamais être.

Sauf qu'il était précisément cette personne maintenant. Du moins pour une courte période.

Ou pour toujours.

S'il le voulait.

Non, il ne pouvait pas poursuivre cette ruse indéfiniment. Quelqu'un allait finir par découvrir la vérité. Il faudrait qu'il soit parti depuis longtemps avant que cela n'arrive.

CHAPITRE 8

— Je crois que tu es un garçon très fatigué, dit Verity en se perchant sur le bord du lit de Beau ce soir-là.

Il bâilla largement, en même temps qu'il tentait de secouer la tête.

— Je ne suis pas aussi fatigué que cela, maman. Papa va me lire *Robinson Crusoé*.

En dépit de son épuisement évident, ses yeux brillaient d'excitation.

— Je ne savais pas que nous avions ce livre.

La collection de livres de la bibliothèque en bas ne comprenait pas beaucoup de romans, et ceux que Verity s'était procurés au cours des dernières années se trouvaient dans son bureau.

— Ce n'est pas le cas. Papa m'en a parlé la semaine dernière, et l'exemplaire qu'il a commandé est arrivé aujourd'hui.

— En effet, confirma Rufus, faisant légèrement sursauter Verity en entrant dans la chambre de Beau.

— Il est terriblement fatigué, dit-elle en levant les yeux vers lui. Vous devriez peut-être remettre ça à demain.

— Non, maman ! Je peux écouter avec les yeux fermés s'il le faut.

— Nous n'allons lire qu'un demi-chapitre, si tu es d'accord, proposa Rufus en regardant attentivement Verity, avant de baisser les yeux vers Beau, blotti sous les couvertures. Rappelle-toi que nous écoutons toujours ta mère.

Beau soupira.

— Oui, papa, dit-il, mais son expression disait le contraire de ses mots.

Verity tapota la poitrine de son fils et laissa reposer sa main sur lui un moment.

— Je ne vois pas d'inconvénient à ce que tu écoutes ; et si tu t'endors, ton père n'aura tout simplement qu'à le relire demain.

Avec un sourire adressé à son père, Beau affirma :

— Cela ne le gênera pas. C'est son histoire préférée !

Verity jeta un coup d'œil à Rufus.

— C'est vrai ? Je n'en avais aucune idée.

Elle ne s'attendait pas à une réponse de sa part, et il ne lui en donna pas. Il avait beau faire preuve de gentillesse et de charme, il était souvent renfermé, de sorte qu'il était un plus grand mystère encore à ses yeux. Il n'était pas l'homme dont elle se souvenait, et elle avait envie de savoir qui il était.

Elle se pencha pour déposer un baiser sur la joue de Beau.

— Dors bien, mon petit garçon.

Il lui embrassa la joue à son tour, et entoura son cou de ses bras.

— Dors bien, maman.

Elle se leva et passa devant Rufus en lui murmurant « bonne nuit ».

Il inclina la tête et répondit de la même manière, sa voix grave glissant sur elle comme le drapé d'une chemise de soie.

Elle alla à la porte, et se retourna avant de partir. Rufus s'était assis à côté de Beau, le dos appuyé contre la tête du lit. Il ouvrit le livre et entama sa lecture. Elle s'attarda un moment, laissant le riche baryton de sa voix la bercer dans une impression de chaleur, de paix… de justesse.

Sursautant, elle s'éloigna de la porte et s'engagea dans le couloir. Avant qu'elle ne bifurque vers sa chambre, elle vit arriver Diana vers elle du coin de l'œil. Elles avaient prévu de se retrouver dans le bureau de Verity ce soir-là pour discuter en privé.

Elle attendit que sa cousine traverse la longueur du couloir.

— Je disais juste bonne nuit à Beau.

Diana jeta un coup d'œil à la chambre de Beau en passant, et Verity vit son visage s'adoucir.

Ouvrant la voie vers sa chambre à coucher, Verity s'arrêta, puis referma la porte derrière sa cousine.

— Est-ce qu'il fait la lecture à Beau tous les soirs ? s'enquit Diana. C'est très gentil.

— Presque. Ce soir, il commence *Robinson Crusoé*. Apparemment, c'est son livre préféré.

Verity haussa un sourcil dubitatif avant de traverser la chambre et de rejoindre le bureau adjacent. C'était son domaine privé où elle pouvait se retirer complètement. Deux ans après la disparition de Rufus, elle avait investi cette pièce ainsi que la chambre à coucher et, au fil du temps, elle avait complètement effacé toute trace de sa présence. Décorée d'or chaud et de rose pâle, la pièce était lumineuse et féminine et lui rappelait à quel point elle avait été heureuse de le voir disparaître.

— Tu sembles sceptique, constata Diana en s'asseyant sur un fauteuil près des fenêtres.

Elle releva ses pieds et réarrangea sa robe de chambre pour couvrir ses jambes.

Verity prit place dans son fauteuil à oreilles préféré, situé entre l'une des fenêtres et l'âtre, et posa ses pieds sur un tabouret.

— Je ne savais même pas qu'il avait un livre préféré. Au cours des mois où je l'ai connu avant sa disparition, je ne l'ai jamais vu lire quoi que ce soit.

— Pas même un registre foncier ?

— Bonté divine, non !

— Savait-il lire, au moins ? demanda Diana.

Verity y réfléchit un instant, puis elle éclata de rire.

— Honnêtement, je ne sais pas. Sans doute que oui.

— Je sais que tu ne l'aimais pas, dit lentement Diana. Mais je dois dire qu'il semble plutôt charmant. Je crois que Simon l'aime bien.

— Tout le monde l'aime bien, répliqua Verity sans pouvoir cacher sa stupéfaction. C'est plus qu'étrange, Diana. Il n'est tout simplement pas le même homme que celui que j'ai épousé. C'est comme si toute sa personnalité avait été emportée par l'océan et remplacée par celle d'un autre.

Diana pencha la tête sur le côté, et croisa les bras.

— En quoi est-il différent ?

Verity s'adossa à son fauteuil et tenta d'établir une liste.

— C'est difficile, parce que c'est vraiment dans tous les domaines. Il est beaucoup plus gentil, plus doux, plus patient, bien plus impliqué dans le domaine, et il sait des choses qu'il ne savait pas avant, comme par exemple comment construire des choses, ou bien il est impatient de les apprendre. Honnêtement, sa soif de connaissances est stupéfiante. Il s'est totalement investi dans le domaine depuis son retour.

— Tout cela me semble très bien, positif. Est-ce que cela te rend malheureuse ?

— Non, c'est juste étrange, commença Verity, avant de s'abandonner au besoin de partager tous les soupçons qui encombraient son esprit depuis les quinze derniers jours. Il y a aussi d'autres choses. Aucun de ses vêtements d'avant ne lui va. Il a prétendu que c'était parce qu'il avait changé physiquement après avoir travaillé sur un navire, mais Kirwin pense qu'il est un peu plus grand, et je suis d'accord avec lui.

Le front de Diana se plissa.

— Tu n'en es pas sûre ? Je pourrais te donner la taille exacte de Simon en plaçant ma main au-dessus de ma tête.

— Oui, eh bien, ton mariage avec Simon est très différent du mien.

Diana grimaça.

— Je le sais, et j'en suis navrée. Je n'aurais pas dû dire ça.

Verity se pencha en avant et lui jeta un regard sérieux.

— Je t'en prie, tu n'as pas à t'en vouloir. Ce n'est pas de ta faute. Cela me fait tellement plaisir de te voir si heureuse.

— Merci, répondit Diana en rougissant. Je… je suis heureuse. Plus que je n'aurais jamais imaginé l'être.

— Et tu le mérites après tout ce que tu as traversé.

Elles avaient été élevées par des hommes horribles, des frères enclins à les dénigrer et à les maltraiter, même si le père de Diana était bien pire que celui de Verity. Les deux hommes présentaient au monde une apparence agréable et affable, mais au sein de leur famille, ils étaient impitoyables.

— Toi aussi. Parfois, je me dis que le temps que tu as passé avec Rufus, bien que court, a été plus terrible que les abus que j'ai subis avec mon père. Mais tu n'as jamais donné de détails, commenta Diana, le regard empli de compassion. Et je ne t'en demande pas.

Verity appréciait cette attention. Diana était la seule personne à qui elle pouvait en parler, mais elle n'était pas certaine d'être capable de partager sa honte. Au lieu de cela, elle revint sur ce en quoi Rufus était différent.

— Ses bottes ne lui allaient pas non plus. Je suppose que ses pieds sont trop grands.

Elle avait fixé ses pieds un nombre incalculable de fois

depuis que Kirwin lui avait fait remarquer qu'il ne portait pas les bottes presque neuves.

— C'est étrange. Le fait de prendre du muscle peut s'expliquer par le travail sur un navire, mais un changement de taille ou de pointure semble inexplicable.

— Mes pieds ont grandi un peu après avoir eu Beau. Je crois que je devrais te prévenir, au vu de ton état.

Diana se passa une main sur le ventre.

— Fascinant. Je suppose que mon corps va changer de bien des façons. J'espère seulement que Simon me trouvera encore attirante.

— Je pense que tu pourrais même te transformer en vieille bique qu'il ne ferait que t'adorer davantage.

Diana éclata de rire.

— Peut-être. Il paraît effectivement épris de moi, mais pas plus que je ne le suis de lui. Bonté divine, c'est un peu révoltant, non ?

Non, c'était merveilleux. La jalousie consumait la poitrine de Verity alors qu'elle s'efforçait de répondre.

— Pas du tout.

Calmée, Diana croisa les mains sur son ventre.

— Alors, que crois-tu que cela signifie ? Se pourrait-il qu'il ait simplement changé ? Simon lui en a parlé cet après-midi.

— Vraiment ? s'enquit Verity brusquement.

— Oui. Est-ce que c'est une mauvaise chose ? Il a simplement demandé ce qui s'était passé pour qu'il soit mieux disposé. Ou quelque chose comme ça.

— Rufus n'aime pas parler de son absence.

— Tu crains qu'il soit en colère ? Il ne semblait pas l'être. Il a expliqué à Simon que cela avait été une expérience éprouvante et qu'une telle chose ne pouvait que changer un homme. Ou quelque chose comme ça, dit-elle à nouveau avant de secouer la tête. Depuis que je suis enceinte, ma mémoire des détails n'est plus ce qu'elle était.

Verity sourit d'un air entendu.

— Cela ne durera pas. Tu auras besoin de tous tes esprits à l'arrivée du bébé, et ton corps va s'en rendre compte. Ou du moins, c'est ce qui s'est passé pour moi.

La naissance de Beau avait représenté un réveil après des mois d'incertitude et d'angoisse déclenchés par la disparition de Rufus. Beau lui avait offert tout ce qui lui avait manqué : un but et de l'amour.

— Je suis heureuse qu'il ne soit pas en colère, ajouta Verity avant de froncer les sourcils. En fait, j'ai l'impression qu'il ne se met pas en colère. Plus maintenant.

— On dirait vraiment une personne différente, constata Diana.

— Je crois que c'est possible qu'il le soit, dit la duchesse d'une voix douce, prononçant enfin à haute voix ce soupçon qui la hantait depuis son retour.

Diana se pencha en avant, écarquillant ses yeux bleus.

— Tu crois que c'est un imposteur ?

— Je ne sais pas. Je ne pense pas qu'il soit l'homme que j'ai épousé.

— Mais il lui ressemble, n'est-ce pas ?

— Beaucoup, oui. Je dirais que son apparence est différente, mais c'est surtout à cause de son comportement. Il est bien plus détendu. Il sourit et il rit. Cela change l'aspect de son visage.

Elle s'interrompit et baissa les yeux sur ses genoux. Elle retira une peluche de sa robe de chambre et la lissa. Puis elle reporta son attention sur Diana.

— Et ses yeux sont verts.

— De quelle couleur étaient-ils avant ?

— Noisette. Lorsque je lui ai fait remarquer la différence, il a dit que leur couleur variait en fonction de la lumière. Je ne les ai jamais vus autrement que verts depuis son retour.

— Les yeux de Beau ne sont-ils pas verts ? s'enquit Diana, qui s'adossa de nouveau à son fauteuil.

— Si. En fait, je dirais que leurs yeux se ressemblent beaucoup, confirma Verity en secouant vivement la tête, contemplant l'obscurité au-delà de la fenêtre. C'est cela qui est très étrange. Je pourrais parier qu'il n'est pas Rufus, et pourtant il doit l'être.

Elle reporta à nouveau son attention sur sa cousine. Et posa la question qui la taraudait.

— Qui d'autre pourrait-il être ?

Diana souffla.

— C'est une très bonne question. Puisqu'il y a une ressemblance, pourrait-il être un parent ?

— Je ne lui en connais pas. Rufus était le seul descendant masculin de la lignée après la mort d'Augustus, l'ancien duc. Le fils unique du duc est mort quand il avait sept ou huit ans.

— Le fils de son frère cadet est donc devenu héritier. Et Rufus n'a pas de frères et sœurs.

— Il avait un frère et une sœur, mais le premier est mort en Espagne en 1809, et la seconde d'une fièvre aiguë lorsqu'elle avait douze ans.

Elle connaissait très peu de détails sur son mari, et ce qu'elle savait, elle le tenait d'Augustus. Sans cela, elle n'aurait sans doute pas su que Rufus avait eu des frères et sœurs. Elle n'avait pas pensé à lui en parler. Peut-être devrait-elle.

Sauf que cela revenait à dire qu'elle pensait qu'il était un imposteur, chose qu'elle ne voulait pas faire. Si ce n'était pas Rufus, alors son véritable mari pouvait être quelque part. Un léger frisson parcourut son corps.

Le croyait-elle vraiment ? Longtemps, elle l'avait cru mort. Non, elle avait *espéré* qu'il l'était. Cela faisait une différence, mise en évidence dès le retour de Rufus. Tout était possible, et elle ne prenait rien pour acquis. Pour l'instant, cette version de Rufus était bien meilleure que la précédente, et elle ne tenait pas à causer un bouleversement.

Avait-elle encore peur de lui ? Oui, même si son appréhension avait diminué. Ce qui l'effrayait plus que tout. Elle devait rester vigilante et se préparer à ce qu'il redevienne lui-même.

Seulement, elle ne pensait pas qu'il était son ancien lui, n'est-ce pas ? Verity appuya son coude sur le bras du fauteuil, et posa son front dans sa paume.

Le contact de la main de Diana sur sa tête lui fit relever les yeux vers sa cousine. Elle la regardait avec sympathie.

— Que puis-je faire ?

Verity releva la tête et retira ses pieds du tabouret pour que Diana puisse s'asseoir.

— Je ne sais pas s'il y a quelque chose que l'on puisse faire. C'est mon mari.

— Ou pas. Tu pourrais l'interroger, l'obliger à aller à Londres pour être reconnu comme le duc.

— Pourrais-je faire ça ?

Diana haussa les épaules.

— Je n'en suis pas sûre, mais ne serait-il pas convoqué par une assignation s'il ne se présentait pas ?

— Il l'a été après son héritage, qui remonte à sept ans, et il y a répondu. Je n'ai aucune idée de ce à quoi m'attendre dans ce cas.

— Je peux parler à Simon. Il devrait savoir.

Cela signifierait partager ses soupçons avec quelqu'un d'autre. Elle n'était pas certaine de vouloir le faire. Son hésitation devait se voir, car sa cousine ajouta :

— Tu peux lui faire confiance autant qu'à moi. J'aurais dû te le dire avant que tu te confies à moi, mais Simon et moi n'avons pas de secrets. Je ne me sentirais pas bien de ne pas lui dire.

Verity le comprenait, et enviait cet état de fait.

— Ton mariage est réellement une grande source d'inspiration.

— Y a-t-il une chance que tu puisses avoir la même chose, ou quelque chose d'approchant, avec Rufus ? Ou plutôt, avec l'homme qui fait la lecture à ton fils, qui qu'il soit ?

Verity écarquilla les yeux, et sa colonne vertébrale se raidit. Dit de cette manière, un inconnu était seul avec son enfant. Quel genre de mère était-elle pour permettre cela ?

Une nouvelle fois, déchiffrant son expression, Diana prit la main de sa cousine.

— Tout va bien. Il s'est occupé de Beau ces quinze derniers jours, et ça s'est bien passé, n'est-ce pas ?

— Mieux que je n'aurais pu l'imaginer.

L'émotion enfla dans la poitrine de Verity. Sa gorge se contracta, et elle dut attendre un moment pour parler.

— J'ai toujours été si heureuse qu'il soit parti, et que Beau n'ait jamais à savoir…

Elle s'interrompit avant de dire que son père avait été un monstre. Mais si ce n'était pas Rufus, si c'était vraiment quelqu'un d'autre, quelqu'un de gentil, d'attentionné et qui semblait aimer son fils… peut-être pourrait-elle retrouver la paix.

Avec un étranger qui revendiquait le titre et usurpait sa position de patron du domaine.

— Si ce n'est pas Rufus, je devrais vouloir qu'il s'en aille, dit Verity. Je suis l'intendante du domaine, et la tutrice de Beau. Cela signifie que ma parole fait loi ici, pas la sienne.

Pourtant, jusqu'à présent, il avait laissé la parole de la duchesse faire office de loi, sans montrer le moindre indice qu'il voulait que cela change. Il était peut-être temps de le pousser un peu, de voir la valeur de sa parole.

Diana plissa légèrement les yeux.

— On dirait que tu penses à quelque chose.

Verity afficha un petit sourire.

— Tu me connais trop bien. J'étais simplement en train de me dire que je voulais apprendre à connaître un peu mieux cet homme, pour déterminer s'il s'agit vraiment de Rufus.

— Et s'il ne l'est pas ?

— Si c'est un homme meilleur que lui et qu'il me permet de garder le contrôle du domaine, peut-être pourrais-je le laisser rester. Ainsi, si Rufus revenait, il ne pourrait pas revendiquer aisément le titre, à condition que l'homme prétendant être lui soit reconnu comme le duc de Blackburn à la Chambre des lords.

Cette perspective lui procura le premier moment de véritable soulagement depuis que Rufus, ou qui qu'il soit, était de retour.

— On dirait bien que tu as un plan. Pendant que nous sommes ici, nous ferons de notre mieux pour déterminer la vraie nature de cet homme. Il est hors de question que Simon et moi te laissions avec quelqu'un de dangereux, dit Diana avec un regard soudain triste. Ai-je raison de penser que Rufus, *l'ancien Rufus*, t'a fait du mal ?

— Oui, mais je t'en prie, ne me demande pas de t'expliquer. C'était un chapitre heureusement bref, et je préfère qu'il reste dans le passé.

— Je comprends. Veux-tu que je reste avec toi ce soir ? Simon comprendrait.

Verity rit doucement.

— Ce ne sera pas nécessaire. Je gère plutôt bien.

— Sa chambre est juste en face de celle de Beau ? s'enquit Diana.

— Oui, à la demande de Beau. C'est bon. Nous avons établi une relation de travail agréable en ce qui concerne le domaine et Beau.

— Alors, il n'y a aucune chance que votre mariage puisse être quelque chose de plus ? demanda Diana, prenant une profonde inspiration avant de secouer la tête. Oublie que j'ai demandé ça. J'essaie d'être romantique. Je veux seulement que tu sois aussi heureuse que je le suis. Mais si tu pouvais rester mariée à lui comme tu l'es maintenant… il y a pire.

Elle serra la main de Verity avant de la relâcher.

Oui, il y avait pire, comme le mariage qu'elle avait déjà enduré.

— Merci d'être venue ce soir. Je me sens beaucoup mieux de m'être confiée.

Verity se leva, suivie de sa cousine. Diana sourit.

— C'est ce que nous faisons l'une pour l'autre. Sans toi, Simon et moi ne serions peut-être pas mariés.

— Tu dis n'importe quoi. Tu aurais trouvé ton chemin jusqu'à l'autel. Je t'ai simplement donné un petit coup de pouce. Le temps, si tu te souviens bien, a joué un facteur important.

Car le père de Diana était en route pour sauver sa fille de son « ravisseur ».

— Effectivement, répondit la jeune femme, une lueur de soulagement dans le regard.

Elles s'étreignirent, puis Diana s'en alla.

Alors que Verity était allongée dans son lit peu de temps après, elle se rendit compte qu'elle se sentait vraiment mieux. Admettre ses doutes quant à l'identité de son mari lui avait insufflé un regain d'énergie. S'il était Rufus, pourraient-ils parvenir à un vrai mariage ? Elle ne s'attendait pas au même genre d'union que partageaient Diana et Simon, mais elle ne pouvait s'empêcher de fantasmer à ce sujet.

Ce Rufus était très charmant. Et gentil. Et serviable. Et un merveilleux père pour Beau. Elle pensa à eux, blottis l'un contre l'autre pendant qu'il lisait *Robinson Crusoé* et ne put s'empêcher de sourire. S'il n'était pas Rufus et qu'elle lui demandait de partir, Beau serait dévasté.

Elle se tourna sur le côté et ferma les yeux. Alors qu'elle

s'endormait, elle se mit à rêver d'un homme sans visage à bord d'un navire. La brise océanique soulevait ses cheveux tandis qu'il l'emportait dans ses bras puissants. Elle se sentait en sécurité et heureuse. Satisfaite.

Jusqu'à ce qu'elle se réveille en sursaut, un peu plus tard. L'homme avait retrouvé un visage, celui impitoyable de Rufus, qui semblait quelque peu différent de l'homme qui était revenu. Les rides de colère sur son front et la moue sévère de sa bouche le trahissaient, et elle fut plus que jamais certaine qu'il s'agissait de deux hommes différents.

C'était facile à croire au milieu de la nuit noire, alors que son cœur martelait sa poitrine. Mais peut-être que tout cela n'était qu'un rêve. Peut-être que cet homme était vraiment Rufus, et qu'il allait redevenir ce monstre qu'il avait été.

Non. Elle ne laisserait pas une telle chose arriver. Elle le tuerait d'abord.

～

*B*ien qu'il ait plu ces derniers jours, Simon avait accompagné Kit dans ses visites aux locataires. Ils avaient développé une sorte d'amitié, mais il y avait toujours un sentiment de déconnexion. Ou peut-être était-ce simplement le cas de Kit, qui devait faire attention à ce qu'il révélait.

Aujourd'hui était le premier jour de Thomas en tant qu'intendant. Il était arrivé la veille au soir, et avait emménagé dans son nouveau logement dans la tour. Ce matin, Verity, Kit, Diana, Simon, Thomas et Beau avaient partagé un petit-déjeuner, et alors qu'ils quittaient la salle à manger, le petit garçon avait dit au revoir à contrecœur en montant à l'étage pour ses leçons. Les dames avaient prévu de se rendre à Blackburn pour acheter du linge de maison pour le bébé de Diana et Simon chez un tisserand particulier.

Kit aurait voulu pouvoir les accompagner en ville pour observer certaines filatures. Bien qu'il y ait des tisserands indépendants sur le domaine, il n'y avait pas de filature. Il avait l'intention de changer ça.

Tous sortirent du château par la cour haute, et Simon embrassa la joue de sa femme alors qu'elle et Verity se préparaient à partir. Kit ressentit un moment de gêne, comme si l'on attendait de lui qu'il fasse de même. Il n'allait pas le faire, évidemment, mais il se surprit à se demander ce que cela lui ferait. Une vague de chaleur l'envahit, et il décida qu'il devait cesser de se poser la question.

— Bon voyage, lança Thomas avec un sourire lorsqu'elles s'en allèrent, laissant le trio d'hommes dans la cour, avant de se tourner vers Kit. Par où dois-je commencer ?

— Romsey et moi avons presque terminé l'inspection. Il nous reste encore quelques locataires à qui parler aujourd'hui, annonça Kit, levant le nez vers le ciel qui s'assombrissait. Sous la pluie, apparemment.

— Vous pourriez reporter, proposa Thomas.

Kit commença à se diriger vers la porte supérieure, et les deux autres hommes suivirent.

— Je préférerais en terminer vite. Nous sommes tout proches. Je vous inviterais bien à venir, mais je préfère que vous passiez en revue la dernière comptabilité. Je l'ai laissée sur votre bureau avant le petit-déjeuner.

— Merci, Votre Grâce. Je vais la lire immédiatement.

Kit hocha la tête.

— Nous pourrons en discuter plus tard. À tout à l'heure.

Il posa son chapeau sur sa tête d'un geste ferme, et conduisit Simon vers la cour de l'écurie.

Une fois sur leur monture, un crachin se mit à tomber. Kit était ravi que les locataires à qui ils devaient rendre visite soient assez proches.

— Vous êtes sûr de votre nouvel intendant ? s'enquit Simon pendant qu'ils chevauchaient.

— Je sais que son grand-père était très respecté, et je pense qu'il fera du bon travail. Bleven n'a eu que des éloges à son égard, et il était désolé de le perdre.

Simon fit la grimace.

— Était-ce gênant ?

— Pas particulièrement. Bleven a compris qu'il s'agissait d'une évolution pour Entwhistle et ne lui a pas reproché cette promotion.

Ils gardèrent le silence un moment, mais Kit sentait que Simon voulait dire autre chose. Il le regarda.

— Hier soir au dîner, vous avez dit que vous recherchiez un intendant, car le vôtre veut prendre sa retraite. Vous ne seriez pas en train de songer à débaucher le mien ?

— Mon Dieu ! Non ! répondit Simon avec véhémence. Je ne suis pas aussi rustre, peu importe l'horrible surnom qu'on me donne.

Kit ignorait totalement de quoi il parlait.

— Lequel ?

— Évidemment, vous n'êtes pas au courant. Comme c'est agréable. Certains gentlemen de la bonne société se retrouvent affublés de surnoms… *descriptifs*.

— Descriptifs dans quel sens ?

— Ils sont destinés à décrire leur personnalité ou leur notoriété. On m'appelle le duc Ravageur depuis la mort de ma femme. C'est une histoire assez longue et glauque, mais il suffit de dire que j'avais mérité ce surnom jusqu'à récemment. Jusqu'à ce que j'épouse Diana. Mon meilleur ami est le duc Solitaire. Il est un peu, euh, distant. Du moins, il l'était jusqu'à ce qu'il épouse l'amour de sa vie.

— Je sens comme un thème récurrent… les épouses arrangent tout ?

Simon éclata de rire.

— Dans nos cas, oui !

Kit songea aussitôt à Verity, même si elle n'était pas vraiment sa femme. Si on lui en donnait la chance, serait-elle capable de résoudre ses problèmes à lui aussi ? Et quels seraient-ils ? Il n'avait pas besoin d'être réparé, pour autant qu'il pouvait en juger. Il n'avait besoin que d'argent et d'un bateau.

Cependant, les choses n'étaient plus aussi simples, et il le savait. Dès l'instant où il avait pris le rôle de duc, il avait accepté des responsabilités qu'il répugnait à abandonner. Le domaine. Les locataires. Beau. Sa poitrine se contracta. Verity.

— Pour en revenir à votre question, poursuivit Simon, je ne cherche pas à débaucher Entwhistle. Au contraire, je voulais savoir s'il était à la hauteur de la tâche ou s'il y avait une autre raison pour laquelle il avait voulu ce poste.

Kit fronça les sourcils.

— Qu'est-ce que cela veut dire ?

— Je, euh… peut-être ne devrais-je pas dire quoi que ce soit. Pardonnez-moi.

Simon fit accélérer sa monture, mais Kit le rattrapa facilement.

— Dites ce que vous alliez dire.

— Entwhistle regarde votre femme d'une certaine manière.

— De quelle manière ?

Kit n'était pas obtus ; il voulait simplement que ses soupçons soient confirmés.

— D'une manière dont je ne l'autoriserais pas à regarder Diana, répondit Simon avec ironie.

Le jour où les chèvres étaient arrivées au château, Kit s'était demandé s'il n'y avait pas quelque chose entre Verity et l'intendant. Elle avait absolument tenu à l'engager. Et oui, il avait remarqué la façon dont Thomas regardait sa femme… Verity.

— Vous pensez qu'il a un penchant pour la duchesse.

Simon haussa les épaules.

— Peut-être. Peut-être pas. À votre place, je garderais un œil dessus, dit-il en coulant un regard vers Kit. Si cela vous dérange. Si ce n'est pas le cas, oubliez ce que j'ai dit. Ce qui se passe dans le mariage d'un autre homme ne me regarde pas.

— Et pourtant, vous vous en mêlez, murmura Kit.

— Désolé.

— Ne le soyez pas. J'apprécie votre assurance.

Oui, c'était presque comme s'ils étaient amis. Cela rappelait à Kit la camaraderie qu'il appréciait à bord d'un vaisseau et qui lui manquait, mais c'était un peu différent. Sur un navire, les gens allaient et venaient. Ici, sur la terre ferme, il était plus facile d'entretenir des relations. Du moins, c'était ce qu'il pensait. Il ne pouvait en être certain, vu qu'il avait passé la moitié de sa vie en mer.

— Eh bien, autant que je m'en mêle vraiment, alors, dit Simon. Je sais que votre mariage n'est que de nom pour le moment. Encore une fois, mes excuses, mais Diana et moi n'avons pas de secrets.

— Ce n'est pas vraiment un secret. Nous gardons des chambres séparées.

Des vies séparées, en réalité. En dehors de Beau, Kit avait le sentiment qu'il pourrait partir à tout moment sans être regretté.

— J'imagine que c'est difficile de se remettre en selle après six ans et demi d'absence.

Surtout quand on a été une véritable bête.

Simon grimaça à nouveau.

— Mes excuses. Ce ne sont vraiment pas mes affaires. C'est juste que je tiens profondément à Verity. C'est la personne que ma femme préfère au monde, en dehors de moi, je crois, et elle s'est révélée être une très bonne amie et un véritable soutien pour nous au moment où nous en avions le plus besoin.

— C'est une femme bien, confirma Kit.

La meilleure qu'il ait jamais rencontrée.

— À vous entendre, on dirait que vous aimeriez peut-être changer les conditions de votre mariage.

Simon parlait lentement, comme s'il cherchait à savoir s'il n'était pas en train de dire une chose pour laquelle il allait encore devoir présenter des excuses.

— Comme vous l'avez dit, c'est difficile de se réajuster. Nous ne passons pas beaucoup de temps ensemble en dehors de la gestion du domaine ou de Beau.

— Vous devriez peut-être.

C'était une proposition simple, mais vraiment puissante. Elle tourna en boucle dans la tête de Kit, jusqu'à ce qu'il voie enfin clair. Oui, peut-être qu'il devrait.

Peut-être viendrait-elle en ville avec lui pour visiter une filature. Ou à la brasserie Eanam. Bon sang, n'importe où ! Ou peut-être devrait-il commencer simplement par trouver un moyen de passer du temps avec elle ici. Ce n'était pas comme s'ils n'avaient pas d'intérêts en commun, comme le domaine et Beau. Si Kit était capable de baisser un peu sa garde, il pourrait se rendre compte qu'ils partageaient plus encore.

Ils arrivèrent chez le premier locataire et menèrent leur affaire en moins d'une heure. Le deuxième leur prit plus de temps, et le troisième leur proposa de déjeuner, ce qu'ils acceptèrent avec gratitude.

Alors qu'ils rentraient au château, Kit énonça clairement ce qu'il savait depuis un certain temps déjà.

— Cuddy volait. Chaque locataire fait état de paiements différents de ce que montrent les livres de comptes.

— Que comptez-vous faire ?

— Je n'en suis pas certain. Je crois qu'il est toujours à Blackburn.

L'un des palefreniers l'avait conduit à un logement près de la périphérie de la ville.

— Diana et moi avions prévu de partir après-demain, mais si vous voulez que je reste, je le ferai.

— J'apprécie la proposition, mais ce n'est pas nécessaire, dit Kit. Je sais que vous devez retourner à Londres.

— Avez-vous l'intention d'y aller ? Lorsque la rumeur de votre retour est parvenue à la Chambre des lords, elle a provoqué un certain émoi.

Simon en avait fait état lors du dîner de leur première nuit à la tour Beaumont, mais Kit avait habilement détourné la conversation. Il ne voulait pas aller à Londres. Il voulait repartir en mer avant que quelqu'un ne découvre la vérité. Il n'était pas tout à fait certain de ce qui pouvait arriver à quelqu'un qui se faisait passer pour un duc, et il n'avait pas envie de le découvrir.

— Pas maintenant, et peut-être pas pendant cette session.

— Nous ne sommes que fin avril. Elle pourrait durer jusqu'à juillet, ce qui est un véritable enfer. Je dois admettre que je n'ai pas très bien rempli mes fonctions ces dernières années. J'essaie de me rattraper maintenant.

Alors qu'ils approchaient du château, Simon lui jeta un regard.

— Ils peuvent vous envoyer une assignation, et alors vous devrez vous y rendre.

— Faites-moi une faveur et empêchez cela.

Simon éclata de rire.

— Je vais essayer.

Ils pénétrèrent dans la cour des écuries, où un écuyer récupéra leur monture, et ils retournèrent au château. Les femmes étaient rentrées, et Simon était manifestement impatient de voir son épouse. Il se précipita à l'intérieur pendant que Kit allait voir s'il trouvait Thomas.

L'homme qui convoitait peut-être sa femme.

Sa non-femme. Verity. La femme que Kit voulait.

Vraiment ?

Oui.

Cette prise de conscience le frappa de plein fouet, et il ralentit au milieu de la cour en se rapprochant de la tour de Thomas. Il ne pouvait pas penser à cela. Il devait se concentrer sur Cuddy et se tenir à l'écart de la maudite Chambre des lords.

Sauf qu'il était censé être le duc de Blackburn, et qu'il était de son devoir de siéger là-bas. S'ils le convoquaient, il devrait s'y rendre. Ou disparaître immédiatement. Et même si c'était son objectif ultime, cette pensée le peinait plus qu'il n'aurait pu le dire.

Cuddy. Concentre-toi sur cette fripouille de voleur.

Qu'est-ce que Kit prévoyait de faire ? Il voulait savoir comment le père de Verity en était venu à recommander Cuddy pour le poste. Mais comme Kit – en tant que Rufus – était censé avoir été présent à l'époque et qu'il avait vraisemblablement procédé à l'embauche, il devait faire preuve de prudence.

Elle avait dit que Cuddy et son père avaient entretenu une relation étroite au cours des six dernières années et demie. Cela incluait-il une supervision directe de l'intendant ? Si c'était le cas, le père de Verity aurait dû comprendre que l'homme détournait des fonds. Sauf que les différences étaient suffisamment faibles pour ne pas être remarquées, mais suffisamment importantes pour accumuler une somme considérable au fil du temps.

Où était cet argent maintenant ? Si Kit le récupérait, et il en avait bien l'intention, il aurait assez pour se procurer son bateau et en rendre une partie au domaine. Seulement, cela ne le rendrait pas meilleur que Cuddy. Voler un voleur restait un vol, surtout que Kit savait à qui appartenait l'argent.

Il fallait qu'il parle à Verity de Cuddy et du rôle de son père. C'était l'occasion parfaite de suivre le conseil de Romsey. Oui, il allait demander à la rencontrer et voir s'il pouvait transformer cette occasion en un moment agréable et engageant pour tous les deux.

Un sentiment d'impatience le parcourut alors qu'il se dirigeait vers la tour de Thomas, jusqu'à ce qu'une nouvelle prise de conscience le frappe en plein visage. S'il avait eu un surnom, ç'aurait été le duc Menteur. Il mentait à tout le monde. Comment pouvait-il espérer construire une relation sur cette base ?

CHAPITRE 9

*V*erity se tenait devant la chambre de Beau et écoutait Rufus lire la fin d'un chapitre de *Robinson Crusoé*. Chaque soir, elle avait envie de leur demander si elle pouvait se joindre à eux, et, chaque soir, les mots restaient coincés dans sa gorge. Plus elle se sentait détendue en présence de Rufus et l'acceptait, plus elle était agacée. Il méritait son mépris ou du moins son apathie.

Mais c'est pour passer du temps avec Beau, se raisonnait-elle.

Sauf qu'elle était enchantée par la voix de Rufus. Sa manière de lire l'histoire était chaleureuse et engageante. C'était la voix d'un homme qui avait vécu l'aventure et qui était capable de vous tenir sous son emprise si on lui offrait ne serait-ce qu'une petite occasion. Elle se surprenait à vouloir lui offrir plus qu'une petite occasion.

Sauf qu'elle ne le ferait pas.

Prenant une profonde inspiration, elle releva le menton et entra dans la chambre.

— Es-tu prêt pour un baiser de bonne nuit ?

Rufus referma le livre et se leva du lit tandis que Beau gloussait.

— Tu demandes à papa ou à moi ?

Une rougeur monta dans le cou de Verity, mais elle s'efforça de repousser son sentiment de gêne.

— Toi, idiot.

Beau leva le nez vers elle, ses yeux verts ronds et innocents oscillant entre Rufus et elle.

— Pourquoi vous ne vous embrassez pas comme tantine Diana et oncle Simon ?

Totalement incapable de parler, Verity s'efforça de ne pas rester bouche bée devant son fils.

Heureusement, Rufus vint à son secours.

— Certaines personnes n'aiment pas s'embrasser devant les autres.

Le front de Beau se plissa alors qu'il les regardait à nouveau l'un après l'autre.

— Mais vous m'embrassez tous les deux tout le temps devant d'autres personnes.

— C'est, euh… c'est différent avec les enfants, répondit rapidement Verity, se penchant pour déposer un baiser sur sa tête et lissant ses cheveux, avant de le border jusqu'au menton. Il est temps de rêver maintenant. Dors bien.

— Je t'aime, maman.

— Je t'aime aussi, Beau.

— Et je t'aime, papa.

— Et je t'aime.

Entendre Rufus adresser ces mots à Beau changea un moment déjà tendu en un instant presque insoutenable. Debout ici, ils avaient presque l'air d'être une famille. Elle pouvait imaginer Rufus en train de l'embrasser. Le pire, c'était qu'elle pouvait s'imaginer l'embrasser en retour.

— Oh ! Maman ? Tu disais que le portrait de papa sur

mon mur ne lui ressemblait pas vraiment. Je crois qu'il lui ressemble exactement.

Beau bâilla avant de fermer les yeux et de se blottir sous ses couvertures.

Verity jeta un coup d'œil au tableau et murmura :

— Je suis d'accord.

Dessus, il arborait un petit sourire, et ses yeux, même s'ils n'étaient pas aussi verts que ceux de l'homme dans la pièce, se plissaient d'amusement. Le portrait donnait l'impression que l'homme qu'il représentait était heureux et charmant. Alors oui, à cet égard, il ressemblait beaucoup plus à l'homme ici présent qu'au Rufus dont elle avait le souvenir.

— Dors bien, Beau.

Rufus souffla la lanterne, mais laissa l'autre brûler de l'autre côté de la pièce, car Beau n'aimait pas être dans le noir. C'était une chose qui avait tracassé Verity, elle avait craint que Rufus ne dise de lui que c'était un lâche.

Au contraire, il avait parfaitement compris, et dit que la lumière aidait à guider les gens dans leurs rêves. À chaque occasion, il l'avait surprise et impressionnée.

Bien sûr que tu peux t'imaginer l'embrasser.

Elle quitta la pièce à la hâte ; elle était impatiente de mettre de la distance entre elle et Rufus.

Cependant, une fois dans le couloir, il se tourna vers elle.

— J'espérais que nous pourrions partager un dernier verre et discuter du domaine. Nous avons terminé notre inspection, et j'aimerais partager les résultats avec toi, et te poser des questions au sujet de Cuddy.

Elle le regarda en cillant, partagée entre la surprise et l'appréhension. Elle devrait refuser, dire qu'ils pourraient parler le lendemain, mais elle avait également envie d'écouter ce qu'il avait à dire.

— Je suppose que nous pourrions le faire, répondit-elle lentement.

Il lui offrit un sourire en coin, l'un des plus attrayants qu'il savait faire. Oui, il avait de multiples sourires, et elle avait appris à apprécier chacun d'eux. Elle avait même commencé à anticiper ce qui le ferait sourire : son fromage préféré sur des toasts pour le petit-déjeuner, Moustache qui poursuivait M. Bajoues dans la cour, et à peu près tout ce que faisait Beau.

— Je t'inviterais bien dans mon bureau, mais je crains de ne pas en avoir, dit-il.

— C'est un problème, n'est-ce pas ? Je suis désolée de ne pas y avoir pensé avant.

— Ce n'est rien. Je me servais du bureau de la tour depuis le départ de Cuddy, mais maintenant que Thomas est là, il faut que je trouve un nouvel espace.

— Pourquoi pas l'antichambre de la salle des Chevaliers ? Nous nous en servons rarement, et elle a une très jolie vue sur le jardin ouest et les collines au-delà.

— Pourquoi n'irions-nous pas y jeter un coup d'œil, et nous pourrions parler en chemin ?

Il avait habilement manœuvré, mais Verity ne se sentait pas particulièrement manipulée. Elle pouvait refuser si elle le souhaitait, et elle savait qu'il la laisserait partir.

Avec un hochement de tête, elle se mit en marche à côté de lui dans le couloir. Ils tournèrent, passant devant les chambres d'amis avant d'atteindre le salon. Ils traversèrent le palier en haut des escaliers pour entrer dans la salle des Chevaliers, plus formelle.

Rufus s'arrêta brusquement.

— J'ai oublié de prendre nos boissons.

Il lui adressa un sourire penaud, qui était aussi l'un de ses préférés. Innocent, avec une touche de malice, c'était celui qui lui rappelait le plus Beau.

— Qu'est-ce que tu préfères ? Du sherry, peut-être ?

— Oui, merci.

— Je n'en ai que pour un instant.

Il retourna précipitamment dans le salon, et elle passa les paumes de ses mains sur sa robe de chambre, soudain nerveuse.

Il n'y avait aucune raison de l'être, se dit-elle. Ils étaient donc seuls, en pleine nuit. Avec de l'alcool. Et leur fils leur avait demandé de s'embrasser.

Une chaleur intense envahit son corps, et elle craignit que le rougissement qu'elle avait évité dans la chambre de Beau ne colore à présent son visage d'un rouge vif. Elle porta ses mains à ses joues et se rapprocha des fenêtres, où, avec un peu de chance, l'air plus frais pourrait apaiser sa chair.

Heureusement, son visage semblait de nouveau normal quand il revint et lui tendit un verre. Alors que la chaleur s'était dissipée, un chatouillement étrange demeurait au creux de son ventre.

— Tu aimes toujours le whisky, à ce que je vois.

Elle but une gorgée de sherry, espérant chasser ce chatouillement.

— J'ai développé un goût pour le rhum, mais, à défaut, ceci fera l'affaire.

— Je n'ai jamais bu de rhum. Comment est-ce ?

— Épais, riche et un peu doux. Décadent. Il y en a de toutes sortes, mais les meilleurs ont ce goût-là. À mon avis. Tu ne serais peut-être pas du même avis. Je vais voir si je peux m'en procurer, dit-il en prenant une lanterne avant de se tourner vers l'antichambre. Cela m'a l'air sombre là-dedans.

— Nous n'allumons pas et ne chauffons pas cette pièce. Mais si tu la veux pour bureau, cela changera, bien sûr.

Ils entrèrent dans la pièce rectangulaire qu'il balaya du regard.

— La pièce est de bonne taille. J'y suis passé lors de mon

retour, mais je ne voyais pas cet endroit comme un bureau. Il est presque trop grand pour ça.

On aurait dit qu'il essayait de masquer le fait qu'il ne se souvenait pas de la pièce, ou peut-être qu'il ne l'avait jamais vue avant son arrivée.

S'il n'était pas vraiment Rufus.

Elle ne voulait pas jouer à ce petit jeu avec elle-même ce soir. Tout ce qu'elle savait, et tout ce qui comptait, c'était qu'il n'était pas un monstre. Plus maintenant. Quelqu'un capable de s'occuper d'un enfant comme il le faisait ne pouvait pas en être un.

Verity s'avança vers le mur intérieur et se retourna.

— Tu pourrais mettre un bureau ici, si tu veux être près de l'âtre. Ou à l'autre bout, si tu préfères avoir un coin salon près des fenêtres. Cette pièce laisse passer quelques courants d'air en hiver ; si c'était moi, je choisirais donc la première solution.

— Alors, c'est ce que je vais faire, affirma-t-il. J'apprécie tes conseils.

La pièce comportait deux coins salon, l'un devant la cheminée, le second à l'opposé.

— Où iront les meubles en trop ?

— Nous leur trouverons une place. Sinon, nous pourrons toujours les donner à un ou plusieurs locataires, en fonction de ce que tu ne voudras pas garder.

— Est-ce que tu fais cela souvent ? Donner des choses aux locataires ?

— Autant que je le peux, répondit-elle avec un geste en direction d'un fauteuil confortable près de l'une des fenêtres. En fait, ce fauteuil-ci pourrait être un beau cadeau pour le nouveau cottage de M. Bricker.

Il leva la lanterne vers ce côté de la pièce pour mieux éclairer l'espace. Puis il tourna la tête et la dévisagea un moment.

— C'est très attentionné, mais j'ai appris à n'en attendre pas moins de toi.

Quelque chose semblait s'étirer entre eux, une attirance invisible qu'elle combattait de tout son être. Puis il porta son verre à ses lèvres, et le moment commença à s'estomper… jusqu'à ce qu'elle se concentre sur sa bouche.

Se retournant brusquement, elle retourna dans la salle des Chevaliers, où un léger feu brûlait et où la lumière était abondante.

Il reposa la lanterne sur une table, et se dirigea vers le canapé devant l'âtre.

— Je vais construire des étagères pour avoir une petite bibliothèque.

— Tu sembles aimer les livres.

Elle l'avait vu lire dans la bibliothèque en bas à plusieurs reprises, et Kirwin lui avait rapporté qu'une fois, on l'avait trouvé là au milieu de la nuit, endormi sur un canapé avec un livre ouvert à plat sur sa poitrine.

— C'est vrai. C'est l'un des rares passe-temps que l'on peut pratiquer sur un navire. Mais en raison du peu d'espace, on se retrouve souvent à lire les mêmes choses encore et encore. Je suis très heureux d'avoir à nouveau de la variété.

— Beau dit que *Robinson Crusoé* est ton livre préféré. Je l'ignorais.

Elle jeta un regard vers le canapé, se demandant s'il avait l'intention de s'y asseoir. Mais, bien sûr, il ne le ferait pas avant elle, ce qui signifiait qu'il pourrait choisir de s'installer à côté d'elle. Elle aurait bien pris le fauteuil, mais il se tenait entre elle et le siège, et le faire rendrait une situation déjà gênante encore plus inconfortable. Du moins, c'était ce qui l'inquiétait.

Finalement, elle se laissa tomber sur le bout du canapé. Sa hanche heurta le côté, lui indiquant qu'elle ne pourrait pas s'asseoir plus loin.

Il prit le fauteuil, et elle se détendit instantanément.

— J'ai toujours aimé cette histoire, affirma-t-il. Je suis navré que nous n'ayons pas discuté de ces choses-là avant. J'aimerais que nous le fassions maintenant. Quel est ton livre préféré ?

— Oh, je serais bien en peine de n'en nommer qu'un seul, répondit-elle. J'aime lire des pièces de théâtre. Peut-être parce que j'aime les voir et que je n'en ai pas souvent l'occasion.

Rufus ne l'avait jamais emmenée en voir une, mais ils n'avaient pas été mariés assez longtemps pour faire grand-chose.

Ne pense pas à cette époque. Reste dans ce moment, où il n'est pas une menace.

— Qu'a donné votre inspection ?

Elle but une gorgée de sherry, puis posa le verre sur sa jambe, tenant le pied.

— Je suis sûr que Cuddy volait, et j'en suis navré.

Elle ne put s'empêcher de se renfrogner.

— Je me sens comme une idiote.

— Ne te culpabilise pas. Il n'y a pas de raison. Il s'est montré très malin. Il a volé suffisamment pour accumuler une somme importante après toutes ces années, mais ce n'étaient que de petits montants à chaque fois. Tu n'aurais pas pu le savoir à moins d'assurer toi aussi le rôle d'intendant à ses côtés.

— J'aurais dû mener une inspection, comme tu l'as fait.

— Ce n'est pas ta faute. Je ne te permettrai pas de t'en vouloir.

Elle haussa un sourcil.

— Tu ne me permettras pas ?

Il lui sourit, et elle se dit que *celui-ci* pourrait bien être son préféré. Les coins de ses yeux se plissèrent, et ses dents blanches et droites apparurent pendant un bref instant.

C'était un sourire contagieux, et elle sentit ses lèvres se retrousser de leur propre chef.

— Pardonne-moi, dit-il. Je souhaitais seulement exprimer le fait que je préfère sincèrement que tu ne te fustiges pas toi-même. S'il te plaît.

— Je vais essayer.

— C'est entièrement la faute de Cuddy. Même si j'aimerais te poser des questions sur l'implication de ton père.

Elle tourna vivement son regard vers lui.

— Que veux-tu dire ?

— Tu m'as dit qu'apparemment Cuddy travaillait pour lui. Pourquoi le pensais-tu ? Est-ce parce qu'il m'a encouragé à l'engager ?

— En partie, oui. Mon père vient au moins une fois par an, et ils passent beaucoup de temps ensemble quand il est là.

Rufus hocha lentement la tête.

— Et te rappelles-tu comment ton père a connu Cuddy ? J'ai peur de ne pas me souvenir du lien ni même s'il y en avait un.

Il afficha une grimace d'excuse.

— Je ne me souviens pas. Avant ta disparition, je n'étais pas conviée à participer aux affaires du domaine. Mais apparemment, tu ne t'en souviens pas non plus.

Il détourna le regard tandis qu'un peu de couleur apparaissait brièvement sur ses pommettes. Chez l'ancien Rufus, elle aurait pu l'attribuer à la colère. Mais cela ressemblait plus à de l'embarras.

— Je dois m'excuser copieusement pour mon comportement… antérieur, lui dit-il, posant sur elle des yeux brillants de sincérité. Je ne peux pas te faire oublier, mais sache que j'ai travaillé très dur en ce sens. En fait, j'ai travaillé si bien que j'ai parfois du mal à me souvenir des choses.

Ou tu n'es pas vraiment Rufus.

Cette voix au fond de son esprit était de plus en plus forte en dépit de son désir de la faire taire, du moins pour le moment. Un jour prochain, elle ne serait peut-être plus en mesure de l'ignorer. Cependant, pour l'instant, elle était contente de maintenir les choses telles qu'elles étaient, notamment en raison de son dévouement envers Beau et de sa volonté de s'occuper du domaine. Ce qui incluait de faire la lumière sur les vols de Cuddy.

— Crois-tu que mon père était impliqué dans le détournement de fonds de Cuddy ? lui demanda Verity.

— Je ne sais pas. Je veux seulement en apprendre le plus possible sur Cuddy.

— Devrions-nous inviter mon père ici ?

Elle ne voyait pas qui elle aurait eu moins envie d'inviter.

Rufus leva un sourcil en la regardant.

— Tu ne sembles pas en avoir envie.

— Nous n'entretenons pas de très bonnes relations, mais peut-être t'en souviens-tu.

Apparemment, elle comptait jouer à ce petit jeu ce soir, car elle avait décidé de le pousser, pour voir ce qu'il pourrait révéler.

— Vaguement, répondit-il en tournant les yeux vers l'âtre. Je suis désolé que vous ne soyez pas proches.

Elle voulait le pousser un peu plus fort.

— Vraiment ? Cela ne t'a jamais dérangé avant. Mon père et toi étiez assez proches. Je dirais même qu'il te préférait à moi, alors même qu'il ne te connaissait que depuis quelques mois.

Elle remarqua la dilatation de ses narines et le léger écarquillement de ses yeux et fut prise de panique pendant un instant. Elle avait dépassé les bornes. Était-ce le moment qu'elle avait redouté ? Allait-il finalement révéler la colère qu'il avait gardée enfouie depuis son retour ?

— Je suis… Je ne sais pas quoi dire.

Il but une longue gorgée de whisky, vidant presque son

verre. Il posa son regard sur celui de Verity avec une intensité perçante.

— Je sais que je me répète, mais je ne suis plus l'homme que j'étais avant. Je ne peux pas changer le passé, mais je te jure que je ne veux que ta sécurité, celle de Beau, et de tout le monde à la tour Beaumont. Je veillerai à ce que ton père ne s'en mêle pas. Tu as ma parole.

Sa parole. La parole de Rufus n'avait eu aucune valeur. Mais la parole de cet homme, et elle était plus sûre que jamais qu'il s'agissait de quelqu'un d'autre, était une chose tout à fait différente. Rufus aurait défendu son père. Non, il serait même allé plus loin que cela.

Elle but une grande gorgée de sherry pour apaiser l'angoisse qui commençait à tourbillonner dans ses tripes. Pourrait-elle un jour penser à lui, à l'homme qu'elle avait épousé, sans se sentir impuissante et effrayée ?

Peut-être, si elle savait que cet homme, celui qu'elle n'avait pas épousé, la garderait en sécurité. Ce qu'il pourrait faire si elle le lui permettait. Ou peut-être que ce n'était même pas nécessaire. Il ne semblait pas avoir besoin de sa permission. Il lui offrirait sa protection, qu'elle le veuille ou non.

La chaleur se répandit en elle, et elle s'empressa de l'attribuer à son sherry plutôt qu'à l'homme assis tout près d'elle.

— Vas-tu prévenir les autorités au sujet de Cuddy ?

— Si j'y suis obligé, mais d'abord, je voudrais lui laisser la chance de rendre ce qu'il a volé.

— Cela doit représenter beaucoup sur une période de six ans et demi. Sera-t-il en mesure de le faire ?

Rufus haussa les épaules et ses yeux prirent un éclat glacial qui la fit frissonner.

— Je m'en moque. Il paiera d'une manière ou d'une autre.

Il termina son whisky et reporta son attention sur le feu mourant.

Sa déclaration et la manière sinistre dont il l'avait formulée incitèrent Verity à boire le reste de son sherry. Elle avait soudain hâte de mettre un terme à cet interlude, même si elle l'avait apprécié. Pour la première fois, elle entrevoyait la possibilité que cet homme puisse posséder une nature plus sombre, ou du moins une aptitude aux ténèbres.

— Le feu est tellement traître, constata-t-il. Il nous attire par sa chaleur et sa beauté, mais il peut entraîner une dévastation totale.

Elle était perplexe devant le tour que prenaient ses pensées, mais elle ne posa pas de question.

— En revanche, l'eau est plus belle. L'océan dégage un rythme tranquille et une sérénité qui peut apaiser même les choses les plus sauvages, dit-il, et un coin de sa bouche se releva. Le plus beau, c'est lorsque le feu rencontre l'eau, un soleil brûlant parfait se couchant au large dans la mer froide.

Il tourna son regard vers celui de Verity. L'intensité dans les profondeurs de ses yeux verts la fascina.

— Cependant, rien de tout cela n'est comparable à toi. Tu es incroyablement belle. Tu évolues dans cet espace proche de la perfection, car rien n'est vraiment parfait, où l'émerveillement et la joie se conjuguent.

Ses mots la captivèrent, effaçant le malaise qu'elle avait ressenti un instant auparavant. Personne ne lui avait jamais parlé comme ça.

— Tu devrais écrire ces mots.

Elle parlait d'une voix basse et douce, et c'était sans doute une chose idiote à dire, mais elle le pensait.

— Peut-être que je le ferai.

Ses lèvres se retroussèrent en un charmant demi-sourire ; elle en était sûre : c'était *celui-ci*, son préféré.

Ils étaient tous ses préférés.

— Papa ?

Tous deux se retournèrent au son de la voix de Beau.

Verity se leva d'un bond, et traversa la pièce pour le rejoindre.

— Qu'y a-t-il, mon chéri ?

Rufus les rejoignit et prit Beau dans ses bras.

— Tu n'arrives pas à dormir ?

Beau secoua la tête.

— J'ai mal au ventre.

Verity aurait voulu le prendre des bras de Rufus, mais Beau avait posé sa tête sur l'épaule de son père. Elle passa derrière lui et repoussa les cheveux de Beau de son front. Il ne semblait pas avoir de fièvre ; elle soupira de soulagement.

— Tu veux dormir avec moi ?

— Je peux dormir avec papa ?

Il avait les paupières lourdes, et même si elle le voulait auprès d'elle, elle n'allait pas refuser.

— Bien sûr.

Son cœur se serra, et elle regretta de ne pas partager le lit de Rufus. Ainsi, Beau n'aurait pas à choisir. Même si cela ne semblait pas vraiment un choix. Elle détestait ce sentiment d'être dépossédée par cet homme qui n'était sans doute pas du même sang que Beau. Mais que pouvait-elle dire ?

En vérité, elle ne voulait rien dire. Elle ne pouvait pas se résoudre à atténuer le lien qui s'était créé entre eux, pas alors que Beau était si heureux. Son bonheur représentait tout.

Beau ferma les yeux, et Rufus croisa son regard.

— Je peux l'emmener dans ta chambre, si tu préfères, murmura-t-il. Il ne le saura pas. Il dort déjà.

Elle secoua la tête.

— Non. Tu le prends, dit-elle avec un doux sourire, appréciant vraiment sa prévenance. Merci.

De prendre soin de son fils. D'être bienveillant. De se plier à ses désirs.

D'être exactement ce dont ils avaient besoin.

Il lui rendit son sourire, puis porta Beau hors de la pièce.

Alors qu'elle ramassait leurs verres et les déposait sur le buffet du salon, elle commença à croire que leur avenir n'était pas en péril. Elle avait tellement envie d'y croire. Alors maintenant, à cet instant, elle allait y croire.

Kit était debout avec Verity juste à l'extérieur de la tour d'entrée et saluait la calèche qui s'en allait, emportant le duc et la duchesse de Romsey. La semaine passée avait été bien plus agréable que Kit ne l'aurait imaginé. De fait, elle lui avait procuré un sentiment de lien et d'appartenance, ce qui lui rendait très difficile d'envisager son plan de fuite. C'était devenu particulièrement redoutable après la soirée qu'ils avaient passée, deux nuits plus tôt, à partager des verres et à préparer l'aménagement de son bureau. Tous deux avaient baissé leur garde, et il avait l'impression de mieux la connaître.

En même temps, il ne pouvait ignorer le désastre qui pourrait survenir s'il restait. Il avait été à deux doigts de révéler ses propres secrets lorsqu'ils avaient abordé le sujet de son père. Il avait failli tout gâcher, car il ne savait rien des relations entre elle et lui, ainsi qu'entre lui et son père. Apparemment, ils avaient été proches, ce qui était un sacré désagrément et poserait sans doute un problème si l'homme décidait de se montrer. Avec un peu de chance, il ne le ferait pas, du moins pas tant que Kit était encore là. Toutefois, Kit se demandait pourquoi l'homme n'avait pas au moins écrit, ou ne s'était pas montré, s'ils étaient aussi proches que Verity le pensait.

Au cours des deux derniers jours, Kit s'était efforcé de découvrir autant d'informations que possible en discutant de manière stratégique avec différents membres du personnel. Il avait appris que cela faisait au moins dix ans que la mère de

Verity était morte, que son père vivait à Londres et que l'ancien duc, le véritable père de Kit, était mort un mois après les noces. Il avait décliné après la mort de son fils légitime l'automne précédent et son état s'était aggravé. Enfin, Kit avait constaté que Verity et son père à lui étaient devenus proches même s'ils ne se connaissaient que depuis peu. Il brûlait d'envie de lui poser des questions sur lui, mais comme Rufus était censé être présent à ce moment-là, il ne pouvait pas. Par certains aspects, cette mascarade devenait assez fatigante.

Verity émit un petit son, à mi-chemin entre un soupir et l'expression d'un regret. De minuscules rides barraient son front, et elle avait les lèvres légèrement pincées.

— Ils vont te manquer, dit-il, peut-être inutilement.

Sa déception était évidente, et elle ne voulait peut-être pas en parler.

— Tellement. J'aime la tour Beaumont, mais parfois j'aimerais que nous vivions plus au sud.

Ils avaient promis de se rendre à Lyndhurst plus tard cet été, un engagement que Kit savait qu'il ne tiendrait pas. Cela restait coincé dans sa poitrine, ce qui le mettait légèrement mal à l'aise. Il était vraiment le duc Menteur. Les mensonges tombaient de sa bouche comme des fleurs se détachant des arbres, sauf qu'ils n'étaient pas beaux. Chacun d'entre eux lui inspirait un sentiment de défaite, comme s'il perdait une bataille. Mais pour quoi ? La moralité ? Le respect de soi ? La décence ?

Toutes ces choses et bien plus encore. C'était plus que difficile, car il appréciait Verity et Beau. Non. Il *aimait* Beau. Il n'avait pas de mal à se l'avouer. Le garçon lui avait accordé sa confiance avec une telle facilité et de manière si entière ! L'amour d'un enfant était réellement inconditionnel. Cependant, Kit savait qu'il pouvait briser le cœur du petit garçon en un instant, et le jour viendrait où il le ferait.

La douleur lui transperça la poitrine, et il chercha un

moyen de la soulager. Peut-être pourrait-il soulager aussi la mélancolie de Verity. Il se tourna vers elle.

— Viens avec moi à Blackburn. Je voudrais visiter une filature, et ensuite nous pourrons nous arrêter dans un pub. L'un des palefreniers m'a dit que Cuddy fréquente *La Tête de mouton*, et je veux voir s'il est toujours dans le coin.

Parce que l'un des employés l'avait emmené en ville, Kit savait précisément où l'ancien intendant logeait, à supposer qu'il y soit encore.

Soudain, il regretta de l'avoir invitée. Et si Cuddy était là ? Il ne pouvait pas vraiment le confronter devant Verity. Si les choses tournaient mal, il ne voulait pas qu'elle soit dans les parages. Mais il était trop tard pour annuler son offre, et, qui plus est, il n'en avait pas envie.

Elle pivota. Son regard sombre reflétait sa surprise, mais aussi un soupçon de méfiance. Elle s'était habituée à lui, du moins en apparence. Deux nuits plus tôt, il avait eu un aperçu de ce qu'aurait pu être leur relation. S'il avait été le duc et l'avait épousée. Il avait désiré le titre depuis tellement longtemps, et avait été amèrement déçu de savoir qu'il ne lui reviendrait jamais. Désormais, il le voulait pour une raison totalement différente. Pour elle.

— Cela me semble merveilleux, dit-elle. Je vais juste aller me préparer. Je te retrouve dans la cour de l'écurie ?

— J'attendrai.

Il lui adressa un sourire qui s'effaça sitôt qu'elle lui tourna le dos pour entrer dans la cour.

Oh ! Cette histoire allait se solder par un désastre. Il devait partir maintenant. Mais non. D'abord, il devait trouver Cuddy et récupérer ce qu'il avait volé. Ensuite, il s'en irait.

Bon sang, mais qui cherchait-il à tromper ? Ce serait aussi un désastre. Cela ne pouvait pas bien se terminer, du moins pas pour lui. Verity et Beau continueraient comme avant son arrivée. Ce ne serait qu'un bref interlude qui s'estomperait de leur mémoire, surtout pour Beau, qui était si jeune. Kit n'était pas tout à fait certain de le croire, mais il s'accrochait néanmoins à cette idée. Il n'avait pas d'autre choix. Jamais il n'avait été question que cette situation soit permanente. Même encore maintenant, son corps se languissait du rythme de la mer.

Peut-être qu'il devrait aller là-bas au lieu de se rendre à Blackburn. La côte était à une journée de route, et il devrait y passer la nuit. Il craignait de ne pas vouloir revenir, et il devait pourtant le faire. Il restait des affaires à terminer. À Blackburn, il s'efforcerait de retrouver Cuddy et il étudierait la filature. Il laisserait le domaine en meilleur état qu'il ne l'avait trouvé : c'était une promesse qu'il tiendrait.

Un quart d'heure plus tard, ils prenaient le cabriolet en direction de la ville. Kit n'avait pas passé beaucoup de temps à conduire des véhicules, mais il s'y était essayé ces derniers jours, en demandant à Simon de prendre les rênes pour qu'il puisse apprendre en l'observant. C'était un stratagème efficace, car maintenant il était capable de conduire la berline avec suffisamment d'assurance pour ne pas attirer l'attention.

Ce n'était pas facile de faire semblant d'être un duc.

Ils arrivèrent à la filature où ils eurent droit à une visite guidée. Ce n'était peut-être pas facile d'être un duc, mais c'était sacrément pratique. Les gens vous donnaient tout ce que vous vouliez, et vous traitaient avec révérence. C'était un peu comme être le capitaine d'un navire, ce qui manquait à Kit. En cela, il appréciait son rôle actuel. Il trouvait également le fonctionnement de la filature fascinant, et avait envie d'en construire une sur le domaine.

Ils s'en allèrent et il escorta Verity jusqu'au cabriolet, où elle grimpa facilement. Il regretta son choix de véhicule, car elle n'avait pas besoin d'assistance. Il avait rarement l'occasion de la toucher, et il était très impatient de recommencer.

L'autre soir, il avait eu envie de s'asseoir à côté d'elle sur le canapé, mais il avait remarqué l'hésitation dans ses yeux et avait préféré ne pas la mettre mal à l'aise.

Il s'installa dans le cabriolet à côté d'elle et prit la direction du centre de la ville. Le pub qu'il voulait visiter était juste devant, mais il se demandait maintenant s'il n'était pas un tantinet trop peu recommandable pour Verity.

— J'avais prévu d'aller à *La Tête de mouton*, mais je ne crois pas que ce soit le meilleur endroit pour une duchesse.

— Est-ce l'endroit que Cuddy fréquente ? demanda-t-elle en étudiant le pub délabré pendant qu'ils approchaient.

Bon sang ! Il aurait dû amener une calèche pour pouvoir la laisser.

— Oui. Je peux revenir un autre jour.

— Non, c'est idiot. Je vais aller chez le drapier. Il est juste au coin de la rue, dit-elle avec un geste vers le côté de la rue opposé à *La Tête de mouton*. Dépose-moi là, et tu pourras me récupérer lorsque tu auras terminé.

Il hésitait à la laisser seule, mais il reconnaissait volontiers qu'il s'agissait d'une question de bienséance avec laquelle il n'avait aucune expérience.

— Tu en es sûre ?

— Bien sûr, répondit-elle d'un ton joyeux avec un geste de la main.

Il passa le coin de la rue, et lorsqu'il vit le drapier, il arrêta le cabriolet devant le magasin.

— Je reviens dès que je peux.

— Prends le temps qu'il te faudra, dit-elle en descendant du véhicule. Il est important de retrouver Cuddy. J'attends ton rapport avec impatience.

Sa bouche se releva en un léger sourire avant qu'elle se retourne et disparaisse dans le magasin.

Kit ne partit pas aussitôt ; il cherchait encore à savoir s'il était sage de la laisser ici. Mais peut-être était-ce idiot. Elle avait dit que c'était bon, et, en réalité, qu'en savait-il ?

Il ramena le cabriolet dans la rue du pub. Il trouva un endroit où laisser son véhicule, à distance à peu près égale entre l'établissement et la boutique du drapier. Après avoir bien inutilement informé le cheval qu'il serait de retour sous peu, il entra d'un pas vif dans le pub.

Balayant l'intérieur sombre du regard, il remarqua dix ou douze clients éparpillés. Le bar se trouvait au fond de l'établissement. Le tenancier était debout derrière la planche de bois éraflée.

Kit s'y rendit directement, et salua l'homme d'un hochement de tête ferme.

— Je suis à la recherche de M. Strader. Je crois savoir qu'il fréquente votre établissement.

— Exact. Cependant, il est un peu tôt pour lui.

Sortant une pièce de sa poche, Kit la fit glisser sur le bar jusqu'au tenancier.

— Il loge toujours à l'est de la ville ?

L'homme ramassa la pièce et la fourra dans sa poche.

— Pour autant que je sache, répondit-il en posant les yeux sur Kit. Vous voulez une bière, êtes-vous juste curieux ?

Kit lui sourit et lui donna deux pièces supplémentaires.

— Est-ce qu'il vient tous les soirs ?

— Oui, pour le dîner. Ensuite, il reste jusqu'à ce que je le jette dehors, en général, expliqua-t-il avec un haussement d'épaules. Il a toujours plein d'argent, alors ça ne me dérange pas.

— Merci pour votre aide.

Kit fit demi-tour et sortit dans la lumière du soleil filtrant à travers les nuages, se dirigeant vers le drapier. Il ne voulait pas risquer de se rendre au logement de Cuddy, pas avec Verity. Il reviendrait bientôt, un soir. Savoir que Cuddy passait ses soirées à *La Tête de mouton* donna à Kit l'idée d'aller au logement de l'homme et de le fouiller pendant qu'il était sorti. Peut-être pourrait-il récupérer une partie de l'argent qu'il avait volé. Kit doutait de tout reprendre, pas après tout ce temps, surtout qu'il semblait que Cuddy aimait à le dépenser.

Il entra dans la boutique, son cœur battant plus vite qu'il n'aurait dû, et chercha Verity. Le magasin n'était pas très grand, et comme il ne la voyait pas, son pouls s'emballa. Le commerçant, un homme mince avec un large sourire, vint le saluer.

— Bonjour, le salua-t-il, et la surprise céda la place à la reconnaissance dans son regard. Votre Grâce, vous devez chercher Sa Grâce. Elle est dans le salon arrière, en train de passer en revue les meubles de l'entrepôt d'Ackermann.

Il se retourna, faisant signe à Kit de le suivre.

Pourquoi cet homme l'avait-il reconnu ? Verity l'avait-elle décrit ? Ou s'était-il souvenu de Kit, ou plutôt Rufus, après toutes ces années ? C'était ce qui s'était produit quelques semaines plus tôt lorsqu'il était arrivé en ville pour prendre une chambre. L'aubergiste l'avait aussitôt identifié comme le duc disparu de Blackburn. Il s'était contenté de dévisager l'homme, oubliant toute volonté de nier. C'était un pari énorme de se faire passer pour le duc. Même si l'aubergiste l'avait reconnu, tous les autres pouvaient comprendre qu'il s'agissait d'un imposteur.

Mais comme Kit n'avait pas répondu, l'aubergiste avait annoncé à la salle commune, qui contenait au moins une douzaine de personnes à l'époque, que le duc depuis long-temps disparu était de retour. Tout le monde avait tourné la tête avec un vif intérêt, les regards rivés sur sa personne d'une manière très inconfortable et envahissante. Puis un gentleman avait crié son approbation et levé sa chope en guise de toast. Ce fut suffisant pour que Kit saisisse la chance d'entrer dans la tour Beaumont avec une raison d'être là, et de prendre possession du patrimoine qui serait à jamais hors de sa portée.

Il suivit le drapier et franchit une porte qui menait à une petite pièce décorée comme un salon, mais avec une longue table ressemblant à une table à manger. Verity leva les yeux d'une planche en couleurs représentant une bibliothèque.

— Tu es de retour.

— Je suis de retour. Qu'est-ce que tu regardes ?

— Des bibliothèques. Pour ton bureau.

Elle cherchait des meubles pour son bureau ? Ils avaient trouvé l'ancienne table de travail dans une remise la veille, et il avait été l'installer dans la pièce aujourd'hui. Il détestait se servir d'un meuble ayant appartenu à cette ordure, mais il ne voyait aucune raison d'en acheter un autre, surtout qu'il ne s'en servirait pas bien longtemps. Il n'allait certainement pas approuver l'achat d'une bibliothèque.

— Je n'ai pas besoin d'une bibliothèque, dit-il.

Confuse, elle plissa le front, ce qui lui donnait un air incroyablement adorable.

— Mais tu as dit qu'il t'en fallait une.

C'était sûrement vrai.

— Je veux dire que je peux en fabriquer.

— Vraiment, Votre Grâce ? s'enquit le commerçant. C'est extraordinaire.

Verity se leva de derrière la table.

— Il est plutôt doué de ses mains.

Son regard plongea vers elles, qui étaient actuellement protégées par des gants qu'il avait envie de jeter pour pouvoir faire glisser le bout de ses doigts nus le long de sa mâchoire.

Que ce soit parce qu'elle avait deviné le sens de ses pensées ou parce qu'elle avait saisi le double sens de ce qu'elle venait de dire, une rougeur délicieuse illumina ses joues.

Le commerçant resta en retrait tandis que Verity contournait la table et s'avançait aux côtés de Kit.

— Faites-nous savoir si vous avez besoin d'autre chose que des bibliothèques, leur demanda-t-il avec un regard plein d'espoir.

— Nous le ferons très certainement, lui dit Kit avec un sourire.

Le contact des doigts de Verity contre son bras le fit sursauter. Il tourna la tête et vit qu'elle le regardait avec l'air d'attendre quelque chose de lui. Il lui fallut un moment pour comprendre qu'il devait lui offrir son bras. Bon sang, il n'était vraiment pas doué pour ça ! Ou pour certaines parties de ce rôle, en tout cas. Il était une fois de plus très reconnaissant de ne pas avoir été convoqué à Londres et espérait que Simon veillerait à ce que cela ne se produise pas.

Il lui tendit le coude, et elle enroula sa main autour de son avant-bras. Leurs chairs étaient séparées par des gants, des manches et trop de choses, mais il se délectait de cette connexion.

Elle souhaita bonne journée au commerçant, et Kit l'escorta hors de la boutique. C'était une chose simple, cette façon qu'elle avait de le toucher, mais cela semblait être une étape de plus dans ce qui se construisait entre eux.

Quelque chose était-il en train de se construire ?

Il lui jeta un regard en coin. Son profil était aussi éblouissant que son visage. La ligne de son nez était gracieuse et la saillie de son menton à la fois forte et effrontée. Quant à la courbe de ses lèvres, elle était douce et séduisante. Il doutait d'avoir un jour la chance de les goûter, mais un homme avait bien le droit de rêver.

Alors qu'ils marchaient vers le cabriolet, elle lui demanda :

— As-tu appris ce que tu voulais savoir ?

— Oui. Je rendrai visite à Cuddy un autre jour.

Elle retira son bras.

— Quand ?

Kit voulait ramener sa main dans la sienne, mais il n'en fit rien. Au lieu de cela, il la regarda monter dans le véhicule.

— Je n'ai pas encore décidé.

Et lorsqu'il le ferait, il n'était pas certain de vouloir le lui dire. Un homme assez audacieux pour voler un domaine ducal était soit incroyablement stupide, soit extrêmement dangereux.

Il prit place à côté d'elle dans le cabriolet et conduisit le cheval dans la rue.

— Merci d'être venue avec moi aujourd'hui.

— Merci de m'avoir invitée.

— Veux-tu que nous allions au pub maintenant ? Un plus beau, je veux dire.

— Je crois que j'aimerais retourner au château. J'ai promis à Beau que nous irions voir les chèvres ensemble. Tu es plus que bienvenu pour te joindre à nous.

— Merci, je vais sûrement le faire.

Ils se turent alors qu'il sortait de la ville et empruntait la route menant au château. Il vivait dans un maudit château ! Parfois, il avait du mal à y croire. Bon sang, la plupart du temps, il n'y croyait pas ! À treize ans, lorsqu'il avait vu la tour pour la première fois, il avait écarquillé les yeux. Et lorsqu'il l'avait revue voici quelques semaines, il avait éprouvé le même sentiment de curiosité et d'excitation. Pas étonnant qu'il soit aussi réticent à partir.

Mais cet endroit n'était rien comparé aux gens. Comment allait-il trouver le courage de partir ? De la même manière qu'il l'avait fait toutes ces années auparavant lorsqu'il avait choisi la mer. À l'époque, il ne savait pas dans quoi il s'engageait. Aujourd'hui, oui. Il allait redevenir le capitaine de son propre navire, ne répondant à personne. Totalement libre.

Sauf qu'il commençait à comprendre qu'être attaché à

quelque chose, ou à quelqu'un, n'était peut-être pas une si mauvaise chose.

— Je me suis dit que nous pourrions faire un pique-nique lors du prochain jour ensoleillé, proposa Verity.

Il jeta un œil vers elle et vit qu'elle le regardait. Ses yeux sombres brillaient dans le soleil de l'après-midi, et, pour la première fois, il distingua une fine bande d'ambre au bord de l'iris. Elle avait de longs et abondants cils noirs, qui se recourbaient contre sa chair pâle lorsqu'elle clignait des yeux. Il se secoua avant de se perdre comme un marin succombant à une sirène.

Il essaya de ne pas paraître trop enthousiaste dans sa réponse, mais il était enchanté qu'elle l'invite à passer du temps avec elle.

— J'aimerais beaucoup.

— Avec Beau, bien sûr.

— Bien sûr.

Alors qu'il voulait se retrouver de nouveau seul avec elle, comme l'autre soir, il n'imaginait pas faire un pique-nique par une belle journée sans leur fils.

Leur fils.

Non, il était à elle. Beau ne serait jamais à lui, et mieux valait pour lui qu'il le garde à l'esprit.

CHAPITRE 10

*L*e jour suivant fut un jour ensoleillé. Verity demanda qu'un panier de nourriture soit prêt à midi et demanda à Rufus de les retrouver, elle et Beau, dans la cour basse près du puits.

Elle s'arrêta à la cuisine pour prendre le repas, et remercia la cuisinière pour ce qui semblait être un excellent pique-nique. Tenant le panier de la main droite et la couverture de la main gauche, elle franchit la porte et se tint au bord de la roseraie, près du puits, à l'angle supérieur de la cour basse.

Au bout d'une minute, elle posa le panier à terre pour attendre. Le tuteur avait-il perdu la notion du temps ? Et où était Rufus ? Peut-être était-il retenu quelque part. Son regard se tourna vers la tour de Thomas dans le coin opposé. Il avait été très occupé depuis son arrivée, et elle ne l'avait pas vu en dehors des quelques fois où il s'était joint à eux pour le dîner.

Les minutes s'étirèrent, et elle passa la couverture sur son autre bras. C'était une journée chaude et lumineuse, et elle avait hâte d'être dehors. La porte par laquelle elle était sortie s'ouvrit soudain à la volée. Beau s'élança, son rire emplissant aussitôt la cour.

Il fut rapidement suivi par Rufus, qui le poursuivit le long du bord du jardin jusqu'à l'allée centrale. Beau ne ralentit pas en prenant son virage, et ses pieds glissèrent sur les pavés. Il tomba, atterrissant sur le flanc.

Verity laissa tomber la couverture et courut vers lui, mais Rufus la devança de beaucoup. C'est à ce moment-là qu'elle comprit qu'il n'avait pas poursuivi le garçon à pleine vitesse. Elle l'avait vu lorsqu'il avait attrapé Racer ce jour-là à la ferme de M. Maynard.

Rufus souleva Beau et le remit debout avant de s'accroupir devant lui.

— Ça va ?

Verity s'attendait à ce que Beau pleure, et son visage avait légèrement pâli. Elle s'abaissa à côté de Rufus.

— Est-ce que tu as eu peur ? demanda-t-elle en caressant le bras de Beau de l'épaule au coude et inversement.

Beau hocha la tête. Puis, un instant plus tard, il courut jusqu'en haut des escaliers menant à la cour.

— Allez, papa, attrape-moi !

Rufus se leva et tendit la main à Verity pour l'aider à se lever. Elle ne portait pas de gants, et lui non plus. C'était la première fois que leurs chairs se touchaient, et ce fut comme saisir un éclair. Ou plutôt comme elle l'imaginait : électrisant et chaud, et qui laissait une impression durable.

— Je t'en prie, ne le poursuis pas dans les escaliers. Il est déjà tombé une fois.

Puis elle se tourna vers Beau et s'écria :

— S'il te plaît, fais attention !

— Je fais attention, maman. Et ne t'inquiète pas pour les escaliers. Je les ai descendus en courant jusqu'au passage de la cuisine et je ne suis pas tombé.

Elle regarda Rufus.

— C'est vrai ?

Il détourna légèrement le regard, et hésita un instant.

— Euh… oui. Nous étions en train de jouer aux chevaliers et aux méchants.

— Lequel tu étais ?

— C'était mon tour d'être le chevalier.

Verity fronça les sourcils et jeta un regard à Beau.

— Je n'aime pas penser à mon garçon comme à un méchant.

— Nous faisions semblant, se justifia Rufus. Mais si cela peut te rassurer, il a choisi d'être le méchant uniquement parce qu'il aime être poursuivi.

— Le méchant ne peut pas poursuivre le chevalier ?

Il esquissa un sourire en coin, et le cœur de Verity s'emballa. C'était comme si la foudre avait frappé à nouveau.

— C'est pour faire semblant. Nous pouvons faire ce que nous voulons, expliqua-t-il en se tournant vers le panier et la couverture sur le sol. Je vais prendre les affaires pour le pique-nique.

Il se mit en marche sur le chemin.

— Je peux me charger de la couverture, proposa-t-elle.

Il agita la main.

— Je l'ai.

À la place, Verity rejoignit Beau. Elle lui prit la main, et ils descendirent dans la cour, puis tournèrent à droite vers la porte de la cour des écuries.

— Je devrais peut-être jouer aux chevaliers et aux méchants.

Elle se demandait pourquoi ils ne l'avaient pas fait avant et se sentait mal. C'était un rappel brutal de tout ce qu'il avait manqué en n'ayant pas de père.

— Mais tu es une fille !

Beau semblait scandalisé.

Rufus les rattrapa alors qu'ils approchaient de la porte.

— Qu'y a-t-il de mal à ce que ta mère soit une fille ?

— Elle veut jouer aux chevaliers et aux méchants ! expliqua-t-il avec une grimace qui montrait clairement ce qu'il pensait de cette idée.

Verity était partagée entre le rire et la déception.

— Ce serait mieux si elle se joignait à nous, dit Rufus, attirant l'attention de Beau. Un chevalier a besoin d'une belle jeune fille à sauver.

— Alors ce sera toujours moi le méchant. Je ne veux pas sauver une fille ! s'exclama-t-il, fronçant les sourcils avant d'envoyer un regard d'excuse à sa mère. Sauf que je veux te sauver, maman.

Verity céda à son rire.

— Merci.

— Mais c'est papa qui devrait te sauver. C'est ce que font les ducs, non ?

— C'est ce que font les maris, le corrigea Rufus, qu'ils soient ducs ou non.

La surprise faillit faire trébucher Verity alors qu'ils traversaient la cour de l'écurie. Elle était presque totalement convaincue que cet homme n'était pas son mari. Et c'était la preuve qui lui manquait. Rufus, le véritable Rufus, ne l'aurait jamais sauvée de quoi que ce soit.

Rufus. Elle examina son profil et chercha à évoquer l'image de l'homme qu'elle avait épousé. Il lui semblait que son menton était plus petit, moins fort, mais elle n'était plus sûre de savoir. Lorsqu'elle pensait à son mari, cet homme, qui qu'il soit, emplissait son esprit. Et il le faisait de plus en plus souvent.

C'était très déroutant et inquiétant de passer du mépris et de la peur de quelqu'un à l'admiration et à l'affection pour cette personne.

Ce n'est pas la même personne, se rappela-t-elle.

Alors qui était-il ?

La curiosité lui brûlait la poitrine, mais elle ne pouvait pas lui demander maintenant, pas devant Beau. Cela signifiait-il qu'elle prévoyait de lui dire qu'elle ne croyait pas qu'il était Rufus ? Elle n'était pas sûre de le vouloir. Admettre cela, l'exposer au grand jour, ce serait mettre un terme à la joie de Beau. Elle baissa les yeux vers son fils qui avait pris la main de Rufus, tandis que ce dernier se débattait avec la couverture et le panier dans son autre main. Non, elle ne pouvait pas faire ça.

Elle lâcha la main de Beau et s'arrêta.

— Tiens, laisse-moi prendre la couverture.

— Je peux me débrouiller, insista Rufus qui s'arrêta lui aussi.

Elle contourna Beau et prit la couverture avec un sourire. Puis elle revint à sa place.

Beau glissa à nouveau sa main dans la sienne et balança les bras en tenant ses deux parents.

— J'aime avoir une maman et un papa ! s'exclama-t-il avec une joie palpable, et Verity craignit que son cœur n'éclate. Où allons-nous faire notre pique-nique ?

— Je me disais que nous pourrions aller à l'étang, proposa Rufus.

— Oh, oui, allons-y ! approuva Beau.

Verity n'autorisait jamais Beau à se rendre à l'étang sans elle. C'était là que Godwin, le fils d'Augustus, s'était noyé au cours de la partie de campagne où elle avait rencontré Rufus. Elle coula un regard vers l'homme qui prétendait être Rufus. Il s'était montré charmant lors de cette fête. Mais l'homme d'aujourd'hui était différent.

Le chemin descendait en pente douce vers l'étang. Un couple de canards glissait sur la surface, et Beau s'élança instantanément vers l'eau.

— Attention ! lui cria Verity, accélérant le pas. Il ne sait pas nager.

Rufus partit en courant et déposa le panier dans l'herbe avant de rattraper Beau et de le soulever dans ses bras pour le faire tourner. Le rire de l'enfant emplit l'air au moment où Verity s'approchait du panier. Elle étala la couverture sur l'herbe avec un sourire, puis déposa le panier dans un coin.

— Qui a faim ?

Rufus posa Beau et s'assit avec empressement, tapotant la place à côté de lui. Le petit garçon se laissa aussitôt tomber sur la couverture, et tous deux l'observèrent tandis qu'elle sortait la nourriture.

Après avoir avalé une bouchée de canard rôti froid, ce qui semblait plutôt déplacé au vu de la fréquentation de l'étang, Rufus inclina la tête vers l'eau.

— Je pense que je vais nous procurer un petit bateau à rames. Ce qui signifie qu'il faudra que je construise un ponton.

— Je pourrai t'aider ? s'enquit Beau avant d'engloutir une trop grosse bouchée de pain.

— Pas autant d'un coup ! dit Verity en regardant son fils.

Il lui jeta un regard penaud, puis croqua une plus petite bouchée avec bien moins de… vigueur.

— M'apprendras-tu à construire le ponton, papa ? Je veux construire des choses, comme toi.

— Je pense que ce sera un excellent apprentissage pour toi. Avec la natation.

— Tu peux le lui apprendre ? s'enquit Verity. Je me sentirais mieux au sujet du bateau s'il savait nager.

— Je peux, confirma Rufus.

Beau se tourna vers Rufus.

— Tu es un bon nageur, papa ? Forcément, si tu étais sur l'océan.

— Me croirais-tu si je te disais que beaucoup de marins ne savent pas nager ?

Rufus acquiesça tandis que Beau et Verity secouaient la tête.

— Cela semble plutôt dangereux. Et téméraire, constata Verity, avant de prendre un morceau de canard.

Elle n'appréciait pas vraiment. Elle avait l'impression que le couple sur l'étang la regardait et la jugeait en silence. Elle remarqua que Rufus avait arrêté de manger le sien.

— Cela peut l'être, c'est pourquoi j'encourage tout le monde à apprendre, qu'il soit sur un bateau ou non. On ne sait jamais quand on aura besoin de ces compétences.

Beau tourna la tête vers Verity.

— Sais-tu nager ?

— J'ai bien peur que non.

Le visage de son fils s'illumina.

— Alors papa peut nous apprendre à tous les deux !

Il enfourna un morceau de canard dans sa bouche, sans se soucier de la proximité de l'espèce qu'il était en train de dévorer. Ce qui était aussi bien. Vu son amour des animaux, Verity se demandait si un jour il refuserait de manger le bœuf, le poisson ou le canard préparé pour son repas.

Un papillon passa, et Beau bondit sur ses pieds pour lui courir après.

Verity inclina la tête vers l'assiette de Rufus.

— Tu n'aimes plus le canard ?

Il grimaça en jetant un coup d'œil vers l'étang.

— Cela me semble… mal.

— J'ai pensé la même chose.

Leurs regards se croisèrent et tous deux éclatèrent de rire. C'était un moment stupéfiant qu'elle n'aurait jamais imaginé voir arriver.

Lorsqu'ils cessèrent de rire, Rufus fit un geste vers l'assiette de Beau.

— Cela n'a pas eu l'air de le déranger.

— Non, mais je ne suis pas sûre qu'il ait fait le lien.

— Il devrait. Il doit comprendre d'où vient la nourriture.

— Oui, il devrait, approuva-t-elle devant ce rappel de toutes les choses que Beau pourrait apprendre de cet homme. Je suis contente que tu sois revenu.

Elle n'avait pas prévu de le dire, mais c'était la vérité.

Il but une gorgée de bière, l'air légèrement mal à l'aise.

Elle baissa les yeux et retira un brin d'herbe sur sa jupe.

— Je suis désolée, je ne voulais pas rendre les choses gênantes.

— Tu ne l'as pas fait. Je suis… content que tu sois contente.

Beau revint vers eux.

— Tu peux m'apprendre à nager maintenant, papa ?

Rufus essuya ses paumes sur ses cuisses.

— Nous avons besoin de costumes de bain appropriés, surtout ta mère.

Il posa les yeux sur elle, et elle se réchauffa sous son regard furtif, mais appuyé. Soudain, elle se souvint de la question de Beau au sujet d'un éventuel baiser, et elle aurait voulu qu'ils puissent le faire maintenant.

Cette prise de conscience aurait dû la choquer et lui faire honte. Mais elle ne fit qu'attiser son désir. Du désir ? Elle le désirait ? Soudain, un plongeon dans l'étang lui sembla la diversion parfaite.

Elle sourit à Beau.

— Je pense que nous pourrions patauger dans l'eau.

Beau était rayonnant lorsqu'il se laissa tomber sur l'herbe et retira ses chaussures. Ses chaussettes suivirent rapidement.

— Attends-moi !

Rufus retira ses bottes aussi vite que possible, puis ses chaussettes, dénudant ses pieds.

Verity essaya de ne pas regarder, mais en vain. Son regard se fixa sur ses longs orteils et sur les quelques poils foncés qui remontaient le long de ses mollets. Cela n'aurait pas dû l'attirer, car en termes de parties du corps, ils étaient plutôt banals, mais elle dut s'arracher à sa contemplation.

Heureusement, il ne sembla pas le remarquer, car il voulait se précipiter dans l'eau avec Beau, ce qu'elle apprécia. C'était un père incroyablement attentif.

Sauf qu'il n'était pas le père de Beau.

Sa poitrine la brûla ; elle commençait à s'irriter elle-même. Cela avait-il de l'importance ? Il était un bien meilleur père que Rufus ne l'aurait jamais été.

Les bruits d'éclaboussures et les rires masculins la firent sourire tandis qu'elle commençait à ranger le panier.

— Maman, tu ne viens pas ?

Elle se releva de la couverture et s'avança jusqu'au bord de l'étang.

— Ma robe serait trempée. Ton père a raison, j'ai besoin d'un costume de bain.

— Nous n'avons pas de costumes de bain ! Et regarde, mes vêtements sont déjà un peu humides ! protesta Beau.

— Oui, je vois ça, dit Verity avec un sourire. Mais ton père ne l'est pas.

Beau lui jeta un œil, puis, sans hésiter, fit glisser sa main dans l'eau pour éclabousser copieusement les jambes de Rufus.

— Maintenant, il est mouillé !

Rufus éclata de rire avant de plisser les yeux vers Beau d'un air joueur.

— On va voir qui est mouillé !

Beau se traînait dans l'eau peu profonde en cherchant à s'enfuir, mais ses efforts ne faisaient que le mouiller davantage ; c'était donc un effort sans espoir. Verity rit de les voir se lancer dans la poursuite la plus absurde qu'elle avait jamais vue.

Mais soudain, Rufus bascula et tomba sur le dos. Verity se précipita, et Beau regarda par-dessus son épaule.

— Tu vas bien ? s'enquit-elle, inquiète.

— Mieux que tes chaussures ! répondit Rufus en baissant les yeux vers ses pieds immergés au bord de l'étang.

Elle n'avait pas fait attention à la limite de l'eau. Elle était trop concentrée sur lui. Elle plongea dans son regard et comprit qu'il le savait aussi.

Beau s'avança au côté de Rufus, son petit visage crispé par l'inquiétude.

— Que s'est-il passé, papa ?

— Eh bien, il ne s'agissait pas d'un monstre marin, dit-il avec un clin d'œil. J'ai juste glissé.

Les yeux de Beau s'arrondirent.

— Est-ce que les monstres marins existent vraiment ? Pourquoi ne m'en as-tu pas parlé avant ?

Rufus éclata de rire.

— Il n'y a pas de monstres marins. Il y a de très gros poissons, des baleines, des requins et des pieuvres, mais ce ne sont pas des monstres.

— Qu'est-ce qu'une… pieu-vrrre ? demanda Beau en roulant le « r ».

— Une créature marine à huit pattes.

Le petit garçon inclina la tête sur le côté, intéressé – et ce n'était pas une surprise – par tout ce qui concernait les animaux.

— Comme une araignée ?

— Non. Je te ferai un dessin. Il te faut un livre sur les créatures marines, affirma Rufus. Et moi, il faut que je sorte de cet étang.

— Je vais t'aider, papa.

Beau prit la main de Rufus et tira. Verity savait qu'il s'était relevé seul, mais elle sourit néanmoins lorsqu'il remercia Beau et le complimenta sur sa force.

— Viens remettre tes chaussettes et tes chaussures, lui dit-elle, prenant sa main en s'éloignant de l'eau. Je vais sécher tes pieds avec la couverture.

Pendant qu'elle prenait soin de son fils, Rufus s'occupa de lui-même et termina de ranger le panier.

Beau observa son père de haut en bas.

— Je suis désolé que tu sois tout mouillé. Je ne t'ai pas fait tomber, si ?

— Comment aurais-tu pu faire une telle chose ?

— Parce que tu me poursuivais. Je suis très rapide, et tu essayais de me suivre.

Verity vit le léger tressaillement de la lèvre de Rufus, mais il ne rit pas.

— Tu es très rapide, *effectivement*, dit-il, mais tu n'es pas responsable de ma maladresse.

Beau lui adressa un regard dubitatif.

— Tu es sûr que tu n'es pas tombé juste pour que je me sente mieux, puisque je suis tombé tout à l'heure ?

Cette fois, Rufus rit.

— Tu es un garçon méfiant, n'est-ce pas ? Non, je ne suis pas tombé pour que tu te sentes mieux. Aurais-je dû ?

— Je ne me suis pas du tout senti mal. Je n'ai même pas pleuré, affirma-t-il d'un ton fier qui rendit sa mère également fière.

Rufus ramassa le panier, et lorsqu'il essaya de prendre la couverture pliée à Verity, elle secoua la tête énergiquement.

— Tu ne me laisses pas la porter parce que je suis mouillé ? lui demanda-t-il.

— Pas du tout. La couverture est humide parce que vous vous êtes séchés avec Beau. Je la porte parce que tu n'as pas à *tout* faire.

— J'aime tout faire. Tu as *tout* fait par toi-même pendant tellement longtemps. Je veux seulement alléger ton fardeau.

— Rien n'a été un fardeau.

Pas depuis ta disparition. Et je pensais que ton retour serait horrible, ce qui n'est pas le cas. Elle avait l'impression d'être dans un tout autre monde.

— Tant mieux, murmura-t-il avec un regard chaud et intense.

Un nuage masqua le soleil, projetant une ombre sur eux, et un frisson secoua la silhouette de Rufus.

— Il va falloir que tu retires ces vêtements mouillés, dit-elle d'un ton ferme. Et que tu prennes un bain chaud.

— Ai-je besoin d'un bain aussi ? s'enquit Beau, reprenant leurs mains alors qu'ils commençaient à gravir la colline.

— Je dirais, au moins les parties de toi qui étaient dans l'étang.

Beau souffla, sachant qu'il valait mieux ne pas se disputer avec elle à ce sujet. Ce qui ne voulait pas dire qu'il n'en ferait rien, mais pour l'instant, il décida de n'en rien faire, et Verity appréciait.

— À partir du moment où je prends un bain, tu devrais en prendre un aussi, affirma Rufus. Ça peut être rapide. Tu sais comment je le sais ?

— Comment ?

— Parce que nous allons remplir une baignoire, et que tu t'y baigneras en premier. Et je vais veiller à ce que tu fasses vite, pour que l'eau soit encore assez chaude pour moi.

Beau leva les yeux vers son père.

— On fait la course ?

Rufus jeta un coup d'œil à Verity pour obtenir son approbation, et elle hocha la tête.

— Vous pouvez utiliser la salle de bains qui jouxte ma chambre, leur proposa-t-elle. C'est la plus proche de la cuisine, puisque les escaliers y descendent directement. C'est là que je donne son bain à Beau d'habitude.

Elle veillerait à rester très loin jusqu'à ce qu'elle soit sûre qu'ils aient terminé.

— Nous allons faire la course jusqu'à la cuisine, annonça Rufus. Partez !

Il laissa Beau le devancer, puis décocha un sourire à Verity avant de s'élancer à sa poursuite, le panier se balançant dans sa main. Elle aurait pu le lui prendre, mais n'avait même pas pensé à le lui proposer. Elle était trop absorbée par cette sensation de normalité.

Non, ce n'était pas normal. C'était merveilleux. Elle avait l'impression d'une famille. Elle n'avait jamais connu cela, jamais en dehors de Beau et elle.

Et ils formaient une famille. Cet homme traitait Beau comme son fils, jouait avec lui, lui enseignait des choses, lui *donnait son bain.* Elle avait envisagé de refuser ce dernier, mais elle savait qu'il s'occuperait de Beau comme elle le ferait. Elle lui faisait confiance… avec son fils. En ce qui la concernait… ? Elle n'était pas encore prête à y réfléchir.

Elle les regarda gravir la colline et courir vers la maison. Rufus suivait, mais sans jamais dépasser Beau. Le temps qu'elle atteigne la cour des écuries, ils avaient disparu dans la cour basse. Elle se rendit directement à la cuisine pour savoir qui avait gagné. La cuisinière annonça en riant que, bien entendu, c'était Beau.

Comme elle ne pouvait pas se rendre dans sa chambre ou son bureau, elle alla dans la bibliothèque pour passer le temps. Lorsqu'elle estima que cela avait peut-être duré assez longtemps, elle se rendit à l'étage dans la salle de Guinée, où Beau prenait ses leçons l'après-midi. Le trouvant là, les cheveux encore humides, il lui annonça qu'ils avaient fini leur bain et que papa s'habillait. Elle embrassa Beau sur le front avant d'emprunter le couloir en direction de sa chambre tout au bout. La chambre du milieu était celle de Rufus, et comme la porte était fermée, elle supposa qu'il était à l'intérieur.

Était-il habillé ou encore nu ?

Cette pensée la fit rougir rapidement, et elle se précipita dans sa chambre, puis dans son bureau. Elle était si confuse ! D'une manière ou d'une autre, elle était attirée par Rufus, ou qui qu'il soit. Pas seulement parce qu'il était physiquement beau, ce qu'il était réellement, mais à cause de son comportement et de ses actions. Son caractère.

Dans l'intention d'écrire une lettre à Diana dans laquelle elle pourrait se décharger de ses pensées bouleversantes, elle passa d'abord la tête dans la salle de bains. Le personnel n'était pas encore venu pour vider la baignoire. Mais les vêtements avaient tous été ramassés. Était-ce Rufus qui avait fait cela ? Et avait-il aidé Beau à s'habiller ? Elle aurait dû demander à son fils.

Son regard accrocha une bande de tissu blanc près du coin, sur le sol. Elle alla la ramasser : une longueur de soie. Sa cravate. Son regard se porta sur le crochet fixé au mur au-dessus, d'où il était sûrement tombé.

La soie était douce et lisse entre ses doigts. Elle imaginait que la sensation de la chair de son cou était la même, chaude aussi. Sauf vers la fin de la journée, quand sa barbe repoussait. Pas tout à fait lisse, donc, et peut-être pas douce. Peut-être rugueuse et agréable au toucher.

Elle porta le tissu à son nez et inspira. Il sentait légèrement le pin et l'herbe, avec une touche masculine plus puissante. Mais pas n'importe quelle odeur masculine. La sienne. Non pas qu'elle se soit assez approchée pour le sentir. Non, elle n'avait jamais été aussi proche, et ne le serait peut-être même jamais plus.

Une légère toux la fit se retourner.

Son cœur s'arrêta lorsque leurs regards se croisèrent. Ses cheveux étaient aussi humides, et elle obtint la décevante réponse à la question qu'elle s'était posée plus tôt : il était habillé.

Elle abaissa brusquement la cravate de son visage et sut

que sa gêne d'avoir été surprise était évidente. Pourtant, elle garda la tête haute et ignora la chaleur qui envahissait ses joues.

— J'ai, euh… j'ai laissé ça, dit-il avec un signe de tête vers la cravate qu'elle tenait toujours.

— Oui, je viens de la trouver sur le sol.

Elle s'avança vers le seuil de la porte et la lui tendit.

Le bout des doigts nus de Rufus effleura sa paume lorsqu'il prit le vêtement.

— Merci.

— Merci.

Elle voulait en dire plus, développer. *Merci de t'occuper du domaine. Merci de prendre soin de Beau. Merci de me respecter. Merci d'être rentré à la maison.*

Seulement, ce n'était pas sa maison. Et cela aurait dû effrayer Verity au plus haut point.

Ce qui l'effrayait plus encore, c'était que ce n'était pas le cas.

Il lui adressa un petit sourire, lui répondit « je t'en prie », se retourna, et partit.

Ses épaules s'affaissèrent alors que la tension du moment intense se dissipait. Dans son sillage persistait une chaleur latente, une curiosité impudique qu'elle voulait absolument explorer.

C'était ce qui l'effrayait plus que tout encore.

près avoir parcouru au moins cinq kilomètres depuis le château, Kit se faufila vers le logement de Cuddy à la périphérie de la ville, remerciant la lune presque pleine d'éclairer son chemin. La nuit dernière, il avait dû annuler sa mission, car la couverture nuageuse était trop épaisse. La visibilité était atroce, puis il avait commencé à pleuvoir. Il était reparti au château et avait passé la moitié de la nuit à fixer le baldaquin au-dessus de son lit, en pensant à Verity. À son rougissement lorsqu'il l'avait surprise avec sa cravate. Au léger tremblement qu'elle avait laissé entrevoir lorsque leurs mains s'étaient touchées. Au feu qui brûlait au fond de ses yeux quand elle le regardait, si profond qu'il doutait de sa présence, mais il l'espérait quand même.

Il chassa ces pensées de son esprit. Il ne pouvait pas se permettre d'être distrait.

Le bâtiment où logeait Cuddy abritait un magasin au rez-de-chaussée. Il était flanqué d'un autre bâtiment d'un côté, et de l'autre se trouvait un espace ouvert. Kit se faufila vers l'arrière et trouva une porte verrouillée. Heureusement, cela ne fut pas un obstacle pour lui ; Kit crocheta aisément la serrure.

Refermant doucement la porte derrière lui, il attendit que sa vue s'ajuste à l'intérieur plus sombre. Une fenêtre sur sa droite laissait filtrer un peu de clair de lune, ce qui aidait. Cette pièce semblait être l'arrière-boutique du magasin, et une volée de marches s'élevait sur sa gauche.

Kit posa avec précaution son pied sur la première marche, pour évaluer le bruit. Le bois bougea légèrement, mais ce fut assez silencieux. Il monta lentement l'escalier qui tournait, faisant attention à ne pas tomber sur un coin qui grinçait. Près du sommet, il finit par tomber dessus, et se figea lorsque le son perça le silence.

D'un pas léger, il se hâta de monter sur le palier et aperçut deux portes, une à gauche et une à droite. Se rappelant que le palefrenier avait affirmé que Cuddy profitait d'une vue sur la rivière, Kit devina que sa chambre était la porte de gauche, la seule à pouvoir offrir une telle vue.

Se déplaçant sans bruit, il s'avança vers la porte et vérifia prudemment le loquet. Il était verrouillé aussi, mais ne posa pas plus de problèmes. Avant de forcer la serrure, il inspira profondément et pria pour que Cuddy soit toujours à *La Tête de mouton*. Il avait envisagé d'essayer de s'en assurer d'abord, mais il avait décidé que cela n'avait pas d'importance puisqu'il ne pouvait pas contrôler le moment où l'homme se présenterait. Cela aurait été plus facile avec un capitaine en second. Il songea à Barkley, qui l'avait servi au cours des quatre dernières années, et qui avait choisi de ne pas venir avec lui en Angleterre après l'incendie du navire. Il aurait fait un excellent complice dans cette situation.

Une fois la serrure crochetée, Kit ouvrit lentement la porte, grimaçant lorsqu'elle émit un faible grincement ; il l'ouvrit juste assez pour pouvoir se glisser à l'intérieur. Il se faufila dans l'appartement et referma la porte avec un léger claquement. Il se tenait dans une grande pièce principale et vit une porte menant à une autre pièce à l'avant du bâtiment. Jetant un coup d'œil autour de lui, il conclut qu'il s'agissait de la chambre à coucher. Et comme la pièce principale était vide, il écouta attentivement pour détecter tout signe indiquant que Cuddy se trouvait dans la chambre.

Le silence l'accueillit.

Soufflant, Kit s'avança vers l'embrasure de la porte et regarda à l'intérieur. Une lanterne de la rue en dessous éclairait faiblement la chambre, qui contenait un lit étroit, une commode et une chaise délabrée.

Kit s'avança immédiatement vers la commode et commença à fouiller les tiroirs. Il ignorait en réalité ce qu'il cherchait, mais il allait examiner tout ce qui lui semblerait intéressant. Il n'y avait rien d'autre que des vêtements et une bouteille vide, sauf lorsqu'il atteignit le tiroir du bas. À cet endroit se trouvait uniquement un livre de comptes relié de cuir noir.

Le sortant du tiroir, Kit retourna dans la pièce principale, où la lumière était meilleure grâce à la lune. Il s'approcha de la fenêtre et ouvrit le livre. Il remarqua tout de suite qu'il y avait des entrées. Des pages et des pages d'entrées répertoriant les mouvements d'argent, entrants et sortants.

Un sentiment de victoire surgit dans sa poitrine, mais il n'allait pas s'arrêter maintenant. Content d'avoir laissé son manteau à distance de la maison, Kit glissa le registre à l'arrière de son pantalon, sous son gilet. Il retourna dans la chambre et fouilla rapidement le lit, soulevant le matelas pour regarder sous le cadre. Convaincu d'avoir fait tout ce qu'il pouvait dans cette pièce, il revint dans la pièce principale, tout en restant à l'affût du moindre bruit. Il savait que la marche du haut grincerait et que la porte gémirait, les deux lui signalant l'arrivée de Cuddy.

Il jeta un coup d'œil par la fenêtre et décida qu'un saut

vers un tas d'arbustes en contrebas serait sans doute sa meilleure et plus facile échappatoire.

Un bureau situé dans un angle attira Kit. Il traversa furtivement la pièce et aperçut plusieurs papiers posés dessus. La plupart d'entre eux concernaient les démarches pour obtenir un nouveau poste d'intendant : des annonces et des lettres informant Cuddy que le poste avait été pourvu. Toutefois, la dernière lettre émanait d'un certain Horatio Kingman, le père de Verity.

Avant que Kit ait pu lire le contenu, il entendit le gémissement révélateur de la porte. D'une manière ou d'une autre, il avait manqué le craquement de la marche. Ou Cuddy savait comment l'éviter.

Kit reposa la lettre sur le bureau et se tourna vers la porte, prêt à affronter le voleur. Cuddy franchit le seuil, la bouche tordue en un rictus méchant.

— Comment êtes-vous entré ici ?

— J'ai fait comme chez moi, répondit Kit d'un ton plaisant. Tout comme vous l'avez fait avec une partie des bénéfices de mon domaine. Je suis ici pour récupérer mon dû.

Les yeux de la fripouille s'écarquillèrent, et il referma la porte en entrant. Kit se crispa en réponse.

Cuddy se passa une main sur la bouche.

— Prenez garde à ce dont vous m'accusez.

— C'est moi qui devrais prendre garde ? demanda Kit avec un claquement de langue. Ce n'est pas moi le criminel dans cette histoire. Je peux prouver que vous m'avez volé.

Il n'avait pas encore étudié le registre en profondeur, mais il s'attendait à pouvoir l'utiliser à son avantage. Il *espérait* pouvoir le faire.

Il apprécia de voir le visage de Cuddy prendre une teinte gris terne.

— Je pourrais aller voir le constable, mais je préférerais que vous rendiez ce que vous me devez, et que vous quittiez

Blackburn. Oh, et dites-moi si vous travaillez seul. Je me doute que ce n'est pas le cas.

— Je ne vous dirai rien.

Kit haussa les épaules.

— Très bien. Alors vous pouvez aller en prison. Ou peut-être serez-vous déporté. Où est mon argent ?

Le visage de Cuddy passa du gris au blanc. Mais seulement un instant, après quoi son teint prit une couleur écarlate.

— Je ne l'ai pas. J'ai tout dépensé.

Kit était au courant de la somme accumulée par cet homme au cours des six dernières années et demie. Il observa la pièce miteuse avec ses meubles rares, tous endommagés ou usés. Si Cuddy avait dépensé l'argent, ce n'était sûrement pas pour son logement ou son confort.

— J'espère que vous avez une belle maison quelque part. Ne me dites pas que vous avez tout dépensé en boissons et en femmes.

Cuddy plissa ses yeux sombres en regardant Kit avec dédain.

— La manière dont j'ai dépensé cet argent ne vous regarde pas.

À présent, Kit commençait à s'agacer.

— Bien sûr que ce sont mes affaires ! Parce que c'est *mon* argent. C'est l'argent de *mon* domaine.

Le coin de la bouche de Cuddy se releva tandis qu'il s'avançait. C'était un grand homme avec des épaules plus larges que celles de Kit et un abdomen en forme de tonneau. Cependant, il était un peu plus petit, avec des jambes trapues qui auraient été bien en peine de courir très loin, ou très vite. Mais l'ancien intendant ne donnait pas l'impression qu'il allait s'enfuir. Et, de toute façon, Kit n'allait pas le laisser faire.

Cuddy retira sa veste et la jeta sur une chaise, puis fit de même avec son foulard. Il n'était plus vêtu que d'un simple gilet et d'une chemise froissée. Ses cheveux noirs étaient plaqués contre son cuir chevelu, et, à son odeur, Kit devina qu'il ne s'était pas lavé depuis quelques jours.

— *Votre* domaine ? Vraiment ?

Le ton confiant de Cuddy et son expression arrogante donnèrent la chair de poule à Kit, pris d'une bouffée d'angoisse.

— Je sais de source sûre que vous n'êtes pas vraiment celui que vous prétendez être.

Bon sang ! Comment ce crétin avait-il pu l'apprendre ?

— Quelqu'un vous a menti.

Kit avait besoin de savoir de qui il s'agissait.

— Peut-être que j'ai compris tout seul, dit-il en tapotant sa tempe du bout du doigt. Je suis assez futé pour avoir détourné une somme d'argent importante pendant une longue période sans me faire prendre. On dirait que nous avons tous les deux des choses à cacher. Alors pourquoi vous ne retourneriez pas dans votre château ? Vous et moi oublierons que cette conversation a eu lieu.

Kit afficha le sourire hautain et glacial qu'il offrait au capitaine d'un navire ennemi juste avant de saisir ses marchandises.

— Ou vous me rendez l'argent que vous avez volé, en échange de quoi je ne vous fais pas déporter à l'autre bout du monde. C'est votre seul choix, Cuddy, et vous n'avez plus beaucoup de temps pour le faire.

Kit souleva son gilet pour lui montrer le pistolet rangé contre son flanc.

Cuddy s'élança rapidement, visant directement Kit, qui parvint tout juste à sortir l'arme et à armer le chien. Il se baissa et planta son épaule dans le ventre de Kit, tout en enroulant sa main autour de son poignet qu'il serra méchamment jusqu'à lui faire lâcher le pistolet.

Repoussant l'arme avec un coup de pied, Kit se concentra sur la brute qui lui planta son poing dans la joue. Il repoussa l'autre homme de toutes ses forces, et Cuddy bascula en arrière. Mais il ne tomba pas.

Kit profita de cet instant de répit pour prendre son couteau dans sa botte. Cuddy s'avança vers lui, brandissant lui aussi un couteau. Kit étendit sa main, passant la lame sur la poitrine de Cuddy, accrochant un peu la chair en traversant ses vêtements.

Cuddy leva sa main libre sur sa poitrine et fit un bond en arrière.

— Fils de gourgandine !

Ils se tournèrent autour un moment avant que Cuddy ne s'élance à nouveau, visant la poitrine de Kit, avant de changer de direction au dernier moment. Il approcha la lame pour entailler le visage de Kit, mais celui-ci parvint à se redresser et à s'écarter presque entièrement de sa trajectoire. Le couteau entailla sa chair de la tempe jusqu'à l'oreille avant qu'il ne parvienne à se mettre complètement hors de danger.

Le sang coula le long de sa mâchoire tandis que les yeux de Cuddy prenaient un éclat féroce. L'homme s'empara d'une bouteille sur une table et la fracassa contre le bois. Il brandit le tesson en ricanant et attaqua Kit en balançant ses deux bras, mais en commençant par son couteau. Il riposta avec son propre couteau, et alors que les lames s'entrechoquaient, Cuddy brandit la bouteille cassée. Kit releva la main en un geste défensif, et le verre lui mordit la paume. Il décocha un coup de pied qui atteignit Cuddy à la cuisse au lieu de la cible prévue, l'aine. Pourtant, l'assaillant trébucha en arrière, et il poussa son avantage en le frappant à nouveau, visant cette fois la main qui tenait le couteau. Sa botte frappa la chair de Cuddy qui cria lorsque le couteau tomba sur le sol.

Il leva une main qu'il enroula autour du poignet de Kit, serrant fort pendant qu'il approchait le tesson de bouteille de sa tête. Usant du tranchant de sa main libre, le duc frappa fort le poignet de l'autre homme pour lui faire lâcher son arme improvisée, tandis que celui-ci lui tordait sans pitié la main jusqu'à ce que son couteau s'écrase au sol.

Tous deux désarmés, ils s'attaquèrent à coups de poings, de doigts, de coudes et de genoux. Ils s'écrasèrent contre une chaise qu'ils envoyèrent valser dans le mur. Kit parvint à peine à garder son équilibre lorsque l'autre lui attrapa la jambe pour tenter de le faire tomber.

Il luttait pour respirer.

— Cela ne doit pas forcément mal finir.

— Cela ne finira pas autrement… pour toi ! ricana Cuddy, qui balaya la pièce du regard, en quête d'une arme.

Lorsque ses yeux se posèrent sur le couteau de Kit, ils brillèrent d'un éclat meurtrier. Celui-ci comprit alors que c'était un combat qu'il devait gagner à tout prix.

Il repéra la lame de Cuddy non loin. Il s'élança, la ramassa et la fit tourner dans sa main avant de l'envoyer dans la poitrine de Cuddy, au moment précis où celui-ci se tournait vers lui après avoir ramassé son arme.

Les yeux écarquillés, soudain blême, Cuddy s'effondra sur le sol, tombant à la renverse contre le bord d'un tapis usé.

Bon sang ! Kit n'avait eu l'intention de le tuer, simplement de s'éviter la mort. Il repéra le manteau de Cuddy pendu à un crochet près de la porte et le saisit avant de se précipiter au côté de l'homme. Il pressa le vêtement contre sa poitrine autour du couteau. Il n'osait pas retirer l'arme.

Le sourire de Cuddy était affreux, son visage pâle alors que le sang s'écoulait de son corps.

— Vous n'êtes pas obligé de faire ça. Cela n'a pas d'importance. Je suis un homme mort. N'essayez pas de me dire que vous êtes un duc. Les ducs ne se battent pas comme ça.

— Qui vous a dit que je ne suis pas Blackburn ? Dites-le-moi, et je vais vous chercher un médecin.

Le sourire de Cuddy s'élargit, et du sang s'échappa par les interstices entre ses dents.

— Vous aimeriez savoir, n'est-ce pas ? Mais non, je crois que je rejoindrai ma tombe en pensant à vous qui allez passer le restant de votre misérable existence à regarder par-dessus votre épaule, à vous demander qui connaît votre secret. Je vous attendrai de l'autre côté. Les hommes comme nous n'ont pas droit au repos.

Les hommes comme nous.

Kit avait envie de protester qu'il n'était pas comme Cuddy, qu'il n'était pas un voleur, ce qui était sans doute la chose la plus hypocrite de toute l'histoire de l'hypocrisie. Kit était un menteur, et un foutu voleur rémunéré et reconnu. Non, les hommes comme eux ne trouveraient pas le repos éternel.

Enroulant les doigts autour du bord ensanglanté du gilet de l'homme, il grogna :

— Dis-le-moi !

Cuddy se contenta de sourire à nouveau avant de mourir, fermant les yeux pour la dernière fois.

Avec un juron, Kit relâcha l'homme et s'assit brusquement sur le sol, s'éloignant du corps. Quel foutu désastre ! Il n'avait pas récupéré l'argent. Il n'avait pas découvert comment Cuddy avait su qu'il n'était pas le duc. Et cet homme était mort.

Et quelqu'un frappait à la porte.

— Monsieur Strader, vous allez bien ? s'enquit une voix douce et féminine.

Merde ! Kit toussa et adopta un ton rauque et grave.

— Bien, merci. Bonne nuit !

Le souffle coupé, il attendit une réponse. Enfin, il y eut un « bonne nuit » et le bruit de pas qui s'éloignaient.

Il respira à nouveau et regarda le corps. Une vague de regret le submergea. Il n'avait pas voulu tuer cet homme, mais Cuddy ne lui avait pas laissé le choix. En vérité, Kit l'avait sous-estimé. Il était parti du principe que c'était un voleur, pas quelqu'un de violent. Il avait commis une erreur, et il aurait voulu que les choses se passent autrement.

Kit envisagea d'enrouler le corps dans le tapis miteux et de le dissimuler quelque part, mais il voulait que l'on retrouve cet homme et qu'il ait un enterrement décent. La chose à faire était d'alerter le constable, mais cela attirerait l'attention sur lui, et il savait que sa ruse ne pourrait pas durer bien longtemps. D'autant qu'il existait quelqu'un d'autre quelque part qui savait qu'il n'était pas le duc.

Non, la chose à faire était de quitter Blackburn immédiatement. Mais l'idée d'abandonner Verity et Beau, de ne plus jamais les revoir, était plus douloureuse que n'importe quelle blessure qu'il avait jamais subie.

Grimaçant, Kit se releva. Tout son corps était endolori à cause du combat, et, à un moment donné, il avait perdu le registre qui se trouvait dans la ceinture de son pantalon. Le sang sur son visage avait séché, mais sa main saignait toujours et lui faisait un mal de chien. Au matin, il aurait toute une variété d'ecchymoses et il se demandait ce qu'il allait bien pouvoir raconter à Beau.

Songeant à ce garçon innocent alors qu'un homme gisait mort devant lui, Kit ferma les yeux. Il prit de grandes respirations, réfléchit au chemin qu'il avait parcouru, et à combien sa vie actuelle était différente de celle qu'il menait quelques semaines plus tôt. Il avait déjà tué des hommes, des dizaines au cours de la guerre, mais là, c'était différent.

Parce qu'il était différent.

Fatigué et endolori, il ouvrit les yeux et se releva. Il retira son couteau de la main de Cuddy et le rangea dans sa botte, puis il retrouva son pistolet et le registre, qu'il fourra dans sa ceinture.

Retournant vers le bureau, il récupéra la lettre de

Kingman pour la glisser dans son gilet ; fouillant rapidement le meuble, il ne trouva rien de plus.

Au vu de la présence d'autres personnes dans le bâtiment, plutôt que de se risquer sur le palier et dans l'escalier, Kit décida de tenter le saut dans les buissons en contrebas. Des branches le blessèrent et le griffèrent lorsqu'il atterrit, aggravant sa douleur.

Lorsqu'il retrouva son manteau, il l'enfila en grimaçant. Sur le chemin du retour au château, il prit conscience de l'étendue de ses blessures. Il voyait également que la lune descendait, et il espérait pouvoir rentrer chez lui avant que la lumière qui le guidait ne disparaisse.

Chez lui. Était-ce vraiment le cas ? Il avait commencé à le penser, mais les paroles de Cuddy ce soir lui rappelaient qu'il était un imposteur, et que cette situation n'était censée être que temporaire.

Il pourrait toujours retourner au château, prendre n'importe quel objet, de l'argenterie aux armes, en passant par les bijoux de Verity, et s'en aller sans un regard en arrière. Une douleur s'empara de sa poitrine à cette idée.

Et pourtant, ce serait la bonne chose à faire.

Non. La bonne chose à faire, c'était de s'en aller sans rien prendre. En réalité, il aurait tout aussi bien pu dévier de sa trajectoire dès cet instant, et se rendre sur la côte. La simple pensée du clapotis de l'océan sur le rivage, de l'air salé sur sa peau, du son des oiseaux de mer qui l'appellent… Voilà où était son chez-lui.

Cependant, ses pieds continuaient de le mener vers le château.

Il lui fallut presque deux fois plus de temps pour revenir, et la lune avait disparu lorsqu'il atteignit la porte inférieure de la cour. Il évita la guérite principale où se trouvait un gardien. Mais la tour Beaumont avait été construite comme une forteresse, et il n'y avait qu'une seule voie d'accès au château. Le passage souterrain qui permettait de s'en échapper s'était apparemment effondré et n'avait jamais été reconstruit. Peut-être que Kit devrait l'ajouter à sa liste d'améliorations au cas où il devrait effectuer un nouveau déplacement clandestin.

Ce qui était possible.

Il devait découvrir qui d'autre connaissait, ou du moins soupçonnait, son secret. Le registre lui fournirait peut-être un indice.

Priant pour ne pas croiser un domestique à cette heure, il traversa la cour à la hâte et franchit la porte supérieure. La porte de l'escalier qui débouchait juste à côté de sa chambre était toujours ouverte, telle qu'il l'avait laissée. Une fois à l'intérieur, il fit glisser le verrou, puis gravit les escaliers aussi vite que ses membres endoloris le lui permettaient.

La lumière de l'applique dans le couloir lui fit cligner des yeux alors que ceux-ci s'ajustaient après l'obscurité. Son épaule heurta le cadre de la porte de l'escalier avec un bruit sourd. Un instant plus tard, il se figea en entendant une porte s'ouvrir. C'était juste devant. Ce n'était pas sa porte, mais celle de Beau.

Merde !

Comment allait-il expliquer au garçon qu'il était couvert de sang ?

Mais ce n'était pas Beau. Verity sortit dans le couloir, refermant la porte du petit garçon derrière elle. Elle s'approcha de lui, l'air renfrogné. Puis elle écarquilla les yeux lorsqu'elle s'approcha.

— Rufus ?

— Je suis désolé de t'avoir dérangée. Est-ce que Beau va bien ?

Il cherchait à détourner l'attention de lui, mais plus encore, il voulait savoir pour quelle raison elle se trouvait dans la chambre de Beau à cette heure.

— Il va bien, il s'est juste réveillé pour réclamer de l'eau. Il dort maintenant.

Elle se rapprocha, le regard rivé sur la coupure en travers de son visage. Elle l'interrogea.

— Que t'est-il arrivé ? Où étais-tu ?

— Peu importe. Je vais bien. Je vais juste aller me nettoyer et me coucher.

— Viens avec moi, lui intima-t-elle, s'engageant dans le couloir en direction de sa chambre.

— Non.

Elle pivota lentement et inclina la tête vers lui.

— Tu as besoin d'aide. Je vais te l'apporter, et tu ne vas pas discuter. Il faut que je te nettoie. Si Beau se réveille à nouveau et te voit ainsi…

— Il ne peut pas.

Kit ferait tout pour que cela n'arrive pas. En fait, il aurait même dû se rendre à la cuisine pour se nettoyer.

Elle fit un geste vers la chambre de Kit.

— Alors, allons ici. As-tu de l'eau ?

Il hocha la tête et entra dans sa chambre. Elle le suivit, refermant la porte derrière elle.

Le feu s'était réduit à des braises, et Kit se servit d'un déversoir pour allumer la lanterne qu'il gardait sur sa commode. Une lumière douce et chaude baigna la chambre, et il prit soudain conscience qu'ils étaient seuls, la porte fermée. Avec un lit dans la même pièce. Et qu'elle était à peine vêtue.

Et que bientôt, il retirerait ses vêtements. Non, il ne ferait pas ça avec elle ici. Mais, bon sang, qu'il avait envie de se débarrasser de son manteau ! Il avait déjà retiré sa cravate sur le chemin du retour, et l'avait enroulée autour de sa main blessée.

— Assieds-toi.

— Tu es très douée pour donner des ordres, remarqua-t-il. As-tu déjà songé à diriger un navire ?

Elle se dirigea vers le coin où il conservait la cuvette et l'aiguière d'eau sur le dessus d'un étroit buffet.

— Où sont tes gants de toilette ?

Il s'assit sur une chaise à côté de la commode, près de la lumière, pour qu'elle puisse voir.

— Dans le tiroir du haut.

Elle versa de l'eau dans la bassine et récupéra des linges.

— J'aurais le mal de mer, lui dit-elle.

— Comment le sais-tu ? demanda-t-il, se penchant pour retirer ses bottes malgré les protestations de son corps endolori. As-tu déjà navigué ?

Elle s'approcha de lui avec ses affaires et les posa sur la commode.

— Non, mais lorsque je reste trop longtemps dans un véhicule, je suis malade. Je crois que le mouvement d'un bateau sur l'océan serait bien pire.

— C'est possible, mais tu finirais par t'y habituer.

Il avait vomi pendant des semaines la première fois qu'il était monté sur un bateau.

Elle rapprocha la lanterne de lui et scruta son visage.

— Je devine que j'ai déjà eu meilleure mine.

— On dirait que tu t'es battu.

— C'est le cas.

Il devait lui dire pour Cuddy. Et il le ferait… demain. Après avoir examiné le registre qu'il avait pris et décidé de quoi faire ensuite. Il semblait que quitter la tour Beaumont pourrait être son unique option.

— Pourrais-je t'en parler demain ?

Elle le fixa un moment, ses yeux sombres couleur café se plissant sous le coup de l'inquiétude.

— Oui.

Pinçant les lèvres, elle plongea un linge dans l'eau et entreprit de nettoyer la coupure sur le côté de son visage. Elle passait juste devant son oreille, et s'étirait de sa tempe à sa mâchoire.

— Aurai-je une cicatrice ?

— Peut-être. Ce n'est pas très profond, tu as de la chance, dit-elle, et elle arrêta de nettoyer lorsqu'il tressaillit. Désolée.

— Ne t'excuse pas. J'apprécie tes soins.

— Il te faut de la pommade ou un onguent. J'ai quelque chose dans ma chambre dont je me sers pour les coupures et les éraflures de Beau. Tu te comportes aussi mal qu'un enfant de six ans, marmonna-t-elle.

Il ne put réprimer un sourire. Pas à cause de ce qu'elle avait dit, mais il appréciait cette camaraderie entre eux alors qu'elle pansait ses blessures.

Elle humidifia à nouveau le linge, rinçant le sang séché, puis le passa sur la coupure.

— Est-ce que cela te fait mal ?

— Pas autant que ma main.

— Ta main ? répéta-t-elle, baissant les yeux sur ses mains qui reposaient sur ses cuisses. Montre-moi.

Il déroula la cravate qui entourait sa main gauche et la retourna, paume vers le haut, pour lui montrer la coupure.

— Elle n'est pas très profonde, je ne pense pas avoir besoin de points de suture.

— Je te demanderais bien comment tu peux en juger, mais je suppose que tu as déjà été blessé plusieurs fois, lui dit-elle, scrutant son visage. Tu as tant de secrets…

Les mots étaient doux, mais ils le frappèrent de plein fouet, comme une rafale sur l'eau, faisant s'envoler son rythme cardiaque.

Elle baissa les yeux pour se concentrer, mouillant encore une fois le linge avant de prendre sa main dans la sienne pour essuyer le sang séché.

— Tu ne veux pas me dire où tu étais ces six dernières

années. Tu ne veux pas me dire où tu étais ce soir. Tu ne veux pas me dire qui t'a fait ça.

Elle redevint silencieuse en terminant de nettoyer la plaie, puis elle laissa tomber le linge dans la bassine, sans pour autant retirer sa main de sous celle de Rufus. Elle plongea une fois de plus dans son regard, et, dans la lueur vacillante de la lanterne, il y lut de l'inquiétude et de la vulnérabilité. Et quelque chose d'autre, qu'il n'aurait su nommer.

— Je sais que tu n'es pas Rufus.

Son cœur tenta de s'échapper de sa poitrine, et aurait pris la fuite s'il avait pu. À la place, il était piégé en lui, battant à un rythme effréné, tambourinant dans sa tête.

Il essaya de penser à une réponse, mais il n'y en avait tout simplement pas.

— Vas-tu t'en aller ? lui demanda-t-elle.

— Maintenant ?

Elle posa sur lui un regard d'une sombre intensité.

— Un jour. Tu n'es pas mon mari. Je ne sais pas ce que tu fais ici ni ce que tu veux.

— Je ne te ferais jamais de mal. Ni à Beau.

— J'ignore comment, mais je le sais. Mais as-tu l'intention de partir ?

Il entendit ce qu'elle ne disait pas ; que partir leur ferait du mal.

— Non. À moins que tu ne le veuilles.

Ses propres paroles le choquèrent au plus haut point, mais il n'avait jamais rien dit de plus honnête de toute sa vie.

La main de Verity était douce et chaude autour de la sienne. Ce n'était guère qu'un simple contact, un geste nécessaire alors qu'elle nettoyait sa blessure. Mais ensuite, elle posa sa main libre sur son visage, suivant du doigt le bord de la coupure.

Il attendit, le souffle court, qu'elle exige de savoir qui il était et pourquoi il était là. Au lieu de cela, elle le fixa simplement dans les yeux. C'est alors qu'il reconnut cette émotion inconnue enfouie au fond de son regard.

Du désir.

Son corps bondit en réponse, chaque fibre de son être la réclamant. Mais il ne fit rien. Ce qui était apparemment suffisant, car elle se pencha et posa ses lèvres sur celles de Kit.

Le contact le frappa comme un éclair au-dessus de l'océan qui illumine tout d'une lueur scintillante et merveilleuse. Lorsque la bouche de Verity se déplaça doucement sur la sienne, la sensation s'intensifia, le réchauffant à un point impossible.

Elle posa la main sur le côté de sa tête, laissant glisser ses lèvres sur les siennes. Il essayait de se retenir, de la laisser diriger le baiser. Après tout, c'était elle qui l'avait initié.

Il ferma les yeux. Il avait envie de l'attraper par la taille, de la faire asseoir sur ses genoux et de plonger sa langue dans sa bouche, de la goûter, de la revendiquer, de lui montrer à quel point il la désirait. Mais il ne fit aucune de ces choses. Il retint son souffle alors qu'elle l'embrassait doucement, innocemment. Brièvement.

Elle se recula, et il ouvrit les yeux ; elle le dévisageait.

— Je ne sais pas vraiment comment embrasser. C'était bien ?

Elle… Quoi ? Il avait déjà songé à frapper son mari à de nombreuses reprises, et il regretta de ne pouvoir le faire à cet instant précis. Après l'avoir accablée d'injures pour sa stupidité. Comment Rufus avait-il pu être marié à cette magnifique créature, gracieuse et forte, sans avoir envie de l'embrasser à en perdre la raison ?

— C'était très bien, lui dit-il. De mon point de vue. Mais ce qui compte le plus, c'est ton avis, vu que c'est toi qui as initié ce baiser. Tu as trouvé ça bien ?

Elle fronça les sourcils.

— Je n'aurais pas dû faire ça ?

— Je suis assez content que tu l'aies fait, en réalité. En fait, tu as la permission de le faire quand tu en as envie.

De légères taches roses colorèrent ses joues.

— J'ai trouvé ça bien. Mais… y a-t-il plus ? Je sais que oui… C'est juste que…, dit-elle avant de s'interrompre avec un frisson.

Il voulait lui demander ce qu'elle savait, mais il craignait de devoir passer le reste de sa vie à traquer son mari, et à faire plus que de le tabasser.

— Oui, il y a plus. Si tu veux que je te montre un jour, je le ferai.

— Tu voudrais bien me montrer maintenant ?

Son corps hurla en réponse, et ses doigts le démangeaient de la tenir, son membre durcissait de désir.

— Je ne suis pas certain que ce soit une très bonne idée. Il est tard…

— Et tu es blessé, ajouta-t-elle en détournant le regard. Je n'aurais pas dû demander. Je suis désolée.

Elle commença à se tourner, et il posa une main sur sa taille pour l'empêcher de bouger.

— Ne fais pas ça. Je suis ravi que tu aies posé la question, lui dit-il, passant la main sur le côté de sa robe de chambre, enroulant ses doigts dans le creux de son dos. Viens ici.

Elle pivota à nouveau vers lui, et il se servit de son autre main pour la guider afin qu'elle s'installe sur son genou gauche. Ses cheveux étaient noués en une tresse drapée sur son épaule gauche. Il la toucha, passant le bout de ses doigts et son pouce le long de ses cheveux noirs. En remontant, il caressa son visage, effleurant sa mâchoire avec la pulpe de son pouce.

— Veux-tu que je t'embrasse ? Que je t'embrasse vraiment ?

Elle hocha la tête, les yeux rivés sur les siens.

Elle était si douée, si intelligente, une femme tellement redoutable pour avoir élevé seule son fils et être la duchesse d'un si grand domaine. Et pourtant, son innocence et sa naïveté le rendaient humble. Il ne voulait pas tout gâcher.

Lentement, il enroula la main autour de sa nuque et guida sa tête vers le bas. Il entrouvrit légèrement ses lèvres alors qu'il amenait la bouche de Verity contre la sienne. Elle ferma les yeux, et il fit de même. Tendrement, il l'embrassa, prenant son temps pour apprendre sa chair et obtenir sa réponse.

Il exerçait une faible pression sur son dos, la maintenant confortablement installée sur ses genoux tandis qu'il se servait de son autre main pour masser légèrement sa nuque.

Il commença à déplacer ses lèvres sur les siennes, pour lui montrer que s'embrasser pouvait être varié et aventureux. Après un moment, il effleura sa chair avec sa langue, lui arrachant un léger halètement. Elle s'écarta légèrement, ouvrant les yeux juste après lui.

— Peut-être que c'est suffisant.

— Non, c'était bien. J'ai juste été… surprise. J'avais oublié la partie avec la langue.

Il ne pouvait qu'imaginer de quelle horrible façon Rufus avait essayé de l'embrasser. Kit était partagé entre l'envie de mettre un terme à cette folie et celle de lui démontrer que tous les hommes n'étaient pas des animaux, qu'elle pouvait y prendre du plaisir.

— J'ai aimé ça, dit-elle en se tortillant légèrement sur ses genoux, le rendant plus dur, si c'était encore possible. J'ai confiance en toi pour faire en sorte que j'aime la partie avec la langue.

Elle lui faisait confiance. Il ne pouvait pas la repousser. Et il ne pouvait pas tout gâcher.

— Si tu veux me toucher, tu peux. Avec tes mains, précisa-t-il.

Elle les passa autour de son cou.

— Comme ça ?

— Tout ce que tu veux. Je suis presque sûr qu'il n'y a pas de mauvaise façon de me toucher.

Les yeux de la jeune femme s'assombrirent, et, à cet instant, il sut qu'elle pensait à toutes les horribles manières dont on l'avait touchée.

— Oh, Verity, mon amour, dit-il, laissant échapper le mot tendre sans y penser. Jamais je ne laisserai quelque chose de mal vous arriver à toi ou à Beau. Je vous protégerai de ma vie.

— Embrasse-moi. Je voudrais oublier tous les autres baisers sauf le tien.

Kit lui agrippa la taille des deux mains et la fit descendre de ses genoux tandis qu'il se levait de sa chaise. La déception se lut sur le visage de la jeune femme. Elle croyait qu'il la rejetait. Rien n'aurait pu être plus éloigné de ses projets.

Il prit son visage à deux mains, avec la ferme intention de faire exactement ce qu'elle lui demandait, d'éradiquer tous ses autres souvenirs.

— À partir de maintenant, tu ne penseras qu'à mes lèvres sur les tiennes. À ma langue dans ta bouche. À la tienne dans la mienne. À nos lèvres qui bougent et dansent ensemble et se donnent du plaisir. Rien que du plaisir.

Il la fixa intensément et l'attira contre sa poitrine tandis que sa bouche se posait sur la sienne. Ses mouvements étaient plus déterminés cette fois, ses lèvres se moulant à celles de la jeune femme, sa tête s'inclinant pour mieux s'adapter à elle.

Cette fois, lorsqu'il glissa la langue le long du pli de sa bouche, elle l'ouvrit légèrement. Il la pénétra, prudemment, avec révérence, sa langue frôlant la sienne. Il lui caressait le dos en la serrant contre lui, ses mains travaillant de concert avec sa bouche pour mener son corps à un état de béatitude.

Elle passa les bras autour de son cou, agrippant sa chair

nue sous le col de sa chemise. Le désir envahit Kit, mais il garda le contrôle. Tout dépendait de cela, de sa maîtrise.

Il lui fit courber légèrement le dos, et elle dut s'accrocher fermement à lui. Il remonta une main pour la poser sur sa nuque alors qu'il plongeait sa langue plus profondément dans sa bouche. Puis il se recula, leur accordant un bref répit avant de recommencer à l'embrasser. Verity gémit doucement dans la bouche de Kit et plaqua son corps contre le sien ; ses seins étaient chauds et doux contre son torse.

Il l'embrassa encore et encore, progressant puis revenant en arrière, la tenant tout du long comme si elle était la cargaison la plus précieuse qu'il ait jamais possédée.

Les doigts de la jeune femme s'emparèrent de sa chemise, tirant sur le tissu qui s'enfonçait dans son cou. Son corps remuait contre le sien, son bassin bougeant sous celui de Kit.

Le lit était si proche…

Il recula une dernière fois et la redressa. Il ne pouvait pas laisser les choses continuer. Au point où il en était, il allait devoir se soulager tout seul à la seconde où elle partirait.

— Ai-je réussi ?

Il n'aurait pas dû poser la question, mais s'il avait échoué, il se disait qu'il devrait réessayer. Ou du moins, il l'espérait.

— Très bien. Peut-être trop.

Verity retroussa les lèvres en un léger sourire, et les genoux de Kit faiblirent. Elle laissa retomber ses mains de son cou et fit un petit pas en arrière.

— Merci. Je devrais aller me coucher.

Elle recula à nouveau.

— C'est sans doute plus sage.

Elle écarquilla brièvement les yeux, puis secoua la tête.

— Je dois aller chercher la pommade. Attends ici.

Il voulait lui dire qu'ils pourraient l'appliquer dans la matinée, mais il savait qu'il serait le perdant de cette discussion. Elle était la maîtresse de ce château, et il aimait que les choses soient ainsi.

En l'absence de Verity, son ardeur se refroidit, en partie grâce à son cerveau qui intimait à son corps de se calmer. Il sortit la lettre et le registre de ses vêtements et les rangea dans l'un des tiroirs de la commode.

Lorsqu'elle revint, elle lui appliqua la pommade, puis enroula un bandage autour de sa main.

— Je le referai demain. Nous dirons à Beau que tu as eu un accident dans la scierie. Du bois s'est fendu et t'a coupé au visage et à la main.

C'était une bien meilleure excuse que celle que Kit avait trouvée.

— J'avais l'intention de lui dire que j'avais chuté dans les escaliers. Ton histoire est moins préjudiciable à ma fierté.

Elle éclata de rire, et son ardeur se réveilla. Tout chez cette femme lui donnait envie d'elle. Férocement.

Elle récupéra la bassine et le linge ensanglanté.

— Tu n'es pas obligée de les prendre.

— Je ne veux pas que la femme de chambre les trouve demain. C'est bon. C'est ce que font les mères… non pas que je sois ta mère.

Il grimaça.

— Jamais ça, s'il te plaît.

— Non, jamais ça, acquiesça-t-elle doucement, les yeux rivés sur sa bouche.

Et soudain, son membre fut à nouveau au garde-à-vous.

— Tu ferais mieux de partir, murmura-t-il d'une voix rauque.

Elle hocha brièvement la tête.

— Bonne nuit. Dors bien.

Puis elle se retourna et se dirigea vers la porte qu'elle avait laissée entrouverte lorsqu'elle était revenue avec le médicament.

Il la suivit et lui tint la porte lorsqu'elle franchit le seuil.

— Dors bien, Verity.

Elle se tourna pour le regarder par-dessus son épaule, et il crut qu'elle allait dire quelque chose. Finalement, elle tourna à nouveau la tête et repartit vers sa chambre au bout du couloir. Il l'observa jusqu'à ce qu'elle referme sa porte, puis il rentra dans sa propre chambre où il s'enferma, s'effondrant aussitôt contre le bois.

Eh bien, cette soirée avait été mouvementée. Il avait été très inquiet d'apprendre que quelqu'un savait qu'il n'était pas le duc.

Et maintenant, il savait que Verity ne pensait pas non plus qu'il l'était. Il aurait pu parier sa propre vie que ce n'était pas elle qui l'avait dit à Cuddy. Cela n'avait aucun sens au vu de la date de départ de l'ancien intendant et de la nature de leur relation.

Ce qui signifiait qu'il y avait forcément une troisième personne qui savait que Kit mentait. Il devait trouver de qui il s'agissait, et s'assurer qu'elle garderait le secret. Parce qu'il pensait ce qu'il avait dit à Verity : il n'allait pas partir. Pas maintenant. Pas si elle ne voulait pas qu'il le fasse. Peut-être cela changerait-il une fois qu'elle aurait appris qui il était en réalité, et pour quelle raison il s'était fait passer pour Rufus au départ. Il devait lui raconter la vérité, le plus tôt possible. Il grimaça en se disant qu'elle pourrait très bien le jeter dehors, et qu'il l'aurait mérité.

Mais jusqu'à ce qu'elle le fasse, c'était un secret qu'il était prêt à tout pour protéger.

CHAPITRE 12

$\mathcal{P}$resque chaque matin, Beau se réveillait et venait dans la chambre de Verity. Parfois, c'était très tôt et parfois plus tard, mais la routine était la même. Il entrait et, si elle était encore endormie, il grimpait dans le lit avec elle. Si elle était au milieu de sa toilette matinale, il s'asseyait avec elle pendant que sa femme de chambre l'aidait à se préparer pour la journée. Un jour, peut-être bientôt, cela pourrait devenir gênant pour lui de la voir en petite tenue. Alors il attendrait probablement dans sa chambre. Jusqu'à ce qu'il aille à l'école. Oh, comme elle redoutait ce jour !

Mais ce n'était pas pour aujourd'hui, et il était assis sur une chaise dans son dressing, les jambes pendantes, agitant ses pieds avec impatience.

— Pourrions-nous faire un autre pique-nique aujourd'-hui ? lui demanda-t-il.

Verity jeta un œil à la bruine qui frappait sa fenêtre.

— Je ne crois pas. Malheureusement, il pleut.

Beau soupira.

— Nous pourrions en faire un à l'intérieur.

Certes, c'était sans doute possible. Sa femme de chambre

mit la dernière touche à sa coiffure, et Verity se tourna vers son fils.

— Tu es doté d'un esprit très créatif. Prêt pour le petit-déjeuner ?

Il bondit de sa chaise et s'élança à travers son bureau jusqu'à l'escalier qui menait à côté de la cuisine. De là, elle le suivit le long du couloir menant à la petite salle à manger où ils avaient commencé à prendre le petit-déjeuner peu après le retour de Rufus.

Le son du cri de Beau la fit se précipiter dans la pièce, et elle comprit immédiatement la raison de la détresse de son fils. Rufus, ou qui qu'il soit, était déjà présent, dans toute sa gloire blessée. Elle grimaça en voyant l'ecchymose violet foncé qui marquait sa joue. Et bien sûr, il y avait la longue coupure sur l'autre côté de son visage, masquée s'il se tenait selon un certain angle.

— Papa, que s'est-il passé ?

Elle s'était attendue à être maintenant dérangée par le fait que Beau appelle papa cet homme, dont elle avait à présent la certitude qu'il était un étranger. À son grand étonnement, ce n'était pas le cas.

— J'ai bien peur d'avoir eu un petit accident dans la scierie. Mais je vais bien. Viens t'asseoir, je vais te raconter.

Beau prit place sur sa chaise habituelle à la table, et Rufus fit de même. Verity alla jusqu'au buffet pour servir l'assiette de son fils.

— Tu vas vraiment bien ? s'enquit le petit garçon, l'air dubitatif.

— Tout à fait. En fait, c'est plutôt drôle, affirma-t-il avec un petit sourire. J'essayais de couper un morceau de bois, et il s'est fendu d'une manière plutôt spectaculaire. Un morceau m'a coupé le visage ici, expliqua-t-il en montrant la coupure sur le côté de son visage. Et une autre m'a coupé la main.

Il leva sa main gauche bandée.

— Cela n'a pas l'air très drôle, le contredit Beau.

— Pas particulièrement, mais c'est ce qui s'est passé ensuite. Tu vois, j'ai été tellement surpris que j'ai fait une pirouette dans le but d'éviter de me blesser davantage. Mais en faisant cela, j'ai perdu l'équilibre, et je suis tombé plutôt violemment contre le mur. D'où ce joli bleu, expliqua-t-il en se tapotant doucement la joue. Je suis content que ta mère et toi n'ayez pas été présents, car c'est mon moment le plus embarrassant à ce jour.

Le petit garçon ouvrit de grands yeux ronds, puis les plissa en éclatant de rire.

— J'aurais aimé être là pour pouvoir le voir ! Et aussi, j'aurais pris soin de toi.

Verity déposa l'assiette devant Beau, et son cœur se gonfla devant l'inquiétude qu'il manifestait pour celui qu'il pensait être son père. Quant à lui… Verity tourna la tête vers lui, émerveillée par la facilité avec laquelle il avait raconté cette histoire qu'elle avait inventée et comment il en avait fait quelque chose d'amusant et de charmant, gommant l'appréhension de Beau face à cet événement. Il était, en un mot, merveilleux.

— Puis-je te préparer ton petit-déjeuner ? lui proposa-t-elle.

Elle lut la surprise dans ses yeux.

— Merci. Je vais prendre…

— Je sais ce que tu aimes.

Elle lui adressa un sourire en lui servant de la tourte à la viande, du hareng fumé, du bacon et deux petits pains, l'un avec du miel et l'autre avec de la marmelade.

Lorsqu'elle déposa l'assiette devant lui, son regard passa de la nourriture à Verity avec admiration.

— Effectivement, tu sais ce que j'aime.

Puis il posa son regard sur sa bouche, et ce qu'il avait en tête était limpide : il avait aimé l'embrasser.

Eh bien, c'était tant mieux, car elle avait plus qu'aimé l'embrasser. Elle n'avait absolument aucun point de comparaison, mais les sensations de joie, de plaisir, et de chaleur écrasante l'avaient tenue éveillée presque jusqu'au matin. Elle aurait dû être fatiguée et léthargique, mais au lieu de cela, elle était excitée et pleine d'énergie pour affronter la journée. Pour l'affronter, *lui*.

Elle resta un moment à contempler sa bouche, se remémorant la sensation de ses lèvres sur les siennes, de sa langue dans sa bouche capable de toutes sortes de choses perverses, de ses mains sur elle, alimentant un feu dont elle ignorait l'existence au creux de son être.

Elle se retourna brusquement pour aller chercher son propre petit-déjeuner, et revint rapidement à la table pour manger.

— Papa, je voudrais faire un pique-nique à l'intérieur aujourd'hui, puisqu'il pleut. Tu veux bien ?

Beau mit un énorme morceau de pain dans sa bouche.

— Pas autant d'un coup, Beau, lui dit Rufus, avant que Verity ne puisse le faire, car elle était en train de mâcher.

Il incarnait sans le moindre effort le rôle du parent attentionné. Qui était cet homme ? Avait-il d'autres enfants ? Cela semblait évident tant il excellait dans son rôle de père, et pourtant elle n'arrivait pas à l'imaginer les quitter. Une horrible pensée la frappa : et s'il avait eu une famille et l'avait perdue dans une tragédie ? Cette idée lui coupa le souffle.

— Un pique-nique à l'intérieur me semble une idée inspirée, dit-il, la ramenant au présent. Cependant, aujourd'hui, je vais être occupé toute la journée à l'autre bout du domaine. Thomas et moi devons aller voir un pont pour le réparer.

Verity avala une bouchée de bacon.

— Celui qui passe au-dessus de la ravine avec le ruisseau ?

Rufus acquiesça d'un signe de tête en piquant un morceau de hareng.

— Il ne survivra pas à un autre hiver, et plusieurs loca-taires l'utilisent régulièrement.

— Vas-tu le réparer, papa ? s'enquit Beau.

— Je pourrais, à moins que les locataires ne le fassent eux-mêmes. Thomas et moi allons évaluer la situation, et je fournirai le matériel.

— Tu prends grand soin du domaine, constata Beau. Je ferai cela aussi.

— En commençant par tes chèvres. As-tu besoin de traire Jane aujourd'hui ? lui demanda Rufus.

— Pas aujourd'hui. Tous les deux jours, c'est ce que M. Maynard m'a expliqué.

Rufus posa sur lui un regard approbateur : le petit garçon rayonnait.

— Tu apprends parfaitement bien.

Verity avait du mal à croire à ce qu'était sa vie en ce moment. Cet homme avait débarqué à peine un mois plus tôt, et il était déjà devenu partie intégrante de leur famille. Il ne pouvait pas partir. Et alors même qu'il l'avait assurée du contraire, elle craignait qu'il le fasse. Pourquoi était-il encore là ?

Est-ce important ? demanda une voix dans sa tête.

Rufus demanda à Beau ce que son tuteur et lui allaient apprendre aujourd'hui, puis rapidement ils achevèrent leur petit-déjeuner. Le petit garçon rechignait à monter pour ses leçons, mais il se retira, laissant Verity seule avec Rufus. Une fois encore.

Ils s'étaient levés de table, et il tendit la main pour prendre son chapeau, posé sur une longue et étroite table installée devant la fenêtre.

— Je vais voir Thomas.

Elle contourna la table jusqu'à l'endroit où il se tenait.

— Laisse-moi voir.

Elle leva la main, mais ne le toucha pas avant que leurs

yeux se croisent, et, en silence, elle lui demanda si tout allait bien.

Il lui fit un léger signe de tête, et elle toucha doucement sa mâchoire, tournant légèrement sa tête de sorte que la lumière de la fenêtre éclabousse sa joue meurtrie.

Elle grimaça.

— Est-ce douloureux ?

— Un peu, oui.

— De la glace aiderait. Je vais aller en faire chercher à la glacière, si tu veux.

— Ce n'est pas nécessaire, mais merci. J'ai appliqué une compresse froide ce matin, et cela a semblé améliorer ma condition.

— C'est plutôt affreux. Pas étonnant que Beau ait été si bouleversé.

Elle retira sa main comme à contrecœur.

— Je le regrette infiniment.

Elle secoua la tête.

— Ce n'est pas la peine. Ce que tu lui as raconté était merveilleux. Comment fais-tu cela ?

— Faire quoi ?

— Savoir exactement quoi lui dire ?

Il semblait légèrement mal à l'aise, détournant brièvement le regard en haussant les épaules.

— Je n'y réfléchis pas.

Elle leva les yeux sur lui : elle aimait que ses yeux soient verts et non noisette comme ils auraient dû l'être.

— Et moi je ne peux pas m'en empêcher.

De penser à cela, à *lui*.

Il la dévisagea à son tour, et cet instant entre eux s'étira jusqu'à ce qu'il mette son chapeau, rompant le contact visuel.

— Je devrais y aller.

— Tu m'as dit que tu me raconterais ce qui s'est passé.

Il jeta un coup d'œil par la fenêtre. La pluie avait cessé,

mais le ciel était gris et maussade. Il riva à nouveau son regard sur celui de Verity.

— Je le ferai, mais je ne peux pas maintenant. Ce soir ?

— Une fois que Beau sera au lit. Viens dans mon bureau.

L'invitation resta suspendue entre eux. Ils auraient très bien pu se retrouver dans le bureau de Rufus, ou dans la salle des Chevaliers, tous deux bien loin d'une chambre à coucher. Alors que le bureau de Verity était situé à l'intérieur de ses appartements. Où la tentation était proche.

Il hocha la tête, puis partit, passant devant elle assez près pour qu'elle sente l'air bouger et la chaleur qu'il laissait dans son sillage.

Elle ferma les yeux et se dit que ce serait sans doute le jour le plus long de toute sa vie.

Kit n'avait pas souvenir d'avoir déjà vécu une journée plus longue. Était-ce à cause de la pluie incessante qui l'avait glacé jusqu'aux os et l'avait obligé à prendre un bain avant le dîner ? Ou la frustration qu'ils avaient ressentie à propos de la restructuration du pont ? Peut-être était-ce à cause du caillou que son cheval avait ramassé dans son fer qui avait retardé son retour au château.

Non, c'était uniquement lié à Verity et au fait qu'elle l'attendait dans son bureau et qu'elle l'y avait *invité*.

À côté de Kit, Beau soupira dans son sommeil : il s'était assoupi pendant qu'il lisait *Robinson Crusoé*. Ils avaient presque terminé, mais le garçon n'avait pas pu garder les yeux ouverts.

Kit reposa le livre sur la table à côté du lit, mais ne se leva pas. Car lorsqu'il le ferait, il devrait aller voir Verity. Non pas qu'il n'était pas impatient de le faire. Au contraire, toute la journée, la perspective de cette rencontre l'avait consumé.

Comment aurait-il pu en être autrement après la nuit précédente ?

Bien sûr, cela allait bien au-delà des baisers qu'ils avaient partagés, et ceux-là auraient suffi à perturber son équilibre. Mais ce qu'elle lui avait dit avait tout autant occupé son esprit, si ce n'est plus.

Elle savait qu'il n'était pas Rufus. Plus encore, elle ne semblait pas s'en soucier. Non. Ce qui la préoccupait le plus, c'était de savoir s'il allait partir.

Sa question l'avait surpris. Effrayé. Secoué au plus profond de lui-même. Pas parce qu'elle avait posé la question, quoiqu'un peu quand même, mais à cause de sa réponse. Il lui avait dit n'avoir pas l'intention de s'en aller, ce qui avait été un mensonge absolu.

Jusqu'à ce moment-là.

Jusqu'à ce qu'il entende le désir dans sa voix et la peur de ce que son départ ferait à Beau. Il ne pouvait pas le faire.

Et qu'est-ce que cela pouvait bien signifier ? Il avait passé toute la journée à retourner cette question dans sa tête, et la réponse était toujours la même : pas de navire, pas de corsaire, plus de Christopher Powell. Il avait accepté d'être Rufus Beaumont, duc de Blackburn, mari, père, propriétaire terrien, membre de la Chambre des lords.

C'était tout ce qu'il avait toujours voulu, n'est-ce pas ?

Autrefois, oui ; lorsqu'il avait treize ans et que son père l'avait amené ici pour lui montrer la vie qu'il aurait pu avoir sans les circonstances de sa naissance. Il avait eu l'impression d'une provocation, *viens voir ce que tu n'auras jamais.* Il était parti en mer et n'avait jamais regardé en arrière ; et il n'avait certainement jamais imaginé qu'il reviendrait un jour ici et qu'il serait le duc.

Avec une femme et un fils.

Il tourna les yeux vers Beau et ressentit un élan d'amour si fort et si sûr qu'il sut que sa vie avait changé à tout jamais.

En l'espace de quelques semaines seulement, il avait trouvé quelque chose qu'il ignorait chercher : un foyer, une famille, l'amour.

Et pas seulement pour ce garçon adorable, mais pour sa mère aussi. Il était incroyablement amoureux d'elle, et il soupçonnait l'avoir été depuis le premier jour. C'était une femme époustouflante, dotée de plus de grâce, de force et de courage que la plupart des hommes qu'il avait croisés au cours de ses voyages.

Mais cette joie était assombrie par le fait que quelqu'un, quelque part, savait qu'il n'était pas le duc. Cette personne pouvait facilement faire s'écrouler cette situation idyllique. Il ne pouvait laisser une telle chose se produire. La seule chose qui lui venait à l'esprit pour l'éviter était d'être formellement reconnu en tant que duc. Ce qui impliquait de faire ce qu'il avait espéré éviter : se rendre à Londres et occuper son siège à la Chambre des lords. Il ne pouvait plus y couper à présent, pas s'il voulait incarner pleinement ce rôle pour le reste de sa vie.

Mais tout d'abord, il devait répondre à sa femme, et s'assurer que c'était vraiment ce qu'elle désirait aussi. Quand bien même il aurait tout donné pour qu'elle croie ses mensonges, elle avait besoin de connaître la vérité. Elle connaissait déjà la partie la plus importante, et elle méritait d'entendre le reste.

Kit se pencha pour déposer un baiser sur la tête de Beau, puis sortit du lit. Il ajusta la couverture, et le petit garçon se tourna sur le côté, se blottissant plus confortablement dans les draps.

Avec un sourire, il s'éloigna et sortit, refermant doucement la porte derrière lui. Il avait abandonné sa veste et sa cravate avant de rejoindre Beau, et il envisagea brièvement d'aller les chercher avant de retrouver Verity. Pourquoi ? Elle avait soigné ses blessures, l'avait embrassé, et maintenant elle l'avait invité dans son bureau privé. Au diable ses autres vêtements !

Il marcha jusqu'au bout du couloir, où la porte de sa chambre était légèrement entrouverte. Il frappa doucement et attendit une réponse. Comme il n'entendait rien, il ouvrit après un moment. La chambre à coucher semblait vide. Ou plutôt, dépourvue de Verity ou de tout autre humain. L'un des chats dormait au bout du lit massif.

Meuble qui dominait la pièce. Il était grand, fait de bois sculpté, avec des draperies attachées à chaque montant. Il reconnut l'écusson de Beaumont au pied. Son père lui avait montré l'emblème familial avec fierté lors de leur visite. Il en avait adopté une partie, le bleu et le jaune qui ne figuraient pas dans la sculpture du lit, pour en faire son drapeau personnel sur son navire. Il avait omis le lion rampant qui occupait le centre du blason.

— Il me semblait t'avoir entendu.

Il se retourna au son de la voix de Verity, pivotant vers la droite, où elle se tenait dans l'embrasure de la porte de son bureau. Elle portait sa robe de chambre à motifs floraux, qui épousait le haut de son buste, mais faisait de ses courbes infé-rieures un mystère qu'il brûlait de percer. Il s'avança vers elle.

— Pardonne ma tenue. Je faisais la lecture à Beau.

— Je sais.

Évidemment qu'elle savait. Elle les avait laissés ensemble après avoir embrassé son fils pour lui dire bonne nuit.

— Avez-vous terminé le livre ?

Il secoua la tête.

— Il s'est endormi au bout d'une page et demie.

Elle rit doucement, et ce son rendit le moment encore plus intime. Parce qu'ils partageaient ce garçon… un amour pour lui. Jamais il n'avait autant eu l'impression d'être un usurpateur. Il s'était introduit dans leur vie et s'était forgé une place, qu'ils le veuillent ou non. Tout cela n'était qu'un mensonge.

Et à présent, c'était le moment de vérité.

— Je suis allé confronter Cuddy hier soir.

Elle se crispa aussitôt, ses épaules se contractèrent et elle ramena les mains devant sa taille.

— Je t'en prie, assieds-toi, proposa-t-elle en faisant un geste vers le fauteuil dans le coin près des fenêtres, avant de se percher au bord d'un autre tout proche, son visage marqué par l'inquiétude. Vous vous êtes battus ?

— Cuddy m'a attaqué alors que je l'accusais de détournement de fonds.

Elle grimaça.

— Visiblement, tu es parvenu à te défendre.

— Oui, mais je crains que Cuddy, lui, n'ai cherché à me tuer. Je n'ai pas eu d'autre choix que de l'en empêcher.

Ses yeux s'arrondirent lorsqu'elle comprit.

— Il est mort ?

Les tripes de Kit se contractèrent.

— Oui. Je suis vraiment désolé.

Elle porta la main à sa bouche et tourna la tête vers la fenêtre noire. Au bout d'un moment, elle reporta son attention sur lui.

— Qu'est-ce que tu as fait ? Je veux dire, en as-tu informé le constable ?

Il prit une profonde inspiration.

— Je l'ai envisagé. Cependant, Cuddy m'avait indiqué qu'il savait que je n'étais pas Rufus.

Son visage, qui avait tout juste commencé à montrer qu'elle acceptait la situation, afficha à nouveau le choc.

— Comment ?

— Je l'ignore. Mais il m'a dit qu'il n'était pas le seul, répondit-il, la fixant d'un regard franc. Je ne suis pas allé voir le constable parce que je ne voulais pas attirer l'attention sur moi. Verity, il est temps que je te dise la vérité. Absolument tout.

Elle hocha légèrement la tête.

— Oui.

La tension était palpable dans l'espace qui les séparait, mais il n'osa pas se rapprocher. Il était possible qu'elle le jette dehors d'ici quelques minutes.

— Je devrais commencer par le début. Avec mes parents, John et Helena Powell. John était pasteur à Poulton. Pendant mon enfance, j'ai passé une grande partie de mon temps à observer les hommes qui travaillaient sur les docks de la rivière Wyre. Et, bien sûr, les bateaux qui arrivaient avec des marchandises. C'est là que je suis tombé amoureux des bateaux et de la mer.

— As-tu vraiment été enrôlé de force ? s'enquit-elle.

— Non. Je l'ai fait de mon plein gré lorsque j'avais quinze ans.

Elle haleta doucement.

— C'est si jeune !

— Pas aussi jeune que les autres.

— Tu étais dans la Marine, alors ?

Il afficha un léger sourire.

— D'une certaine manière. Je portais des lettres de marque[1].

Son expression reflétait à nouveau la surprise, ainsi que quelque chose d'autre. Peut-être une pointe d'admiration.

— Cela semble dangereux. Est-ce que tu aimais cela ?

— Sans doute plus qu'un homme ne le devrait. C'était tellement différent du presbytère où j'avais grandi. Mais je le voulais. Surtout après la mort de ma mère.

— Quel âge avais-tu ? lui demanda-t-elle d'un ton doux.

— Huit ans. Cela a anéanti mon père. Elle est morte en accouchant : c'était la cinquième fois qu'elle essayait de mettre au monde un enfant. Toutes ses tentatives avaient échoué.

— Sauf pour toi.

Il secoua la tête.

— Je n'étais pas de leur sang. On m'a confié à eux pour qu'ils m'élèvent.

Un autre éclair de surprise traversa son regard.

— Pourquoi ?

La révélation qui allait suivre ne ferait qu'augmenter son choc. Il en était certain.

— Parce que j'étais un bâtard. Le bâtard d'Augustus Beaumont, pour être précis.

Verity sursauta et porta sa main à sa bouche.

— Voilà pourquoi tu ressembles tant à Rufus !

— C'est un peu plus que ça, en réalité. Rufus était mon cousin, oui, mais il était aussi mon demi-frère. Je suis le fruit des amours de sa mère et de son oncle, un enfant conçu dans l'adultère et envoyé au loin dans la honte.

Elle en resta bouche bée.

— Je suis tellement désolée !

Kit avait envie de se lever et de faire les cent pas, pour se décharger d'un peu de l'énergie refoulée qui le traversait. Mais elle était totalement concentrée sur lui, et il ne voulait pas bouger.

— Lorsque j'ai eu treize ans, le duc, Auguste, a requis ma présence. Sa femme était morte plusieurs mois auparavant, et il n'avait que trois filles, toutes mariées. Il voulait rencontrer le fils qu'il avait engendré.

— Tu es venu ici ?

— Le temps d'un été, expliqua-t-il, frottant ses paumes sur ses cuisses en parlant. Le pasteur était réticent à me laisser venir, mais on ne dit pas non à un duc, surtout lorsqu'il est le père de sang de votre enfant et qu'il a pourvu à son éducation.

— Je ne suis pas surprise d'apprendre qu'Augustus se souciait de toi, dit-elle avec un petit sourire. C'était un homme bon.

Les muscles de Kit se contractèrent et ses lèvres se retroussèrent.

— C'était une ordure égoïste !

Verity sursauta devant la véhémence de son ton.

— Pourquoi dis-tu cela ? Il s'est toujours montré gentil avec moi.

— J'en suis ravi pour toi, mais il ne s'est pas comporté ainsi avec moi. Il m'a invité ici et m'a montré cette vie que j'aurais pu avoir si je n'avais pas été conçu hors mariage. Il a promis de m'envoyer à l'école et d'assurer mon avenir. Je lui ai demandé si je pouvais rester, n'importe où, sur le domaine. Je me fichais de savoir où, ou à quel titre, je voulais juste appartenir à ce lieu, à cette histoire, à mon droit de naissance, expliqua-t-il en regardant vers la fenêtre. Il m'a dit que sa nouvelle femme arriverait à l'automne, et qu'elle ne voulait pas de son bâtard dans les parages. Whist m'a appris qu'elle avait deux fils et qu'elle était encore en âge de procréer. Augustus espérait engendrer son propre héritier, et, comme tu le sais, il l'a fait.

Une fois encore, elle resta bouche bée.

— Tu as rencontré Whist ?

Il hocha la tête, croisant son regard.

— Je craignais qu'il me reconnaisse, mais, heureusement, ma ressemblance avec Rufus est apparemment suffisamment forte.

— En réalité, c'est plutôt étrange. Mais maintenant que je connais la vérité, je vois les différences subtiles, dit-elle en secouant la tête. Je ne comprends pas pourquoi Augustus t'a invité ici. Cherchait-il à se moquer de toi ? Cela ne ressemble pas à l'homme que je connaissais.

— Sincèrement, je ne sais pas non plus. Je ne peux que

supposer qu'il était curieux à mon sujet et qu'il désirait désespérément avoir un fils. Ce que je sais, c'est que dès qu'il a eu son fils l'année suivante, le soutien à mon père a cessé. Lorsqu'il a écrit à Augustus pour lui demander pourquoi et pour s'assurer qu'il avait toujours l'intention de payer pour mon éducation, on l'a ignoré. Lorsque j'ai eu quinze ans, je me suis rendu à Liverpool, où j'ai embarqué sur un bateau et je n'ai pas regardé en arrière. Pas pendant quinze ans.

— Pourquoi es-tu revenu maintenant ?

— J'avais besoin d'un navire.

— Tu étais capitaine ?

— Oui. Jusqu'à ce que mon vaisseau brûle. C'est étrange de se dire qu'un navire peut prendre feu et brûler sur l'eau, mais c'est ce qui s'est passé. Maintenant, il repose au fond de la mer des Caraïbes.

— L'autre soir, lorsque tu as parlé du feu et de l'eau… Maintenant, je comprends, dit-elle, tressaillant, les yeux tristes. Cette vie te manque. Tu n'es pas venu ici pour rester.

Kit ressentit une vive douleur en voyant la déception dans son regard, mais il lui devait la vérité.

— Non, effectivement. Je suis venu ici pour trouver un objet de valeur afin de pouvoir acheter un nouveau vaisseau. C'était le moins qu'Augustus pouvait faire pour moi. Mais j'ai découvert qu'il était mort, comme mon père, expliqua-t-il, prenant une grande inspiration avant de plonger. Lorsque j'ai appris qu'Augustus était mort et que le nouveau duc était porté disparu, j'ai décidé de venir ici et de prendre quelque chose.

La déception dans le regard de Verity laissa place à l'incrédulité.

— Tu allais voler le domaine. Comme Cuddy.

Il garda une voix stable en dépit de l'émotion qui l'étreignait.

— Oui. Mais lorsque je suis arrivé à Blackburn, quelqu'un

m'a pris pour Rufus, et je n'ai pas pu passer à côté de cette opportunité.

— Alors tu as prétendu être lui, conclut-elle avec un mépris qui le consumait. C'est plutôt arrogant de ta part de croire que tu pouvais faire une telle chose.

Elle avait raison.

— J'en savais suffisamment sur la tour Beaumont, et je pensais pouvoir faire de l'esbroufe pour le reste.

Après être restée assise sans bouger pendant si long-temps, elle décroisa les mains et aplatit ses paumes contre ses genoux.

— Tu pensais qu'il serait facile de faire semblant d'être mon mari ?

Il méritait absolument toute sa colère.

— Je n'avais pas prévu de rester ici très longtemps, et j'ai cru pouvoir faire le nécessaire pour trouver un objet de valeur et le prendre, quelque chose qui ne t'aurait pas manqué. En réalité, j'essayais d'être un voleur avec une conscience.

Il tentait un peu d'humour pour détendre l'atmosphère. Mais il n'aurait pas dû. Les yeux de Verity s'assombrirent et elle plissa le front.

— Tu as commis une fraude, lança-t-elle, les yeux brûlants et le ton glacial. Tu as prétendu être quelqu'un que tu n'es pas pour obtenir un gain personnel. Et non seulement tu m'as piégée moi, ainsi que le personnel et les locataires avec tes mensonges, mais tu as trompé un garçon. Explique-moi cela, si tu le peux.

CHAPITRE 13

Le cœur de Verity tonnait dans sa poitrine. À quoi s'était-elle attendue ? Qu'il se soit fait passer pour Rufus parce qu'il voulait les aider, elle et le domaine ? Non, ce n'était pas sa motivation, de son propre aveu, et pourtant, c'était exactement ce qu'il avait fait. Il avait aussi impliqué un enfant innocent.

— Je ne savais pas pour Beau, dit-il doucement, la voix chargée de regrets.

Il s'interrompit, comme s'il cherchait à expliquer au mieux la raison de sa présence.

— Je n'ai pas d'excuse, mais je dirai que cela m'a fait réfléchir. J'avais l'intention de rester ici moins d'une semaine au mieux. Mais Beau a immédiatement conquis mon cœur, expliqua-t-il, le regard chaleureux, et il se pencha en avant. Je crains que mes projets de ne rester que peu de temps et de prendre ce dont j'avais besoin pour financer mon navire aient été relégués au second plan à mesure que je me retrouvais immergé… ici. Dans le domaine.

— Et dans notre famille, ajouta Verity.

Elle était partagée entre la colère face à son audace et à

ses motivations égoïstes, et la joie et le contentement qu'il avait apportés à la tour Beaumont.

— Tu m'as mise dans une situation terrible. Je devrais te mépriser.

Elle parlait d'une voix basse, chargée de colère et de douleur.

— Tu devrais, et je suis désolé pour ce que j'ai fait… Ce que je vous ai fait à toi et à Beau. Je n'ai jamais voulu que vous souffriez, et de penser que vous pourriez…

Il se leva et se mit à arpenter la pièce. Lorsqu'il se tourna, ses yeux n'avaient jamais eu cette teinte d'un vert vif, et son attitude était plus ouverte et sérieuse que jamais.

— Je ne suis pas fier de mes motivations, mais je ne regrette rien. Je ne peux pas. Pas alors qu'elles m'ont mené à toi et Beau. Je suis tombé amoureux de vous deux, et le fait que je me retrouve par hasard en possession d'un titre qui n'aurait jamais dû être à moi, mais que je voulais désespérément, est une heureuse coïncidence. Je ferai tout ce qu'il faut pour tout garder, ajouta-t-il, s'avançant vers elle, le visage déterminé. Le duché, Beau, *toi*. Je ne lâcherai rien.

Elle refusait de se laisser emporter par ses mots d'amour, quand bien même ils étaient magnifiques.

— Même tuer un homme qui connaissait ton secret ?

Il déglutit, mais il garda un contact visuel intense et constant avec elle.

— Ce n'est pas pour cela que j'ai tué Cuddy. C'était lui ou moi, et j'ai une aversion pour la mort.

Elle se souvint de leur conversation de la veille au sujet de ses blessures.

— J'ai l'impression que tu as eu à te défendre de cette manière à de nombreuses reprises. Combien d'hommes as-tu tués ? À aucun moment elle n'envisageait que Cuddy ait été le seul. Kit avait été capitaine d'un navire corsaire pendant la guerre.

— Trop nombreux pour être comptés. Et je n'en ai pas envie. De manière générale, j'ai essayé de les faire disparaître de mon esprit. Mais sache que chacun d'eux m'a affecté. Ce n'est pas quelque chose que j'ai fait à la légère ou sans remords.

Pourtant, il en parlait aisément, comme si cela faisait partie intégrante de sa personnalité. C'était sans doute le cas.

Elle était heureuse d'entendre ses regrets, mais l'affaire était loin d'être terminée.

— Le constable va sans doute enquêter sur la mort de Cuddy. Qu'allons-nous faire ?

Il s'arrêta, le regard fixé sur le sien.

— Tu as dit « nous » ?

Effectivement. Elle avait beau être en colère, elle n'allait pas le chasser. Il avait avoué être amoureux d'elle et de Beau. Elle savait que Beau partageait le même sentiment. Et elle ? Elle n'était pas prête à affronter cette émotion, surtout quand il y avait tant d'autres choses qui lui encombraient l'esprit.

— C'est vrai. Tu fais partie de cette famille maintenant. Mais j'ignore si je te fais confiance, et c'est une chose que je dois pouvoir faire… pour Beau.

— Alors je serai aussi honnête que possible. Je savais que je devais te dire la vérité. J'ignorais simplement de quelle manière. Lorsque tu as dit que tu savais que je n'étais pas Rufus… c'était un véritable cadeau, et je ne refuse pas les cadeaux.

Parce qu'elle soupçonnait qu'il n'en avait pas reçu beaucoup. Eh bien, elle non plus… jusqu'à Beau.

Et jusqu'à lui.

Il était entré dans leur vie avec détermination, gentillesse, et un enthousiasme pour le domaine et étonnamment pour la paternité. Il avait accordé à Verity de l'espace, de la déférence et du respect. C'étaient des cadeaux qu'elle n'avait jamais reçus. Elle voulait le croire, croire en lui…

— Moi non plus, dit-elle en s'approchant de lui. Et je ne vais pas commencer maintenant.

La respiration de Kit se bloqua, et elle vit les muscles de sa mâchoire se contracter.

— Que veux-tu dire ? demanda-t-il d'une voix grave et basse, à peine audible.

— Tu as dit que tu ferais tout ce qu'il faut pour garder le duché, et Beau, et… moi. Tu l'as déjà fait en te dévoilant complètement.

Les mots d'amour qu'il avait prononcés emplissaient son esprit. C'était ce qu'elle voulait aussi.

— Je te demande seulement d'être honnête et ouvert avec moi et avec Beau.

— Veux-tu lui dire la vérité à mon sujet ?

— Nous le devons. Nous le ferons en temps voulu. Je ne crois pas qu'il s'en souciera : c'est *toi* qu'il aime.

Était-ce vraiment important si cet homme était en réalité son oncle ? Ou son cousin ? Elle n'aurait pas pu souhaiter meilleur père pour Beau.

— Pas autant que je l'aime.

La férocité de sa déclaration serra la gorge de Verity.

Les larmes menaçaient de couler, mais elle cilla pour les chasser.

— C'est ce que ressent un parent.

Cela, elle le savait. Ce que ressentait une femme, quelqu'un qui était une partenaire, une amie, et une amante ? Elle n'était pas aussi confiante à ce sujet, mais elle apprenait. Elle se rapprocha jusqu'à ce qu'ils se touchent presque.

— Montre-moi ce que ressent une épouse.

S'attendant à ce qu'il la touche, à ce qu'il l'embrasse, elle fut surprise lorsqu'il tomba à genoux dans une posture de pure supplication.

— Une épouse doit être honorée.

Il lui prit la main et en embrassa le dos.

— Vénérée.

Il retourna sa main et embrassa sa paume.

— Adorée.

Ses paroles la réchauffaient et l'emplissaient d'espoir et de passion.

— La nuit dernière, je t'ai demandé si tu voulais nous quitter. Si tu veux revendiquer ta place, j'en déduis que tu es engagé envers le titre, envers le domaine, envers Beau, envers moi.

Il leva vers elle des yeux chargés d'émotion.

— Je le suis.

Elle lui toucha le visage.

— Je ne connais même pas ton nom.

— Kit, dit-il doucement, ses lèvres se courbant en un sourire qui lui donna des frissons. Je m'appelle Kit.

— Tu ressembles à un Kit, affirma-t-elle en caressant sa joue, passant son pouce le long du bord rugueux de sa mâchoire, là où sa barbe commençait à pousser. Je veux oublier le passé, et embrasser ce futur que tu nous as offert à Beau et moi. Je n'ai jamais rien vécu de… plaisant. La nuit dernière a été une révélation. J'aimerais que tu fasses plus que m'embrasser. Le feras-tu ?

Il se releva et lui enserra la taille, ses doigts brûlant à travers les minces couches de sa robe de chambre et de sa chemise de nuit.

— Je ferai tout ce que tu me demanderas, y compris m'arrêter si tu décides que c'est ce que tu veux. Verity, murmura-t-il. Ton nom signifie vérité, et c'est ce que je veux entre nous. Je te promets d'y aller doucement, et de veiller à ce que tu sois satisfaite à chaque instant. Tu me fais confiance pour ça ?

— Oui.

Verity passa les bras autour du cou de Kit et se plaqua contre lui au moment où il posait la bouche contre la sienne.

La nuit dernière, il lui avait appris que les baisers pouvaient être beaux, merveilleux, captivants et gratifiants. Ils l'avaient laissée sur sa faim. Elle savait ce qui pouvait se produire d'autre, et à quel point c'était horrible. Mais avec Kit, ce serait différent et merveilleux, comme tout l'avait été avec lui.

Comme la nuit dernière, il procéda lentement, sa bouche se moulant à la sienne. En réalité, elle trouvait que c'était trop lent. Quelque chose en elle brûlait d'être libéré, et elle était plus que prête. Elle inclina la tête et glissa sa langue profondément dans sa bouche, priant pour bien faire.

Apparemment, c'était le cas, car il gémit doucement tandis que ses mains se crispaient sur elle, ses doigts se resserrant à cause d'un besoin semblable au sien. Elle recula jusqu'à la méridienne et s'y assit, l'entraînant avec elle. Le mouvement rompit brièvement le baiser, et ils échangèrent un regard enflammé tandis qu'elle s'étendait.

Il la suivit, s'installant sur elle. Son poids et sa chaleur étaient délicieux. Jamais elle n'avait réalisé que cette sensation lui manquait. Le simple fait d'être tenue, embrassée et touchée l'emplissait de joie.

Il déplaça sa main le long de son cou, sa paume effleurant sa chair, suivie de ses doigts qui laissaient une traînée de désir haletant dans leur sillage. Il caressa ensuite sa clavicule, puis il descendit jusqu'à poser la main sur son sein.

Elle rompit le baiser pour haleter doucement. Alors qu'elle se poussait contre sa main, il l'embrassa encore, réclamant sa bouche avec une chaude insistance. Le désir se répandait partout où il la touchait, s'accumulant dans son ventre avant de glisser entre ses cuisses. Instinctivement, elle écarta les jambes, l'invitant entre elles.

Il ajusta son poids, et soudain elle prit conscience de sa présence… en bas. Son membre, long et dur, se plaquait intimement contre elle. Un éclat de peur la transperça, mais elle chassa les souvenirs de dégoût et de douleur.

Fais-lui confiance.

C'était le cas. Elle s'accrocha à sa hanche, le tenant fermement contre elle. Elle posa son autre main sur sa tête et glissa les doigts dans ses cheveux.

Kit passa la main sous le bord de sa robe de chambre, s'avançant vers son sein jusqu'à le saisir. Ce qui avait débuté comme une douce caresse se fit plus ferme et exigeant alors que sa bouche pillait celle de Verity et que ses hanches commençaient à bouger contre son bassin.

Oui, c'était *cela* qu'elle voulait. Elle lui rendit son baiser et se cambra contre lui. Il retira la main de son sein, et elle le sentit s'affairer sur le lien à sa taille. Il se souleva légèrement et écarta la robe de chambre. Puis sa main se posa à nouveau sur son sein, taquinant son mamelon qui n'était plus séparé de lui que par une fine et agaçante mousseline.

Kit écarta sa bouche de celle de Verity pour déposer des baisers le long de sa mâchoire et de son cou, descendant le long de son corps jusqu'à ce qu'il trouve son autre sein. Il referma ses lèvres sur elle et lécha le tissu. Il collait à son mamelon, et il l'aspira à travers le vêtement. Elle s'accrocha à l'arrière de sa tête en gémissant.

Le désir palpitait entre ses cuisses ; elle souleva les hanches en quête de pression supplémentaire. Il se frotta contre elle, répondant à sa demande. Son membre se plaqua contre son sexe, envoyant une décharge de plaisir dans tout son corps.

— Je t'en prie, Kit ! supplia-t-elle, sans savoir vraiment ce qu'elle demandait.

Mais elle avait besoin de quelque chose.

Il roula à côté d'elle, et la perte de son poids et de sa pression entre ses jambes la fit gémir de déception.

— Chut, murmura-t-il contre son sein.

Il tira sur l'encolure de sa chemise de nuit, la faisant descendre sur sa poitrine. Cela tiraillait son cou, mais ça ne lui faisait pas mal. Sa bouche se referma sur son sein nu. Ses lèvres et sa langue la taquinèrent et la tourmentèrent pendant que son autre main remontait le long de sa jambe, ramenant sa chemise de nuit à sa taille.

Une bouffée d'air frais caressa ses cuisses, son sexe. Mais ensuite, sa main fut là, ses doigts caressant ses boucles. Il suivit les contours de son ouverture, la rendant folle de désir.

— Kit !

Encore une fois, elle ne savait pas vraiment ce qu'elle voulait, mais elle savait qu'il devait la toucher à cet endroit.

Puis il le fit.

Légèrement d'abord, le bout de ses doigts suivant douce-ment les replis de sa chair. Il la caressait et la pressait avec ses doigts, poussant son désir à un niveau encore plus élevé. Puis son pouce trouva cet endroit qui lui avait donné tant de plaisir lorsqu'il s'était installé entre ses jambes, là où son membre s'était calé et avait remué, créant une friction qu'elle avait envie de ressentir à nouveau.

Alors qu'elle commençait à faire pivoter ses hanches, en quête de cette friction, il glissa son doigt dans son sexe. Elle poussa un cri, surprise, mais aussi exaltée par la délicieuse sensation qu'il lui procurait.

Elle n'avait jamais rien connu de tel auparavant. C'était un geste expert, pas maladroit ; raffiné, pas brutal.

Il aspira son mamelon plus fort, puis effleura la chair de ses dents. Elle n'arrivait plus à rester immobile. Son corps se tordait sous celui de Kit, ses mains le parcouraient, le poussant à lui en donner plus. Elle se souleva de la méri-dienne, et ses hanches se mirent à remuer en cercle entre le coussin et son contact. Il augmenta le rythme de sa main, caressant sa chair, avant de l'emplir à nouveau. Il fit plusieurs mouvements de va-et-vient, puis se retira et la taquina de l'extérieur, la plongeant dans une spirale de désir effréné.

Lorsqu'il la pénétra à nouveau, c'était avec deux doigts, du moins le pensa-t-elle. Elle commençait à se perdre. Elle savait simplement que c'était plus, spectaculairement plus, et elle se souleva pour répondre à ses poussées.

La bouche de Kit retrouva la sienne dans un baiser profondément excitant, humide et chaud, qui reproduisait en quelque sorte ce qu'il faisait à son sexe. Il se recula et murmura :

— Jouis pour moi, Verity. Laisse-toi aller. Tu comprends ?

Elle secoua la tête, les sens en ébullition tandis que son corps cherchait à comprendre ce qu'il voulait dire.

— Tu vas t'écrouler, ressentir un plaisir que tu n'as jamais imaginé. Tu es tout proche, je le sens. Donne-toi à moi. Concentre-toi sur mes caresses juste ici, dit-il, appuyant sur cet endroit au sommet de son sexe qui était si bon. Et sur mes doigts à l'intérieur de toi. Je sais que tu veux bouger davantage. Abandonne-toi au mouvement. Soulève-toi, prends-moi au plus profond de toi.

Ses mots enflammèrent Verity alors qu'il la pénétrait, l'emplissant. Elle commençait à comprendre. Cette chose qui montait en elle atteignait un sommet. Elle le sentait aussi. Elle était proche, quoi que cela veuille dire.

Puis elle sut.

Il pinça son mamelon tout en enfonçant profondément ses doigts dans son sexe. Ce qui la tenait entière se brisa. Elle n'était plus une personne. Elle n'était même pas sûre d'être encore Verity. Elle n'en avait pas non plus envie. Elle n'était qu'un chaos de sensations et de plaisir, et il n'y avait rien d'autre que de l'extase et de la joie.

Il lui fallut de longs moments pour que son corps commence à s'apaiser. Elle ouvrit les yeux et fixa son visage, tendu par son propre désir inassouvi. Rufus, lui, avait toujours pris son plaisir, comme en témoignaient ses cris de satisfaction et le déversement de sa semence.

— Je devrais m'en aller, dit-il.

Elle caressa son visage, passant doucement son pouce sur son ecchymose.

— Je t'en prie, non. Viens dans mon lit.

Il inspira brusquement.

— Verity, je ne veux pas profiter de la situation.

Elle plissa les yeux en le regardant.

— C'est moi qui te le demande. S'il te plaît. Profites-en.

Son visage se fendit d'un sourire qui fit chavirer son cœur. Elle commençait à comprendre pleinement l'amour que sa cousine Diana ressentait pour son mari. Non pas qu'elle aimait cet homme, pas encore en tout cas. Mais elle mourait d'envie de terminer ce qu'ils avaient commencé, pour tant de raisons.

— Tu as tant fait pour effacer un passé douloureux, sans même t'en rendre compte, je suppose. Ce soir, tu m'as offert un avant-goût de ce que le mariage pourrait vraiment être, et je te demande de terminer la leçon.

— Je ne sais rien du mariage.

— Alors du sexe. Il me semble que tu en sais beaucoup.

Elle éprouva un surprenant éclair de jalousie en imaginant comment c'était arrivé.

Il roula hors de la méridienne et se leva, et la déception serra les tripes de Verity. Mais seulement l'espace d'un instant.

Il lui tendit la main.

— My lady.

Elle lui offrit un demi-sourire en même temps que sa main.

— Je suis une duchesse. C'est « Votre Grâce ».

Il la souleva et l'attira contre sa poitrine, passant le bras autour de sa taille.

— Je voulais dire *ma* lady. Tu es *à moi*. Ce soir.

Il l'embrassa, sa main se glissant dans sa tresse et tirant sa tête en arrière tandis qu'il dévorait sa bouche.

Elle se sentait exposée, vulnérable et incroyablement excitée. La satisfaction qu'elle avait éprouvée quelques instants plus tôt s'estompa derrière une montée de désir si forte que ses jambes en frémirent.

Il la souleva dans ses bras et la porta dans sa chambre. Plutôt que de l'allonger sur le lit, il la déposa à côté et repoussa aussitôt sa robe de chambre sur ses épaules.

Elle se débarrassa du vêtement qu'elle laissa tomber sur le sol. Il voulait qu'elle retire sa chemise de nuit, mais elle le voulait dans le même état. Elle posa les mains sur son gilet et le déboutonna avec des gestes rapides. Il remonta sa chemise de nuit sur ses hanches, ses mains frôlant sa chair nue pendant qu'elle s'affairait, attendant patiemment qu'elle termine sa tâche.

S'efforçant d'ignorer les sensations provoquées par son contact, elle se concentra pour faire glisser le gilet sur ses épaules. Il dut lâcher sa chemise de nuit pour lui permettre d'enlever le vêtement. Au lieu de la soulever à nouveau, il tira sa chemise de sa ceinture et la fit passer par-dessus sa tête, découvrant ainsi sa poitrine.

Il haussa un sourcil vers elle.

— C'est mieux ?

— Beaucoup.

Elle contempla son torse. Il avait beaucoup moins de poils que Rufus, et ils étaient plus clairs, tout comme les cheveux sur sa tête. Et elle ne pouvait pas l'expliquer par une trop grande exposition au soleil. À moins qu'il ne se promène sur le navire sans chemise… Quoique cette image soit incroyablement séduisante.

Rien de tout cela n'avait d'importance. Elle acceptait que cet homme ne soit pas Rufus. En réalité, elle en était ravie.

Ensuite, elle remarqua les cicatrices.

Une près du centre de sa poitrine, qui devait mesurer environ cinq centimètres. Une autre sur son épaule droite, à l'apparence plus prononcée, mesurant peut-être dix centimètres. De petites taches rouges au sommet de son abdomen, le long de sa cage thoracique. Une particulièrement longue, d'au moins vingt centimètres, s'étirait de sa clavicule gauche pour disparaître sous son aisselle.

Elle la suivit du bout des doigts.

— Que s'est-il passé ?

— Une bataille pendant la guerre.

— J'ai l'impression que tu en as vécu beaucoup.

— Oui.

Elle voulait lui demander ce qui l'avait poussé à faire une telle chose, mais peut-être n'avait-il pas eu vraiment le choix. Aussi impitoyable qu'ait été sa vie, elle avait eu des privilèges. Clairement, ce n'était pas son cas à lui.

Pourtant, on aurait pu croire qu'il était né pour cette vie. Il se comportait comme un duc, et il savait parler. Son intelligence était comparable à celle de Rufus ou de tout autre noble qu'elle avait pu rencontrer. En fait, il s'était très bien débrouillé avec Simon.

— As-tu regardé tout ton soûl ?

Elle n'était pas certaine que cela arriverait un jour. Cet homme était une masse de muscles et de tendons. Elle passa les mains sur sa chair, dont elle voulait mémoriser chaque centimètre, chaque petit défaut, chaque cicatrice. Il était si simple de l'imaginer monter sur le mât d'un navire ou prendre part à une bataille.

Il la fixait avec une convoitise ardente dans ses yeux. Elle frissonna devant la puissance du désir de Kit et la force du sien qui s'élevait pour y répondre.

Il l'embrassa à nouveau pour la goûter avec ses lèvres et sa langue. Il lui était familier maintenant, ce qui rendait la chose encore plus douce. Il remonta les mains pour les poser sur ses seins qu'il massa et serra, puis il tira légèrement sur ses mamelons. La sensation se répercuta jusqu'à son sexe.

Elle baissa la main vers son pantalon, trouva les boutons et les détacha comme elle l'avait fait pour son gilet, avec peut-être un peu plus d'urgence. Elle effleura son membre avec ses jointures pendant qu'elle s'affairait. Lorsque le pantalon s'ouvrit, elle glissa la main à l'intérieur de ses sous-vêtements et trouva son membre. Il gémit en basculant en avant dans sa main.

C'était une autre différence entre Kit et son mari. Elle voyait qu'il était… plus grand. Plus long, avec plus de circonférence. Elle songea à ce qu'elle ressentirait et décida qu'elle ne voulait pas y penser ni le comparer à ce qu'elle avait connu auparavant. La raison d'être de cette nuit était de chasser ces souvenirs et de les remplacer par quelque chose de bien meilleur.

Enroulant ses doigts autour de sa hampe, elle le caressa de la base à la pointe, puis inversement. Au moins, elle savait faire cela.

Kit abaissa la tête vers son sein et aspira sa chair dans sa bouche qu'il lécha et suça. Elle le serra, peut-être un peu trop fort puisqu'il haleta contre elle.

Elle relâcha sa prise.

— Désolée !

— Non, n'arrête pas ! râla-t-il.

Ainsi, il aimait cela. Enhardie, elle le serra fermement en faisant glisser sa main contre sa chair. Il remua en rythme avec ses caresses, et elle se souvint de la manière dont ses doigts l'avaient pénétrée. Bientôt, son sexe ferait de même et elle se rendit compte qu'elle ne voulait pas attendre plus longtemps.

Elle fit un pas en arrière et sentit le matelas contre ses fesses nues.

— Kit, le pressa-t-elle, tirant doucement sur son membre.

— Oui, mon amour ?

Le terme affectueux la fit frémir de désir.

— J'aimerais…, dit-elle avant de crier lorsqu'il lui pinça le mamelon avant de l'aspirer fort. Je te voudrais en moi.

— Je le voudrais aussi.

Il se redressa, puis se débarrassa du reste de ses vêtements. Alors qu'il retirait son pantalon et ses sous-vêtements, son sexe se dressa long et dur, ses testicules serrés et ronds en dessous. Oui, il était beaucoup plus grand que Rufus.

— Tu as l'air très… grand.

Il passa une main entre ses jambes pour la caresser.

— Et tu es très mouillée. Je ne crois pas que cela posera problème.

Il passa un moment à taquiner sa chair, posant ses doigts contre son ouverture avant de la pénétrer. Elle s'agrippa à ses épaules, car ses jambes menaçaient de lâcher. Il parut comprendre, car il la souleva sur le lit, puis grimpa à côté d'elle.

Il posa à nouveau la main sur son sexe alors qu'il se penchait sur mon mamelon pour le lécher.

— Est-ce qu'on t'a déjà embrassée ici ? lui demanda-t-il en glissant ses doigts sur ses replis intimes. Je soupçonne que non, mais je ne veux pas affirmer sans savoir.

— Non. Je n'y ai même jamais pensé.

Ce qui était sans doute idiot, car Rufus lui avait demandé de poser sa bouche sur son sexe, chose qu'elle avait détesté faire.

— Pas plus que ton bon à rien de mari, apparemment. En revanche, moi, je ne suis pas un bon à rien, et lorsque nous ne serons pas aussi pressés de trouver notre libération, je te montrerai combien cela peut être agréable.

L'idée de sa bouche et de sa langue sur son sexe était à la

fois horrifiante et excitante. Et, plus choquant encore, elle se dit qu'elle aimerait sans doute prendre le membre de Kit dans sa bouche.

Il rit doucement contre sa poitrine tandis que ses doigts s'enfonçaient en elle.

— Je vois que cette idée t'excite. Tu es encore plus mouillée maintenant.

Kit roula sur elle.

— Écarte les jambes.

Elle remua sous lui, faisant ce qu'il lui demandait, et attendit, à bout de souffle, qu'il l'envahisse.

— Guide-moi, Verity, dit-il d'une voix rauque. Prends mon membre et mets-le en toi. Fais-le aussi lentement ou aussi vite que tu le veux.

Ses paroles l'excitèrent davantage, faisant grimper son désir à un niveau encore plus élevé. Elle s'empara de sa chair et ouvrit les cuisses pour l'accueillir. Son extrémité frôla son ouverture, et un début d'extase inonda son corps.

Elle le tira plus loin, se soulevant du lit pour le rejoindre. Mais c'était encore trop lent.

— J'ai besoin que tu..., commença-t-elle, mais elle n'était pas sûre. *Bouge.*

— Comme ça ?

Il la pénétra d'un seul coup, l'emplissant si totalement qu'elle vit des étoiles derrière ses paupières lorsqu'elle les ferma.

Elle s'accrocha à ses fesses, sentant la tension de ses muscles et le velouté de sa peau.

— *Oui.* Ne t'arrête pas. Je t'en prie.

Plaçant une main près de la tête de Verity, il posa l'autre sur sa hanche, la serrant tandis qu'il se retirait avant de s'enfoncer à nouveau.

— Lève tes jambes.

Il la guida pour lui montrer ce qu'il voulait dire.

Il glissa encore plus profondément, touchant cet endroit au plus profond d'elle qui lui donnait envie de pleurer de plaisir. Elle s'accrocha fermement à lui alors qu'il la pénétrait, fort et assuré, encore et encore. Plantant ses talons dans ses fesses, elle se cambra pour répondre à ses coups de reins, et cria lorsque le frottement la plongea de plus en plus profondément dans un désir sombre et passionné.

Il l'agrippa plus fort, avant de lever la main pour dégager une boucle de son visage, juste avant que ses lèvres ne se posent sur les siennes. Il ravala ses cris alors que leurs mouvements se faisaient plus frénétiques. Le plaisir qu'elle avait ressenti dans son bureau n'était rien comparé à celui-ci. Elle se sentait comme ballottée au sommet d'une vague, du moins, elle imaginait que la sensation était similaire.

Il lui mordilla la lèvre en rompant leur baiser.

— Jouis pour moi maintenant, Verity. *Jouis.*

À présent, elle savait ce que cela signifiait, et elle s'abandonna au plaisir. Ses muscles se contractèrent autour de lui, et il cria en s'enfonçant fort et profondément. Une succession de vagues d'extase s'abattit sur elle. Elle était éperdue de plaisir et ne voulait pas que ça s'arrête.

Petit à petit, il ralentit, l'embrassant doucement alors que son univers revenait à la normale. Elle lui caressa le dos, ses jambes se détendirent autour de lui. Au bout de quelques instants, il se retira et se coucha à côté d'elle.

— Maintenant, je devrais y aller, murmura-t-il avant de déposer un baiser sur son épaule.

Elle tourna la tête pour le regarder.

— Je veux que tu restes.

Il la fixa, leurs yeux communiquant d'une manière dont leurs bouches ne s'autorisaient peut-être pas. Pas encore, en tout cas. Les lèvres de Kit se courbèrent en un sourire à couper le souffle qu'elle avait appris à adorer.

— Si tu insistes.

— J'insiste.

Elle tira sur le couvre-lit et se glissa dans les draps qu'elle tint ouverts pour qu'il la rejoigne.

Ce qu'il fit, calant son corps près du sien avant de l'attirer contre lui. Il embrassa la naissance de ses cheveux, sa tempe, son front.

— Dors, mon amour.

Ce qu'elle fit, et elle ne l'avait jamais si bien fait.

CHAPITRE 14

L a lumière se faufilait à peine sous les rideaux des fenêtres lorsque Kit se réveilla. Il lui fallut un moment pour se rappeler où il était... et pourquoi. Il était étendu sur le flanc, Verity blottie contre lui, le dos contre son torse. Elle était chaude et douce, et il sourit à l'idée de cette chance qu'on lui avait accordée.

Mais elle était si ténue... Sa joie s'estompa légèrement, renforçant sa détermination à s'accrocher à ce qu'il avait trouvé. Le laisserait-elle faire ? Il lui semblait qu'ils souhaitaient tous les deux la même chose : garder la famille qu'ils étaient devenus. Et pourtant, tant de choses se dressaient en travers de leur chemin. Ils allaient devoir aller à Londres pour qu'il soit officiellement reconnu comme étant le duc.

Il essaya d'imaginer à quoi cela ressemblerait : les bals, les fêtes, les clubs. Vraisemblablement, il en était déjà membre. Avec un peu de chance, quelqu'un en connaîtrait la liste complète... D'après les livres de comptes, il savait déjà que Rufus n'avait pas de maison à Londres, mais il n'était duc que depuis peu au moment de sa disparition. Le précédent duc, le père de Kit, en louait une, à en croire les registres. Ce qui paraissait étrange pour un duc, mais qu'en savait-il ?

Il respira le doux parfum de violette des cheveux de Verity. La tresse était encore intacte, mais plusieurs mèches s'étaient détachées. Il brûlait de libérer sa crinière et de passer les doigts dans ses mèches soyeuses.

Qu'est-ce qui l'en empêchait ? Elle devrait la défaire à son réveil, de toute manière. Du moins, c'était ce qu'il pensait, vu qu'il ne l'avait jamais vue avec une tresse, sauf lorsqu'elle était prête à aller au lit.

Il détacha le ruban qui la retenait, et le déposa derrière lui. Puis il passa soigneusement ses doigts dans la tresse, déroulant les mèches avec soin et délectation. Elle remua dans son étreinte, soupirant doucement en se pressant contre lui.

Le contact de ses fesses avec son membre l'amena à une érection complète. Il acheva de défaire sa coiffure et enfouit son visage dans les boucles sombres.

— Qu'est-ce que tu fais ? lui demanda-t-elle d'une voix basse et ensommeillée.

— Je me délecte de toi.

Il trouva son cou et l'embrassa à plusieurs reprises, déplaçant ses lèvres le long de sa chair, la sentant frissonner.

— Voilà qui est très flatteur.

Il déplaça sa main jusqu'à son sein et caressa le globe chaud avant de se servir de son pouce et son index pour taquiner son mamelon.

— Et que va me rapporter ma flatterie ?

Elle haleta doucement, et remua ses fesses contre lui.

— Rien. Je ne me vends pas pour quelques jolis mots. Mais comme je sais que tu es un homme qui ne se contente pas de belles paroles…

Un nouveau halètement l'interrompit lorsqu'il fit glisser sa main sur son abdomen pour caresser les replis de son sexe.

— Parfois, je préfère ne pas parler du tout, murmura-t-il contre son cou avant de sucer sa chair.

Il enfonça son doigt dans son fourreau et la sentit se contracter autour de lui. Elle était si réactive… chaude, humide et impatiente. Il aurait pu simplement se glisser en elle. Il approcha ses lèvres de son oreille.

— Est-ce que c'est bon ?

— Non.

Il immobilisa sa main, puis commença à se retirer.

Elle se tourna dans ses bras.

— Ne t'arrête pas. C'est plus que bon. Mais ce n'est pas non plus suffisant, dit-elle, puis elle secoua la tête. Je suis nulle pour ça.

— Pas vrai, protesta-t-il, l'embrassant, souriant contre sa bouche. Tu es merveilleuse dans ce domaine.

Elle plongea dans ses yeux, ses iris assombris.

— Je veux l'être. Montre-moi.

Elle le fit rouler sur le dos et se posa sur son torse, étalant ses mains sur ses mamelons.

Lorsqu'elle le touchait, lorsqu'elle posait sur lui ce regard mi-séduisant, mi-inquisiteur, il était comme un jeune homme qui n'avait encore jamais connu de femme. Comme s'il était un homme qui était resté trop longtemps sans une femme, une sensation qu'il connaissait bien. Mais c'était plus que ça. Il avait connu beaucoup de femmes qui avaient étanché sa soif après une longue sécheresse. Verity était totalement différente.

Elle releva la tête pour poser ses lèvres sur celles de Kit.

— Je peux être… au-dessus de toi, comme ça ?

— Tu peux être où tu veux.

Il lui rendit son baiser, emprisonnant ses lèvres et sa langue dans un enchevêtrement bienheureux. Puis il posa les mains sur sa taille, écartant sa bouche de celle de Verity.

— C'est plus facile si tu t'assieds.

Elle se souleva de son torse et s'installa à cheval sur ses hanches.

— Comme ça ?

— Oui, juste comme ça.

Il ne pouvait s'empêcher de regarder ses seins et la manière dont ils se balançaient lorsqu'elle bougeait. Ronds, avec des mamelons rose foncé, ils le captivaient complètement.

— Kit.

Au son de sa voix, il sut qu'elle fronçait les sourcils ; il remonta son regard sur son visage.

— Mmm ?

— C'est vraiment plus facile si je m'assieds, ou est-ce simplement que tu préfères cette vue ?

Elle haussa les sourcils, puis posa ses propres mains sur le dessous de ses seins.

Doux Jésus, la voir se toucher elle-même allait causer sa perte !

— C'est, euh… les deux, répondit-il d'une voix tendue, comme s'il s'accrochait au mât au milieu d'un orage. Pourrais-tu… continuer à faire ça ?

— Quoi ? demanda-t-elle en caressant sa chair, faisant remuer ses seins. Ça ?

Tout son sang se précipita vers son membre.

— Oui. Ça. Et peut-être toucher tes mamelons. Si cela ne te dérange pas trop.

Elle rougit et hésita avant de pincer chaque mamelon entre son pouce et son index.

— Comme ça ?

— Mon Dieu, oui ! Et tire-le, juste un peu.

Elle le fit, tirant sur sa chair et la retenant.

Il s'efforça, en vain, de prendre une grande respiration.

— Est-ce que c'est bon ? lui demanda-t-il, reconnaissant à peine le son de sa propre voix torturée.

— Oui, mais pas aussi bon que quand tu le fais, répondit-elle, la voix réduite elle aussi à un râle rauque. Mais la manière dont tu me regardes…

Il saisit sa nuque et l'attira dans un baiser torride, bouche ouverte. Il lécha et suça sa bouche, la dévorant pour tenter d'assouvir son désir furieux. Elle l'embrassa en retour avec autant d'abandon et de ferveur jusqu'à ce qu'il craigne d'éclater.

Il se retira avec un halètement brusque.

— Verity, je vais répandre ma semence si on ne se lance pas.

— Montre-moi, répéta-t-elle.

Posant à nouveau les mains sur la taille de la jeune femme, il la guida en arrière.

— Soulève-toi au-dessus de moi, lui intima-t-il, et lorsqu'elle le fit, il saisit la base de son membre et pressa l'extrémité contre son fourreau humide. Maintenant, abaisse-toi.

Elle posa ses mains sur son torse, et il la regarda descendre sur sa chair, s'empalant avec une lenteur délicieuse. Son intimité se resserra autour de lui, l'enveloppant dans un velours sombre et spectaculaire. Lorsqu'elle fut plaquée contre lui, il gémit et replaça sa main sur sa taille.

Sans directives, elle se mit à bouger, de haut en bas, lentement au début. Ses seins le narguaient, et il ne put résister à l'envie de les toucher. Il la massa, se servant de ses doigts pour faire de ses mamelons des pics raides et tendus. Avide de la goûter, il passa une main sous son bras, dans son dos, et la poussa vers l'avant.

Elle s'abaissa, changeant l'angle de leur union. Dès qu'elle fut assez proche, il se souleva de l'oreiller et aspira son mamelon dans sa bouche. Il l'embrassait et la suçait, et elle se mit à bouger plus rapidement sur lui.

Des cris de plaisir et de désir s'échappaient de la bouche de la jeune femme alors qu'il la léchait. Elle agitait son corps sur le sien, le prenant profondément, puis le libérant presque de sa chair, pour recommencer encore et encore. Sa vitesse augmentait à mesure que ses muscles se contractaient, et il sentit qu'elle se préparait à sa libération.

Puis le monde s'arrêta un bref instant. Elle s'assit légèrement en arrière, arrachant son sein à sa bouche. Sa main enveloppa ses testicules, et il se mit à trembler de besoin. L'orgasme de Kit avait commencé à grandir, mais à présent il se précipitait sur lui. Il saisit ses hanches et la pénétra avec un désir insensé. Elle cria, ses gémissements emplissant la chambre alors qu'elle le rejoignait, répondant à chacun de ses coups de reins. Elle descendit autour de lui, et il se déversa dans un dernier cri d'extase.

Elle tomba en avant, s'effondrant sur son torse, respirant rapidement et difficilement comme lui. Il lui caressa le dos et lissa ses cheveux tandis qu'il luttait pour retrouver sa pleine conscience.

Après quelques minutes, elle se glissa à côté de lui, et il la serra fort contre lui. Elle posa la tête sur son épaule ; Kit n'avait jamais ressenti un tel bonheur. Mais il savait que cela ne pouvait pas durer. Pas avant qu'ils aient surmonté les obstacles qui se dressaient devant eux.

À regret, il perça leur voile de félicité.

— Il faut que je te parle de ce que j'ai découvert chez Cuddy.

Il avait examiné le registre après qu'elle l'avait quitté l'autre soir.

Elle posa la main sur son torse et souleva la tête pour le regarder.

— Qu'y a-t-il ?

— Cuddy tenait un registre détaillant ses détournements de fonds, des reçus de ce qu'il avait volé, et les paiements à de multiples destinataires.

Ses yeux s'écarquillèrent, reflétant un mélange d'inquiétude et d'intérêt.

— À qui ?

— Je ne sais pas. Il y a des montants à côté de lettres ou de chiffres, ou, dans un cas, un symbole.

Elle plissa le front.

— Quel genre de symbole ?

— Une croix couchée.

— Il n'a pas pu donner d'argent à une église, dit-elle en ricanant, reposant la tête sur l'épaule de Kit. Je ne suis pas sûre qu'il y soit déjà allé.

— J'en doutais aussi, mais que sais-je de Cuddy ? J'aurais aimé être capable de le faire parler. J'ai trouvé autre chose… une lettre de ton père. Il y disait qu'il s'occuperait des questions relatives à son licenciement, et demandait à Cuddy de rester à Blackburn.

Verity grogna, et Kit réprima un rire en entendant un son aussi peu élégant sortir de ses lèvres.

— Parmi toutes les choses prétentieuses que mon père aurait pu dire… Évidemment, il a dit à Cuddy qu'il s'en chargerait. Je crois vraiment que mon père pense que cet homme en référait à lui.

Et à cause de cela, Kit se demandait si son père n'était pas impliqué d'une manière ou d'une autre dans le détournement de fonds. C'était une autre raison pour laquelle il voulait se rendre à Londres, pour interroger son père.

— Étant donné les relations et l'implication de ton père auprès de Cuddy, serait-il exagéré de penser qu'il pourrait être au courant du détournement de fonds ?

Verity se raidit, mais seulement un instant.

— Ce serait… affligeant. Pourrais-je voir le registre et la lettre de mon père ?

— Bien sûr. J'aimerais avoir ton avis.

Il embrassa le sommet de sa tête et lui caressa le bras. Il

n'était pas encore prêt à quitter leur cocon. Il aimait apprendre à la connaître sans secrets ni mensonges entre eux.

— Comment en es-tu arrivée à épouser Rufus ?

Elle prit une inspiration et hésita, mais juste un instant.

— Nous avons été conviés à une partie de campagne ici, je venais d'avoir dix-neuf ans. Mon père sollicitait toujours des invitations pour nous, dans l'espoir que j'attire l'attention d'un noble important.

— Et tu as attiré celle de Rufus.

Kit n'avait aucun mal à le croire. Il l'aurait choisie parmi toutes les autres femmes du monde.

Elle hocha la tête.

— Apparemment. C'était une partie de campagne horrible ; c'est là que le fils d'Augustus est tombé dans l'étang où il s'est noyé. Rufus a essayé de le sauver, mais il est arrivé trop tard, expliqua-t-elle, puis elle fronça les sourcils un instant, l'air pensif. En fait, c'est la seule fois où je me souviens avoir vu Rufus témoigner de la compassion ou de l'attention à qui que ce soit. Augustus était dévasté, et il a fourni de grands efforts pour le réconforter. Je me souviens que cela m'avait impressionnée, et c'est pour cette raison que j'ai accepté sa demande en mariage. Il a demandé que nous attendions six mois pour qu'ils puissent respecter une période de deuil. Bien sûr, j'étais plus qu'heureuse, ou du moins soulagée, de reporter. Je ne le connaissais même pas, mais j'avais hâte de le faire, après ce que j'avais vu. Mon père était ravi. C'était un joli coup, moi épousant l'héritier d'un duché. Avec le recul, je me suis demandé si mon père n'avait pas usé d'une méthode d'extorsion pour y parvenir.

Qu'elle mentionne le mot « extorsion » glaça l'échine de Kit. Les soupçons qu'il nourrissait à l'égard de son père semblaient soudain plus crédibles.

— Pourquoi as-tu pensé cela ?

— Il était incroyablement important pour mon père que je fasse un bon mariage. Il avait tellement envie d'un titre qu'il a tout fait pour me rendre attirante aux yeux des soupirants : il a embauché des tuteurs, m'a fait confectionner des tenues, et j'ai suivi des cours de danse. Mais je n'étais encore que la petite-fille d'un baronnet sans fortune ni influence particulière. Sans avantage à offrir, comment aurait-il pu persuader le prochain prétendant à un duché de m'épouser ?

— La persuasion ne serait pas nécessaire si c'était moi le marié. Un seul regard sur toi, et je serais perdu. Un jour avec toi, et je serais asservi. Une vie avec toi ne serait pas suffisante.

Il la sentit frissonner.

Elle tourna la tête vers la sienne, les yeux brillants de désir.

— *Kit.*

En dépit de leurs activités précédentes, son membre durcit.

— Est-ce qu'il ne serait pas possible que Rufus t'ait vue et soit tombé amoureux ?

— C'est possible, je suppose, et c'est certainement ce que je croyais à l'époque. Il n'a révélé sa vraie nature qu'après notre mariage. Lors de la partie de campagne, il semblait un peu distant, mais cela a changé après la mort de Godwin. Nous ne sommes pas restés longtemps, mais d'après ce que j'ai pu voir, il était très affecté.

— Tu as dit qu'il était distant. Il ne t'a pas fait la cour pendant la fête ?

— Pas particulièrement. Nous avons dansé quelques fois, et j'étais assise à côté de lui au dîner un soir. Mais il a semblé graviter vers moi après la tragédie, dit-elle avant de plisser le front. Je ne m'en étais pas rendu compte jusque-là.

— Peut-être cherchait-il à se consoler, et tu t'es montrée

bienveillante avec lui. Du moins, c'est comme ça que je t'imagine.

— Tu es gentil, lui dit-elle, puis elle se pencha et l'embrassa. Je me souviens que mon père m'encourageait à le réconforter.

Il y avait quelque chose d'étrange dans tout cela aux yeux de Kit.

— Avec la mort de Godwin, Rufus est devenu l'héritier présomptif.

— Oui.

— Et tu dis que Godwin s'est noyé. Quelqu'un en a été témoin ?

Son front se plissa tandis que ses traits redevenaient songeurs.

— Non. Les gentlemen étaient partis à cheval, et Rufus était resté avec lui parce qu'il avait besoin de faire une pause. Il a laissé un peu d'intimité au garçon, mais il n'est pas revenu, et Rufus a découvert qu'il était tombé dans l'étang.

Kit se souvint de sa nervosité le jour où ils avaient pique-niqué là-bas.

— Tu pensais à cela le jour où nous sommes allés à l'étang avec Beau.

— Oui, mais je ne voulais rien dire, pas devant lui.

C'était une chose qu'il pouvait comprendre.

— Donc, la seule personne qui peut dire avec certitude ce qui est arrivé à Godwin, c'est Rufus, à qui la mort du garçon bénéficiait directement ? Comme c'est pratique.

Verity écarquilla les yeux en s'asseyant.

— Tu penses que Rufus l'a tué ?

Kit haussa une épaule.

— Je pense qu'il est impossible de le savoir. Où était ton père durant tout ce temps ? Participait-il à la sortie à cheval ?

— Oui, et je me souviens maintenant que quelqu'un a demandé où il était, parce qu'il était à l'arrière. Augustus voulait savoir si quelqu'un avait vu ou entendu quelque chose. Mon père a dit qu'il n'avait rien vu, dit-elle en cillant. Tu ne crois pas qu'il était impliqué d'une manière ou d'une autre ?

— Je ne sais pas quoi penser, mais tout cela me semble très suspect, tout comme le déclin soudain d'Augustus après sa mort. Il a écrit une lettre à mon père avant de mourir ; le nouveau pasteur me l'a donné avec d'autres affaires lors de ma visite à mon retour.

— C'est bien qu'il ait gardé des affaires de ton père.

Kit hocha la tête, mais son esprit restait concentré sur la lettre.

— Il parlait de sa tristesse d'avoir perdu son fils, et son regret de n'avoir pas fait plus pour moi. Il a dit aussi qu'il ne serait bientôt plus de ce monde et qu'il n'était pas prêt à partir, qu'il n'aimait pas son héritier et qu'il aurait préféré que ce soit moi à sa place.

Le regard de Verity s'adoucit.

— Avec un tel aval, il n'est pas étonnant que tu veuilles rester.

— Cela ne ressemble pas à une lettre écrite par un homme qui meurt de chagrin, il voulait vivre.

Une fois de plus, Kit se demanda s'il s'était passé un acte infâme, mais il doutait de le savoir un jour.

— Kit, je pense que nous devrions aller à Londres pour que tu puisses faire une apparition à la Chambre des lords et être reconnu en tant que duc.

Il se redressa et essaya de se concentrer sur elle plutôt que sur la courbe de ses seins.

— Vraiment ?

— Nous le devons si nous voulons préserver notre famille.

Il en eut le souffle coupé.

— C'est ce que tu veux ?

— Plus que tout, affirma-t-elle.

Il tendit la main vers elle, mais elle leva la sienne pour l'en empêcher.

— Je ne veux pas te perdre, et c'est un risque que je cours tant que tu ne seras pas déclaré duc. Une fois que tu auras le titre, personne ne pourra te le retirer.

— Tu es terriblement confiante.

Il aurait aimé l'être aussi.

Le regard de la jeune femme s'adoucit, mais elle conservait le courage qu'il avait appris à admirer.

— Je n'ai rien d'autre. Je suis déterminée à ce que nous soyons une famille.

Sa déclaration audacieuse et sa ferveur étaient les choses les plus douces qu'il ait jamais entendues.

— Je t'aime.

Il agrippa l'arrière de sa tête et l'attira contre lui pour un baiser profond et prolongé.

Elle s'éloigna d'un coup sec, le faisant sursauter.

— Quelle heure est-il ? demanda-t-elle, cherchant frénétiquement l'horloge sur le manteau de la cheminée, avant de sauter hors du lit. Je suis surprise que Beau ne soit pas encore venu. Tu devrais te nettoyer et enfiler quelque chose.

Elle quitta brièvement la chambre avant de revenir avec une chemise de nuit pendant que lui passait sa chemise par-dessus sa tête.

Il s'en fallut de peu, car Beau entra dans la chambre au moment où Kit enfilait son pantalon. Le garçon le fixa, clignant des yeux comme s'il venait de se réveiller, et Kit supposa que c'était le cas. Puis il regarda Verity, qui se tenait à côté du lit, semblant aussi coupable que lui. Ou peut-être que c'était son imagination.

— Papa ? Qu'est-ce que tu fais ici ? lui demanda Beau en reportant à nouveau son attention sur lui, examinant sa tenue. Est-ce que tu as dormi ici ?

Kit cligna des yeux, ne sachant pas quoi dire. Il tourna les yeux vers Verity qui le regardait aussi.

Elle le sauva en répondant à sa place.

— Oui, papa a dormi ici.

Beau s'approcha de lui.

— Est-ce que tu avais peur, papa ? Cela m'arrive parfois.

— Non. J'étais…

Il ne savait pas vraiment quoi dire, mais cette fois, il décida de ne pas mentir. Ce qui était ironique, car c'était une situation dans laquelle il aurait été plus qu'acceptable de le faire.

— Je voulais embrasser ta mère.

L'air totalement désintéressé de Beau faillit faire rire Kit.

— Parce que tu n'aimes pas le faire devant les gens.

Un rire échappa à Kit, ce fut plus fort que lui.

— Apparemment.

En vérité, il avait l'intention d'embrasser Verity dès qu'elle le lui permettrait.

— J'ai faim. Peut-on prendre le petit-déjeuner maintenant ? s'enquit Beau.

— Oui, répondit Verity. Habillons-nous.

Elle regarda Kit, qui rassemblait le reste de ses vêtements. Ses chaussures étaient près du lit, juste à côté de Verity, en réalité. Il contourna le lit pour les glisser à ses pieds, et elle se tourna vers lui, plongeant son regard dans celui de Kit. Ses lèvres s'entrouvrirent et son corps s'agita à nouveau.

Sans réfléchir, il pencha la tête et l'embrassa. Ce fut bref, mais séduisant, une promesse de ce qui restait à venir.

À condition qu'il n'arrive rien avant qu'il devienne le duc.

∼

*A*près avoir passé la journée à préparer son départ pour Londres, Verity souhaita bonne nuit à Beau alors que Kit commençait à lui faire la lecture. Elle les observa un moment, le cœur gonflé, avant de se retourner pour rejoindre sa chambre. Cela avait demandé énormément de travail, mais ils devaient partir au matin dans deux calèches ; la première les transporterait, elle, Beau et Kit ; le tuteur ainsi que la femme de chambre voyageraient dans la seconde. Elle avait envoyé une lettre à Simon et Diana pour les informer de leur arrivée. Ils seraient ravis de les accueillir dans leur maison de ville à Mayfair.

À cause de l'activité excessive de la journée, elle n'avait pas vu Kit et ne lui avait pas parlé depuis le matin. Ils avaient tant de choses à discuter, à apprendre l'un sur l'autre… Elle était impatiente que leur vie ensemble commence vraiment. Elle appréhendait aussi, surtout à cause de la mort de Cuddy, car elle se demandait s'il en serait tenu responsable ou non. Ce ne serait sans doute pas le cas, car il n'avait fait que se défendre. Peut-être auraient-ils dû rendre visite au constable.

Oui, ils auraient dû, mais elle craignait de le faire avant qu'il ne soit reconnu comme le duc à la Chambre des lords.

Elle se mit au lit pour attendre Kit. Il n'avait pas emménagé dans sa chambre, mais ils prévoyaient de le faire à leur retour. Cependant, ils avaient prévu qu'il la rejoigne ce soir. Elle ne voulait pas passer une autre nuit sans lui.

Apparemment, la journée de travail avait été épuisante, car elle s'endormit et ne se réveilla pas avant que le soleil ne filtre sous les rideaux. Clignant des yeux, elle sentit une présence chaude contre son dos et sourit. Elle se retourna pour faire face à Kit et fut surprise de voir qu'il avait les yeux ouverts, ses pupilles sombres fixées sur elle.

— Bonjour, dit-il doucement, sa voix grave glissant sur elle comme l'eau chaude du bain.

Elle laissa le bout de ses doigts effleurer le côté de son visage et descendre le long de sa mâchoire.

— Pourquoi ne m'as-tu pas réveillée la nuit dernière ?

— Tu dormais profondément, et, honnêtement, tu étais beaucoup trop belle pour être dérangée.

Elle lui caressa l'épaule.

— J'aurais aimé que tu le fasses.

Il passa la main sous les couvertures pour caresser sa hanche.

— Je peux te déranger maintenant, si tu veux.

Ses lèvres se soulevèrent en un sourire séducteur.

— Oh, que oui !

Sans la quitter du regard, il la poussa sur le dos et s'approcha d'elle, sa bouche s'emparant de la sienne dans un baiser doux, mais brûlant. La laissant à bout de souffle, il descendit le long de son corps, puis remonta sa chemise de nuit. Il disparut sous les couvertures et embrassa sa hanche. Elle haleta, fermant les yeux en rejetant la tête en arrière sur l'oreiller.

Il promena ses lèvres sur sa chair tout en amenant sa main sur les boucles entre ses jambes. Instinctivement, elle les écarta, sachant ce qu'il voulait faire… il lui avait dit qu'il en avait envie.

Son souffle chatouilla ses replis intimes juste avant que le bout de ses doigts ne la caresse. Elle frémit alors que le désir s'intensifiait au creux de son ventre, puis plus bas dans son bassin.

Avec un doux gémissement, elle posa la main sur la tête de Kit pour se stabiliser. Un sentiment de fébrilité l'envahit alors que les sensations se déchaînaient dans son corps. Puis il l'embrassa à cet endroit, ses lèvres la taquinant et la suçotant doucement. Le plaisir explosa, et elle repoussa les couvertures, découvrant sa tête entre ses cuisses. Elle plongea les mains dans les cheveux de Kit. Son contact était délicat et doux, sa bouche et ses doigts taquinant sa chair.

Ensuite, il cessa de jouer.

Il agrippa sa hanche et lécha ses replis, et l'ajout de sa langue changea tout. Ce qui avait été délicieusement merveilleux était à présent sombrement érotique, et le désir qu'elle ressentait devenait une soif intense et désespérée de tout ce que cet homme pouvait lui offrir.

Elle s'accrocha à sa tête lorsqu'il enfonça sa langue en elle. Son pouce appuyait et caressait sa chair tandis que le bout de ses doigts s'agrippait délicieusement dans ses fesses.

Implacable dans sa quête du plaisir de la jeune femme, il remplaça sa langue par ses doigts, qu'il enfonça en elle tout en suçant ce bourgeon au sommet de son sexe. Elle cria lorsqu'une vague d'extase s'abattit sur elle, mais elle n'était pas prête à se libérer. Pas encore tout à fait. Pas alors que tout ce qu'il lui faisait était si bon.

Alternant sa bouche et ses doigts, il tourmentait sa chair, la tenant fermement lorsque ses hanches se mirent à remuer. Elle se sentait parfaitement impudique à se cambrer contre sa bouche, avide.

Il lui caressa les fesses, la pressant de bouger et s'efforçant vigoureusement de la faire jouir. Le plaisir grimpa en flèche, remontant dans sa poitrine alors que tous ses muscles commençaient à se contracter. Le peu de contrôle qu'elle gardait dérapa et éclata, explosant en un torrent tandis qu'elle jouissait autour de ses doigts, sa langue se délectant de sa chair brûlante.

Il se redressa et se rapprocha d'elle. Elle glissa les mains autour du cou de Kit, passant les doigts sur sa peau chaude. Il baissa la tête et l'embrassa, la bouche ouverte et humide, sa langue cherchant celle de Verity. Elle se goûta, et se délecta de cette nouvelle intimité.

Il se retira et elle ouvrit les yeux. Il la regardait avec cette même intensité qu'il avait déjà montrée avant.

— Tu es ma femme. Dans tous les sens du terme, Verity. Je me battrais pour toi à n'importe quel prix.

Cette déclaration lui coupa le souffle, et l'émotion lui obstrua la gorge. Déglutissant, elle lui caressa la nuque et attira sa tête vers la sienne.

— Tu n'as pas à te battre, je suis à toi.

CHAPITRE 15

Kit réclama sa bouche une fois encore, déversant son cœur et son âme dans leur baiser. À présent qu'il n'y avait plus de secrets entre eux, il se sentait plus libre qu'il ne l'avait été depuis fort longtemps. Peut-être même de toute sa vie.

Parce que c'était ce que pouvait faire l'amour, il s'en rendait compte. Il pouvait vous faire souffrir et vous rendre furieux à un moment, puis vous faire exploser de joie le lendemain. C'était un tourbillon, et il voulait le vivre chaque foutu jour de sa vie avec elle.

Elle enroula la main autour de son sexe raide, et il gémit dans sa bouche. Ses hanches avancèrent de leur propre chef, cherchant désespérément à trouver sa chaleur. Elle le savait, et le guida vers son fourreau. Il se glissa en elle, sa hampe lubrifiée par son sexe humide.

Il voulait aller lentement, savourer leur union, mais il en était incapable. Il était trop submergé par l'émotion et le désir. Il saisit la partie inférieure de sa mâchoire, passant ses doigts derrière son oreille alors qu'il éloignait sa bouche de la sienne.

— Je ne peux pas, râla-t-il. Je ne peux pas aller lentement.

Elle ouvrit les yeux et il vit son propre désir se refléter dans leur profondeur.

— Ne le fais pas.

Il la saisit fermement, mais avec délicatesse tandis qu'il la pénétrait. Elle enroula ses jambes autour de lui, et enfonça ses ongles dans son dos, sans jamais rompre le contact visuel. Elle plissa les yeux, mais le contemplait, lèvres entrouvertes.

Il ne pouvait pas détourner le regard. Ce moment entre eux était trop puissant.

— Mon Dieu, c'est tellement…

Il ne parvenait pas à trouver le mot adéquat pour décrire tout ce qu'il vivait.

Elle agrippa ses fesses, cambrant les hanches pour répondre à ses coups de reins.

— Plus fort. S'il te plaît. Plus vite. C'est tellement…

Elle s'interrompit avec un faible gémissement, et ses paupières papillonnèrent.

Kit se laissa aller, se plongeant en elle vite et fort. Il sentit les muscles de Verity se contracter autour de lui, et il sut que son orgasme était tout proche. Il fit glisser son pouce sur ses lèvres et le poussa dans sa bouche, le passant sur ses dents inférieures.

Elle mordilla sa chair, puis le suça tout en se poussant sur son sexe. Elle cria, et il retira sa main pour lui tenir la nuque alors qu'il jouissait avec une force étonnante, lui donnant un ultime coup de reins ; elle se souleva contre lui, leurs corps se mouvant dans une harmonie glorieuse alors qu'ils atteignaient ensemble le sommet du plaisir. Il n'avait pas souvenir d'un moment plus satisfaisant, ou plus émouvant, de toute sa vie.

Ils finirent par ralentir et s'arrêter, respirant par à-coups avant de revenir à la normale. Il s'écroula sur elle, mais lorsqu'il voulut glisser sur le côté, elle le serra contre elle.

— Ne bouge pas. Je t'en prie.

Il déposa un baiser sur son front.

— Bouge. Ne bouge pas. Je te trouve un peu autoritaire.

Elle lui adressa un sourire coquin.

— Et ne t'avise pas de l'oublier.

Il rit contre sa tempe. Elle avait les cheveux détachés, elle savait qu'il aimait ça. Les avait-elle laissés ainsi exprès ? Il l'espérait.

Du bout des doigts, elle traçait des cercles dans le bas de son dos.

— Maintenant, tu peux bouger. Mais pas trop loin.

Avec un petit rire, il se glissa à côté d'elle. Il attrapa deux oreillers qu'il glissa sous sa tête, se redressant en position semi-assise. Elle se blottit contre lui, posa la tête sur son torse, dessinant à nouveau des cercles sur sa chair.

Il effleura son front de ses lèvres.

— Quand as-tu su que je n'étais pas Rufus ?

— Presque immédiatement, je crois. Je n'en étais pas *certaine*, mais tu étais simplement trop différent. C'était un… *barbare*, et je soupçonne que tu ne possèdes pas la moindre once de cruauté.

Il se raidit en l'entendant prononcer le mot « barbare ».

— Comment ?

Il se rendit compte qu'elle pouvait interpréter cette question de plusieurs façons, mais elle répondit comme il l'espérait, avec ce qu'il avait *besoin* de savoir.

— Cela a commencé lentement, il me rabaissait en actes et en paroles. L'intimidation physique a commencé lors de notre nuit de noces. C'était une brute dans la chambre à coucher, mais il buvait souvent à tel point qu'il n'était plus… performant. Au final, cela aussi est devenu de ma faute.

Verity avait la main posée sur le torse de Kit, et il sentait son pouls dans son poignet. Régulier et fort, comme elle avait dû l'être en vivant avec ce monstre.

— Il t'a fait du mal ?

— Physiquement ? demanda-t-elle en hochant légèrement la tête. Parfois. Mais il préférait me torturer autrement, en me faisant rester debout dans un coin toute la nuit pour le regarder dormir. Je réfléchissais à toutes les manières dont il aurait pu mourir.

Elle serra le poing contre la poitrine de Kit, et il posa la main sur celle de la jeune femme, la serrant.

— Il ne pourra plus jamais te faire de mal.

Elle se détendit, étalant à nouveau la main.

— Ensuite, il est parti à Londres, et, peu après, j'ai découvert que j'attendais Beau. J'étais terrifiée pour l'enfant et j'ai envisagé de m'enfuir.

Le cœur de Kit se serra. Il brûlait de trouver Rufus Beaumont et de le tuer s'il n'était pas déjà mort. Il espérait pour lui que c'était le cas, car il ne lui offrirait pas une fin rapide ni agréable.

— Mais ensuite, il a disparu, dit-elle en soufflant. C'était comme un sursis. Pendant des mois, voire même des années, j'ai eu peur qu'il revienne. Mais finalement, Beau et moi nous sommes installés dans une routine confortable.

Elle avait dû être horrifiée lorsqu'il était arrivé.

— Je suis sincèrement navré pour l'angoisse que je t'ai causée quand je suis arrivé, lui dit-il, lui caressant le dos et l'épaule. Si j'avais su la vérité, je n'aurais pas essayé d'être lui.

— Maintenant, tu comprends pourquoi il était difficile de croire que tu étais Rufus. Tu étais totalement différent, dans tous les sens du terme. Tout le monde l'a remarqué.

— Est-ce que quelqu'un d'autre à la tour Beaumont sait ? Vraiment, je veux dire ?

Elle leva les yeux vers lui.

— Pas que je sache. Je n'ai dit à personne que tu es Kit. Quelqu'un t'a-t-il dit quelque chose ?

— Non, mais je me demande de qui Cuddy parlait quand il disait que quelqu'un d'autre connaissait mon secret.

Elle se redressa pour s'asseoir, le visage plissé par l'inquiétude.

— C'est un problème. Tout comme le constable. Qu'allons-nous lui dire ?

Kit souffla. Il s'était vraiment raté.

— J'aurais dû dire la vérité.

Le constable aurait sans doute cru la version du duc au sujet de ce qui s'était passé. Kit devait garder en tête qu'il était le duc, et commencer à agir en tant que tel.

— C'était incroyablement égoïste.

Elle posa les mains sur son visage d'un geste doux.

— C'est difficile de ne pas se montrer égoïste lorsqu'on veut tous les deux garder ce bonheur qu'on a trouvé.

Mon Dieu ! Elle comprenait.

— Je ne veux pas perdre ça non plus.

Il tourna la tête pour embrasser sa paume.

— Cela n'arrivera pas. Si le constable vient, je trouverai une solution.

Il ne voulait pas qu'elle s'inquiète pour cela.

Elle lui offrit un sourire rassurant, mais qui n'atteignait pas ses yeux.

— De toute façon, nous serons en route pour Londres dans quelques heures. Je doute que nous ayons à lui parler.

Bien sûr, elle avait tort.

~

En dépit d'une préparation intense la veille, la matinée était déjà bien avancée lorsque les deux calèches furent prêtes à partir pour Londres. Beau avait été très excité lorsqu'ils avaient chargé des activités à faire en cours de route dans le véhicule. Verity essaya de ne pas penser au moment où il se lasserait de l'étroitesse de la calèche. Juste au moment où elle l'aidait à monter, son cœur bondit dans sa gorge quand un visiteur inattendu entra dans la cour.

Le constable.

Il arrêta son cheval près des véhicules et descendit de sa monture. Un palefrenier se précipita pour prendre ses rênes, et il le remercia d'un signe de tête.

Verity se rapprocha de Kit qui se tenait près d'elle.

— C'est le constable. M. Jeffers.

Kit lui toucha le bras.

— Ne t'inquiète pas. Et surtout, ne le laisse pas voir que tu t'inquiètes. Est-ce que je le connais ? lui demanda-t-il d'une voix à peine plus forte qu'un murmure.

— Oui, mais pas bien. Agis comme si c'était le cas.

— Dois-je agir… normalement ?

Ils avaient discuté plus tôt de la question de savoir s'il devait se comporter différemment à Londres. Même si la visite de Rufus n'avait été que de courte durée, il avait pu laisser une impression, compte tenu de son comportement généralement distant et méprisant. Ils avaient décidé qu'il devait être qui il était vraiment, ce qui n'était pas Rufus. Dans cette perspective, il risquait de devoir s'excuser pendant un certain temps.

— Agis comme tu l'as fait. Comme nous en avons discuté plus tôt.

— D'accord, approuva-t-il en prenant une profonde inspiration, souriant en voyant le constable approcher. Bonjour, monsieur Jeffers. Je dirais bien que je suis ravi de vous voir, mais je crois que si vous êtes ici, c'est à cause d'une affaire pénible.

Jeffers, un homme d'une cinquantaine d'années au visage vérolé et au sourire avenant, s'inclina.

— Bonjour, Votre Grâce, le salua-t-il, faisant de même pour Verity. Votre Grâce.

— Nous avons été désolés d'apprendre la mort de Cuddy, dit Verity.

— Oui, oui, c'est un tel choc pour Blackburn, dit Jeffers. Je sais que M. Strader était employé ici jusque récemment. Avez-vous une idée de qui aurait pu lui vouloir du mal ?

Son regard passa de Verity à Kit, mais s'arrêta sur ce dernier.

— Aucune, j'en ai bien peur, mais cela ne fait qu'environ un mois que je suis rentré.

— La rumeur dit que vous avez été enrôlé, mais je ne vois pas comment c'est possible, dit le constable avec un rire, mais on sentait une note de malaise.

— Dans le cas précis, la rumeur est exacte, répondit Kit d'un ton égal. J'ai passé les six dernières années et demie en mer, et je suis heureux d'avoir enfin les pieds sur la terre ferme.

Verity savait que c'était faux. En fait, elle se disait que son bateau et la navigation lui manquaient plus qu'il ne le pensait. Ce n'était pas le fait d'être capitaine, du moins elle ne le croyait pas. Elle se disait qu'être duc et administrer un domaine répondait à son désir de diriger. Et il était très doué pour cela. La fierté enfla dans sa poitrine alors qu'elle coulait un regard vers lui.

— Cela ne m'étonne pas, répondit Jeffers. Et je suis sûr que tout le monde ici est… ravi de vous revoir.

Sa légère hésitation avant de dire « ravi » n'échappa pas à Verity.

— En fait, nous sommes plus que ravis, dit-elle en passant le bras sous celui de Kit. Sa Grâce est revenue métamorphosée.

Jeffers semblait à présent légèrement mal à l'aise, mais il sourit tout de même.

— C'est merveilleux. Si une idée vous vient au sujet de M. Strader, j'espère que vous me le ferez savoir.

— En fait, je crois devoir vous informer que nous pensons qu'il a détourné des fonds du domaine, lui dit Kit, choquant Verity par sa franchise. C'est pourquoi je l'ai renvoyé. Un examen des comptes a révélé des anomalies.

Le constable plissa ses yeux gris et son front se creusa. Il hocha la tête à plusieurs reprises.

— Je vois. Je vois. Je dois dire que je ne suis pas entièrement surpris d'entendre cela. La réputation de M. Strader en ville n'était pas des plus reluisantes, surtout depuis qu'il a quitté votre emploi. J'ai appris qu'il retrouvait régulièrement quelques mécréants à *La Tête de mouton*.

Intéressé, Kit se pencha légèrement en avant.

— Puis-je demander qui ? J'aimerais beaucoup récupérer au moins une partie des fonds que Cuddy a volés. Peut-être que ces hommes pourraient se révéler utiles.

— J'en doute, ils semblaient être d'une classe inférieure. C'est ce qu'a dit Thompson, le tenancier du pub. Il a dit qu'ils retrouvaient Strader environ une fois par trimestre dans son établissement. Oh ! Et ils ne sont pas d'ici, alors je vous souhaite bonne chance pour les trouver.

— Thompson savait-il d'où ils venaient ?

— Il pense à Londres, au vu de leurs accents, dit Jeffers avant de laisser échapper un petit rire. Cependant, je ne crois pas que vous les trouverez là.

Kit répondit par un léger et bref sourire.

— Non, effectivement. Merci pour l'information, tout de même. Croyez-vous possible que ces hommes aient quelque chose à voir avec la mort de Cuddy ?

Jeffers se caressa le menton.

— Je suppose que c'est possible, mais Thompson a dit qu'ils étaient en ville il y a une semaine environ. Il doutait qu'ils reviennent de sitôt : il s'est montré catégorique, ils ne venaient qu'une fois par trimestre environ.

Beau passa la tête par la fenêtre du carrosse.

— Est-ce que nous allons partir ?

Il jeta un coup d'œil au constable, mais ne sembla pas se soucier de la présence du visiteur.

Jeffers rit à nouveau.

— On dirait que quelqu'un est prêt à partir.

Verity plissa les yeux vers Beau avant de sourire.

— Oui, nous nous rendons à Londres. Il n'y est jamais allé.

Le garçon sourit.

— Je vais aller au musée, et manger des glaces, et visiter la tour de Londres !

Le gendarme tourna les yeux vers le véhicule.

— Voilà ce qui semble être un merveilleux voyage. Passez un bon moment, dit-il avant de reporter son attention sur Verity et Kit. Je vais y aller. Merci de m'avoir parlé. Bon voyage à vous.

— Merci, Jeffers.

Kit tendit la main pour serrer celle du constable, ce qui lui valut un regard surpris de la part de l'autre homme.

Jeffers lui prit la main avec un hochement de tête.

— Merci, Votre Grâce.

Il s'inclina une fois encore avant de se retourner pour rejoindre son cheval.

Verity attendit qu'il soit sur le point de passer la porte avant de retirer son bras de celui de Kit et de se tourner vers lui.

— Pourquoi lui as-tu parlé du détournement de fonds ? demanda-t-elle doucement.

— Parce qu'il pourrait aisément le découvrir grâce à Thomas, dit-il en posant les yeux sur elle. Je lui aurais bien avoué que j'ai tué Cuddy, mais je sais à quel point tu veux aller à Londres.

Elle se laissa aller contre lui.

— Pour que tu sois le duc et que notre famille soit en sécurité.

Il baissa la tête pour l'embrasser.

— Maintenant, vous vous embrassez *trop* ! pleurnicha Beau. Est-ce qu'on pourrait partir ?

Verity sentit Kit sourire contre sa bouche, et ils éclatèrent de rire.

— Oui, nous pouvons y aller.

Elle leva les yeux vers Kit avec une surcharge d'émotions, dont certaines qu'elle n'était pas sûre de vouloir définir. Alors, elle s'abstint de le faire.

— Partons pour Londres, où tout le monde accueillera le retour du duc de Blackburn.

— Partons pour Londres, acquiesça Kit doucement, avant de l'aider à monter dans le véhicule.

Elle avait hâte d'y être.

CHAPITRE 16

Ce fut une semaine qui leur parut un mois, et Kit n'avait pas hâte de faire le trajet de retour, du moins pas tout de suite. Voyager sur une si longue distance avec un garçon de six ans énergique s'était avéré éprouvant, mais aussi charmant. Chaque nuit, Beau se blottissait entre Kit et Verity et s'endormait aussitôt ; et même s'il n'était pas en mesure de partager une quelconque intimité avec sa femme, il ne parvenait pas à s'en irriter, car le sentiment de famille et de proximité qui en résultait constituait un autre type d'intimité, à la fois inattendu et incroyablement satisfaisant.

Et il ne pouvait pas dire qu'il n'y avait absolument pas eu d'intimité d'ordre sexuel entre eux. Ils étaient parvenus à passer un moment assez bref dans un coin sombre et isolé de l'écurie pendant que Beau était à l'intérieur de l'auberge avec sa nourrice. Kit sourit à ce souvenir et il avait hâte d'avoir Verity seule avec lui cette nuit-là. Avec un peu de chance, cela ne dérangerait pas Beau de dormir dans sa propre chambre chez tante Diana et oncle Simon.

Il était un peu plus de midi, le huitième jour de leur

voyage, lorsque la voiture s'arrêta sur Upper Brook Street. Kit essaya de ne pas rester bouche bée devant les grandes maisons de ville qui bordaient la route. Il savait que Simon était particulièrement riche, mais il y avait là un niveau d'élégance et de prestige que Kit n'avait jamais vu.

Bienvenue dans ton monde.

Beau tapait impatiemment du pied alors qu'ils attendaient que le palefrenier ouvre la portière. Ils avaient depuis longtemps abandonné l'idée de le convaincre d'attendre que sa mère sorte en premier. Au contraire, ils *voulaient* qu'il sorte du carrosse le plus vite possible.

Il bondit dès que les marches furent installées. Kit le suivit et aida Verity à descendre. Elle le regarda avec une chaleur qui semblait indiquer que son esprit avait sans doute pris la même direction que le sien. Il attira la main de la jeune femme près de son torse lorsqu'elle descendit.

— Bientôt, murmura-t-il.

Elle sourit, puis tourna la tête vers la maison de ville dont la porte était déjà ouverte. Simon et Diana étaient en train d'en sortir.

Ils échangèrent des étreintes et des salutations, et bientôt Beau s'en alla avec leur majordome pour explorer la maison. Randolph était un jeune homme. Il avait expliqué qu'il avait quatre frères moins âgés et qu'il était prêt à s'occuper de Lord Preston. En réalité, il semblait même en avoir envie.

Simon et Diana escortèrent Kit et Verity dans le salon où la gouvernante leur apporta des rafraîchissements.

— Cela vous dérangerait-il que nous fermions la porte ? leur demanda Verity.

Kit se crispa. Ils avaient discuté de la nécessité d'avoir cette conversation, mais elle le rendait nerveux malgré tout. Verity ne voulait pas mentir à sa cousine, sa meilleure amie, sa confidente à propos de qui était vraiment Kit. Et il ne pouvait tout simplement pas lui refuser quoi que ce soit. En un mot, il était entiché.

— Pas du tout, répondit Simon qui se leva pour fermer la porte.

Il reprit ensuite sa place, avec un regard de curiosité avide.

— Je dois dire que, maintenant, mon intérêt est piqué au vif.

Verity était assise sur le canapé à côté de sa cousine, tandis que Kit et Simon leur faisaient face de l'autre côté d'une table basse, installés sur des fauteuils. Elle se tourna vers Diana.

— Nous voulions vous dire quelque chose, une chose très importante, et très secrète. Nous n'avons aucunement envie de vous mettre dans une situation délicate, mais je ne pouvais pas te le cacher, dit-elle à sa cousine avant de jeter un regard à Simon. Et je sais que Diana aura besoin de le partager avec toi.

Simon échangea un regard chaleureux avec sa femme.

— Je pourrais toujours lui dire qu'elle n'y est pas obligée, mais cela ne ferait pas la moindre différence.

Cela fit rire Kit. Il était novice dans le domaine du mariage, mais il savait déjà qu'essayer de contrôler sa femme ne serait pas une bonne idée.

— Voilà pourquoi nous vous le disons à tous les deux, poursuivit Verity.

Elle prit une profonde inspiration et posa les mains à plat sur ses genoux. Puis elle regarda Kit, hésitante.

— Il n'y a pas de manière facile de le dire.

Le regard de Kit oscilla entre Simon et Diana.

— Je ne suis pas Rufus.

— Oh, Dieu merci !

Diana plaqua une main sur sa bouche avant d'éclater de

rire. Et sa joie se répandit comme une traînée de poudre. D'abord chez Verity, puis chez Simon et enfin chez Kit, qui ne savait pas vraiment pourquoi c'était amusant, mais, à cet instant, il ne pouvait imaginer quelque chose de plus drôle.

Enfin, leurs rires commencèrent à s'estomper, et Kit retrouva son souffle. Il regarda Diana, qu'il se mit à tutoyer. Ils venaient de franchir une étape dans leur relation.

— Tu es contente ?

— Oh oui ! Rufus était affreux. Et tu ne l'es absolument pas. Cela n'avait aucun sens. Et honnêtement, c'est beaucoup plus satisfaisant…

— Qui diable es-tu, alors ? demanda Simon avec une grimace. Euh… désolé. Je suppose que tu as l'intention de nous le dire. Ou pas, ajouta-t-il avec maladresse.

— Bien sûr que nous avons l'intention de vous le dire, confirma Verity. Kit est le cousin de Rufus, le fils illégitime d'Augustus Beaumont. Kit, c'est le diminutif de Christopher, qui était l'un des noms d'Augustus.

— C'est aussi l'un des prénoms de Beau, remarqua Diana, posant les yeux sur Kit. Comme c'est adorable !

— Oui, approuva Verity.

Elle avait évoqué ces noms lors de la première nuit de leur voyage, une fois que Beau s'était endormi. Elle lui avait avoué qu'elle aimait le fait que leur fils porte son nom… Son vrai nom. Qu'elle parle de Beau comme de *leur* fils avait empli Kit de joie.

— Voilà pourquoi tu lui ressembles tant ! constata Simon. Vous êtes assez étroitement liés.

Plus étroitement encore qu'il ne le pensait, bien sûr, mais ils avaient décidé de ne pas divulguer le fait qu'il était le demi-frère de Rufus. Ils ne voyaient pas l'intérêt de rendre public l'adultère de la mère de Kit.

— C'est là que commence et s'achève la ressemblance, ajouta Verity d'un ton ferme. Kit n'a rien à voir avec Rufus.

— Je ne peux qu'approuver, répondit Diana.

— Eh bien, je ne le connaissais pas, mais j'ai entendu certaines choses, et laisse-moi te dire qu'elles n'ont rien de glorieux, expliqua Simon en fronçant les sourcils. Prépare-toi à être accueilli de toutes les façons possibles maintenant que tu es là. La plupart sont impatients de te voir et d'entendre le récit de ta disparition. J'espère que tu as concocté quelque chose de bon.

— Quelque chose de plus que la conscription ? lui demanda Kit. C'est la raison que j'ai donnée, et la seule que je pense pouvoir vendre.

— Pendant le temps que nous avons passé ensemble, il m'a semblé que tu avais été sur un bateau, dit Simon.

— En fait, il était capitaine d'un navire corsaire, expliqua Verity avec une certaine fierté.

Simon se tourna brusquement vers Kit.

— Sans rire ! Je veux que tu me racontes ça !

Kit se mit à rire.

— Ce n'est sans doute pas aussi spectaculaire que cela en a l'air.

En réalité, certaines parties l'étaient : la mer, le commandement, la camaraderie à bord du navire, le frisson de la victoire. C'étaient les parties qui lui manquaient. La Tamise n'était pas loin. Il se languissait d'aller sur les quais pour admirer les bateaux.

— Je suis sûr que ce n'est pas aussi peu spectaculaire que tu veux bien le dire, répliqua Simon avec un sourire narquois à l'intention de sa femme. Mais nous en discuterons plus tard au club.

Diana leva les yeux au ciel.

— Pendant que vous faites cela, Verity pourra tout me dire sur la raison pour laquelle Kit a prétendu être Rufus.

— Ce n'est pas un secret, du moins pas pour vous, répondit Kit. J'avais besoin d'un nouveau navire après que le mien a brûlé. Je prévoyais de demander des fonds à mon père, Augustus. Lorsque j'ai appris sa mort, j'ai décidé de prendre ce qu'il m'avait promis autrefois.

— C'est une histoire assez longue et complexe, dit Verity.

Le regard de Simon passa de la jeune femme à Kit, incertain.

— Savez-vous ce qui est vraiment arrivé à Rufus ?

Kit échangea un regard avec Verity, avant d'adresser un froncement de sourcils plutôt sinistre à Simon.

— Non, et je pense que nous ne le saurons jamais.

— Je me sens un peu mal de dire ça, mais j'espère qu'il restera introuvable, dit Diana avec un léger frisson. Je ne lui souhaite pas de mal, mais il serait mieux pour tout le monde qu'il ne revienne pas.

Kit soupçonnait que l'homme était mort, mais il n'en dit rien. Il se surprenait à se poser des questions sur ces détails. Avait-il eu des problèmes en rentrant de Londres ? Avait-il eu un accident ? Cela n'allait pas l'empêcher de dormir la nuit, mais il aurait été bon de le savoir, ne serait-ce que pour résoudre les problèmes de Verity et Beau.

Cette dernière afficha un sourire rayonnant, et Kit se demanda s'il était vraiment sincère.

— Peut-être devrions-nous concentrer notre énergie maintenant sur la façon de réintroduire Kit, enfin, *Rufus*, dans la société.

Simon prit un gâteau.

— La plupart des gens à qui j'ai parlé sont prêts à te reconnaître à la Chambre des lords, mais ils veulent avoir une chance de te rencontrer. À cette fin, il va nous falloir parader le plus possible. Je sais que vous êtes fatigués, mais comme le voyage aujourd'hui a été de courte durée, je me demandais si vous seriez prêts à participer à un événement social ce soir. Nous pourrions commencer par un bal, après quoi je t'emmènerais chez Brooks.

— Suis-je membre chez eux ? demanda Kit.

— Oui, confirma Simon qui fronça les sourcils avant de tourner les yeux vers sa femme. Je pense que Kit a besoin de revoir rapidement l'annuaire mondain Debrett.

Verity plaqua une main sur sa bouche, les yeux écarquillés.

— J'aurais dû y penser !

— Tout va bien, répondit Diana d'un ton rassurant. Nous allons nous en occuper.

Kit regarda Diana.

— Si tu me donnes le livre, je le lirai.

— Il lit vite, expliqua Verity. Il va probablement le dévorer en une heure. Ou moins.

— Mais t'en souviendras-tu ? demanda Simon.

Jamais Kit n'avait été aussi heureux de son aptitude particulière pour la lecture et la mémorisation.

— Comme si c'était une image dans mon esprit.

Simon souffla.

— C'est sacrément pratique !

Diana se leva.

— Je vais chercher le livre.

Verity la rejoignit.

— Quant à moi, je devrais aller voir Beau.

Kit et Simon se levèrent d'un bond lorsque les femmes quittèrent la pièce bras dessus bras dessous. Verity jeta un regard par-dessus son épaule à Kit. Il avait hâte de la retrouver dans leur chambre à coucher plus tard.

— On peut dire que le mariage vous va bien, constata Simon. Mais je suis moi-même un fervent partisan de cette institution.

— Verity surpasse de loin tout ce que je me représentais du mariage. Elle et Beau représentent tout pour moi, affirma-t-il en regardant Simon droit dans les yeux. Je ferai tout pour les protéger, et pour protéger ce que nous avons.

— Ton secret est en sécurité ici, répondit Simon en serrant son biceps d'une poigne amicale. Tu es de la famille maintenant.

~

Jamais Verity n'avait vu chose aussi excitante que Kit en tenue de soirée noire impeccable. Apparemment, elle n'était pas la seule à le penser puisque presque toutes les femmes de la salle de bal jetaient des regards furtifs dans sa direction. Sauf que certaines n'étaient pas discrètes. Elles le contemplaient ouvertement et discutaient de lui avec leurs compagnes.

Lorsqu'elle était entrée avec Kit quelques instants auparavant, la pièce était devenue silencieuse, à l'exception de la musique jouée dans le coin opposé. Mais les conversations avaient repris presque immédiatement, et il semblait évident qu'ils étaient le sujet principal. Tout le monde était impatient de voir le duc de Blackburn, depuis longtemps disparu. Elle n'était pas certaine que les gens l'avaient vue, elle. Ils étaient arrivés avec Simon et Diana, qui avaient été accueillis d'un signe de tête et d'un sourire.

S'avançant sur le côté de la salle de bal, Simon donna une tape sur l'épaule de Kit.

— Bienvenue à Londres, où la notoriété est la meilleure des monnaies. À cet instant, tu es l'homme le plus riche de la pièce. Je ne peux pas dire que je suis fâché de transmettre cet honneur.

Diana coula un regard d'excuse à Verity, mais cette dernière secoua la tête.

— Je suis heureuse de détourner l'attention de toi.

— Qu'est-ce que je ne sais pas ? s'enquit Kit.

— Je suis le duc Ravageur, tu te souviens ? lui rappela

Simon. De plus, mon adorable femme était auparavant fiancée à mon meilleur ami. Cela a causé un certain scandale lorsque tous deux ont épousé d'autres personnes.

Il s'interrompit, contemplant la salle de bal.

— Ah, voilà Nick et Violet qui arrivent.

Verity, la main toujours enroulée autour du bras de Kit, le serra.

— Tu comprends pourquoi la bonne société avait les yeux rivés sur eux.

— Cela et les frasques de cet autre type, affirma Simon, coulant un regard vers Diana. Le duc Galant ?

Diana hocha la tête.

— Une chose est sûre, la saison n'a pas été ennuyeuse !

Nick et Violet sourirent pour les saluer en s'approchant, et la jeune femme se pencha pour embrasser la joue de Diana.

— Permets-moi de te présenter mon très cher ami, le duc de Kilve, annonça Simon. Mais je t'autorise à l'appeler Nick, qu'il le veuille ou non. Nick, voici le duc de Blackburn.

Kit tendit la main à Nick, et Verity lâcha enfin son bras. Elle aurait déjà dû le faire, mais elle voulait s'assurer que tout le monde dans cette salle de bal savait qu'il était *à elle*.

— Enchanté de vous rencontrer, dit Kit.

— Voici ma femme, Violet. Si tu dois m'appeler Nick, autant me tutoyer ; et au risque de la vexer, tu ferais mieux d'user de la même familiarité avec elle.

Violet prit la main de Verity.

— J'ai tellement entendu parler de toi par Diana ! J'ai l'impression de déjà te connaître.

— Elle m'a parlé de toi aussi, dit Verity. Je suis tellement heureuse qu'elle ait une si bonne amie à Londres !

— Elle en a plusieurs, l'informa Violet. Tout le monde ici n'est pas superficiel ou méchant. Et nous ne manquerons pas de t'indiquer les personnes qui le sont.

Elle adressa un clin d'œil complice à Verity.

Celle-ci était heureuse d'avoir des alliés dans un endroit aussi étranger. Au cours de la demi-heure suivante, ils rencontrèrent plusieurs personnes, et sa tête fut bientôt remplie de noms et de visages dont elle n'était pas sûre de pouvoir se souvenir.

Ils se séparèrent en deux groupes, les femmes d'un côté et les hommes de l'autre. La dernière arrivée dans le leur était la charmante duchesse de Kendal. De dix ans l'aînée de Verity, elle était charmante, gentille et possédait manifestement de bonnes relations.

— Duchesse, dit-elle à Verity, vous ne devez pas prêter attention aux ragots et aux rumeurs. Pas mal de choses circulent à propos de vous et de Blackburn en ce moment… surtout à son propos.

Le front de Verity se creusa.

— Qu'est-ce qu'ils disent ? Non pas que cela me tracasse, mais mieux vaut être prévenue.

— C'est vrai, approuva Diana.

La duchesse de Kendal adressa un sourire de soutien à Verity.

— Rappelez-vous, ce ne sont que des rumeurs. Si le premier séjour de Blackburn à Londres a été bref, il s'est apparemment forgé une sacrée *réputation*.

Verity imaginait bien ce dont il pouvait s'agir : sans nul doute la boisson, et peut-être des jeux d'argent. Avait-il été violent ?

— Il était, comment dire… différent avant de disparaître.

— Encore une fois, ne leur prêtez pas trop d'attention, mais si vous remarquez que tant de femmes le dévisagent, vous savez maintenant pourquoi.

Verity ne put s'empêcher de le regarder, et ressentit aussitôt le besoin de le rejoindre.

— Parce qu'il est incroyablement beau ?

Diana échangea un regard avec la duchesse de Kendal.

— Je crois que Nora entendait quelque chose de précis par réputation. Je pense qu'elle voulait dire qu'il avait des liaisons.

— « Liaisons » est sans doute un peu trop formel, dit doucement Nora. Il était connu pour son comportement plutôt débridé. Si j'étais vous, je resterais à l'écart de Mme Walthorpe.

Alors, en plus de tous ses autres péchés, Rufus avait été un coureur.

— Pourquoi ?

— Elle raconte à qui veut l'entendre qu'elle et le duc ont entretenu une liaison torride et qu'elle a hâte de refaire sa connaissance, expliqua Nora en grimaçant. Désolée. Comme je l'ai dit, mieux vaut être prévenue.

— J'apprécie de le savoir, merci. Et Rufus aussi.

— J'espère que vous allez m'appeler Nora, lui dit-elle avec un sourire. Dites-moi comment je peux vous aider. J'ai hâte de vous accueillir dans notre petit groupe.

Diana toucha doucement le bras de Verity.

— Simon est devenu très ami avec le beau-frère de la duchesse, le comte de Knighton, quand nous sommes arrivés en ville. Je suis donc naturellement devenue amie avec la comtesse, puis avec sa sœur, Nora. Comme Violet l'a dit, il y a plein de gens charmants.

— En effet. Mais maintenant, je dois m'en aller, dit Nora avec enthousiasme. J'ai promis à ma sœur de la retrouver dans la salle de repos. Je ne manquerai pas de vous présenter à Jo, vous allez l'adorer !

Elle partit avec un signe de tête amical.

Diana se pencha et murmura :

— Peut-être que Kit et toi devriez danser, pour montrer à

tout le monde que vous êtes un couple heureux. Pardon,
Rufus.

Verity ignorait si Kit en était capable. Elle s'avança pour
combler l'écart entre leurs groupes et se plaça à ses côtés, lui
faisant signe de se pencher pour qu'elle puisse lui parler dans
le creux de l'oreille.

— Diana a suggéré que nous dansions. Sais-tu le faire ?

Il grimaça.

— Non. Tu pourras m'apprendre demain. Pas de danse ce
soir.

Elle hocha la tête, se disant qu'elle ne pourrait jamais lui
apprendre à maîtriser la danse en un jour. Mais Kit avait
prouvé qu'il était capable de faire tout ce qu'il essayait, y
compris de mémoriser pratiquement tout le Debrett un peu
plus tôt. Comment un corsaire pouvait-il se faire passer pour
un duc de façon aussi convaincante ?

— D'accord, mais reste à l'écart d'une femme nommée
Mme Walthorpe.

Il la regarda avec une légère inquiétude.

— Pourquoi ?

— Fais-moi confiance. Je t'expliquerai plus tard.

Si Verity devait rencontrer cette femme, il était fort
possible qu'elle offre de nouveaux ragots intéressants à la
bonne société ; elle n'était pas certaine de pouvoir tenir sa
langue face à cette femme et à ses attentes concernant son
mari… Elles ne se réaliseraient jamais.

Le regard de Verity tomba sur la personne qui se dirigeait
vers eux, et elle se figea momentanément. Elle s'accrocha à la
manche de Kit.

— Mon père arrive. Assure-toi d'agir comme un abruti.

— Je croyais qu'il fallait que je sois moi-même.

— Oui, aussi, mais tu dois convaincre mon père d'une
manière différente de tous les autres. Avec la plupart des
gens, le simple fait de jouer les ducs suffit à les intimider et à

leur faire croire que tu es qui tu es ; cela a fonctionné avec tout le monde à la tour Beaumont. Mais mon père connaissait Rufus mieux que quiconque. Il pourra deviner, comme moi, je l'ai fait.

Elle se crispa alors qu'il approchait, et elle se rappela soudain d'ajouter :

— Appelle-le Horatio.

Ensuite, il fut là, son visage long et étroit affichant un sourire pincé.

— Bonsoir, ma fille. Je suis arrivé il y a peu de temps, et j'ai entendu dire que tu étais là, dit-il, avant de se concentrer sur Kit. Et voici mon gendre, après tant d'années. J'espère que vous me pardonnerez de ne pas être venu à la tour Beaumont pour vous accueillir. C'est un très long voyage, et la saison est un véritable tourbillon.

Il éclata de rire, agitant sa main chargée de bijoux.

Kit lui adressa un petit sourire.

— Bonsoir, Horatio. C'est gentil de votre part de venir nous accueillir.

— Même si vous n'aviez pas été de la famille, j'aurais dû le faire, car vous êtes l'attraction de la soirée. Et sans doute au moins pour toute la semaine à venir.

Il le dit avec une joie qui fit grincer des dents à Verity.

— Je suis certaine que c'est très gratifiant pour vous d'être au centre des ragots, dit-elle d'un ton presque trop doux.

Il plissa légèrement les yeux, mais ne répondit pas à sa raillerie. À la place, il reporta son attention sur Kit.

— Vous me semblez très différent, Rufus. Auriez-vous grandi durant votre absence ?

— J'ai travaillé dur à bord d'un navire. Je suis plus massif, oui, répondit Kit d'un ton égal, gardant un regard froid sans émotion.

Il maîtrisait sans aucun doute l'art de l'intimidation ducale.

— Un navire ? Les rumeurs sont donc vraies, vous avez été enrôlé de force ? s'enquit le père de Verity avec une bonne dose d'incrédulité. Quel culot faut-il avoir pour enlever un duc ! C'est à se demander comment ils ont pu faire une telle chose.

— Vous seriez surpris de ce dont les criminels sont capables, répliqua Kit en haussant un sourcil. Ou peut-être pas. Vous avez sans doute entendu dire que j'ai renvoyé Cuddy.

— Vous parlez de criminels, à la suite de quoi vous mentionnez Cuddy. Est-ce parce qu'il a été assassiné ? demanda-t-il en regardant fixement Kit d'un regard dur.

Verity se demanda s'il y avait une sorte de communication entre les deux hommes.

— C'est une telle tragédie. J'espère qu'ils attraperont celui qui a fait cela, affirma-t-il, avant de contracter les épaules en regardant Verity. Quel sujet macabre pour une si belle soirée ! Pardonne-nous, ma chère. Venez, Rufus, éloignons-nous pour pouvoir parler sans heurter la sensibilité féminine.

Une sourde angoisse s'empara des tripes de Verity tandis que Kit la regardait.

— Étant donné qu'il s'agit de notre première soirée à Londres, je ne suis pas certain de vouloir m'éloigner de Verity.

Son père plissa les yeux et scruta Kit un moment, puis il hocha la tête d'un air approbateur.

— Vous avez changé, et pas seulement en apparence. Il fut un temps où vous préfériez être n'importe où sauf en compagnie de ma fille. Je suis heureux de voir que le temps passé au loin vous a démontré vos erreurs de comportement.

Verity fixa son père : elle avait du mal à croire qu'il disait de telles choses devant elle. Elle ne put garder sa réaction pour elle.

— *Père !*

Il lui jeta un bref sourire d'excuse.

— Oh, je suis désolé, ma chère. Mais je tiens à toi, et il vaut mieux que Rufus sache tout de suite que je ne tolérerai pas ses bêtises.

Ses bêtises. Était-ce l'opinion de son père sur la manière dont Rufus l'avait traitée ? Le choc la plongea dans le silence.

Son père se tourna à nouveau vers Kit.

— Prêt, Rufus ?

Kit lui jeta un nouveau regard, et elle hocha imperceptiblement la tête. Il devait y aller. Dans le cas contraire, cela ne pourrait qu'éveiller les soupçons de son père, et elle craignait que ce ne soit déjà le cas.

— Je serai bientôt de retour, lui dit Kit en se penchant pour déposer un baiser sur sa tempe.

Elle les regarda partir en essayant de refouler un mauvais pressentiment.

~

L'attente et l'appréhension agitaient Kit alors qu'il suivait Horatio hors de la salle de bal.

— Où allons-nous ?

Horatio regarda par-dessus son épaule avec un sourire pompeux et crispé.

— Nous allons avoir une petite discussion, de père à fils.

— Vous n'êtes pas mon père, répliqua Kit.

Quelle qu'ait été la relation de cet homme avec Rufus, il allait établir de nouvelles règles ce soir. À commencer par le fait de ne pas contrarier Verity.

— Pas loin, vu que le vôtre est mort. Ensuite, vous avez perdu Augustus, qui était un peu un substitut, n'est-ce pas ?

Horatio poussa une porte qui menait à un petit salon. La pièce était vide, mais sobrement éclairée par une paire d'ap-

pliques murales, une lanterne et un feu doux dans la cheminée. Il tint la porte et fit signe à Kit de le précéder.

— Après vous.

Kit le regarda avec méfiance lorsqu'il passa devant lui
pour entrer dans la pièce. Il se retourna au bruit de la serrure
qui s'enclencha.

— Vous fermez la porte à clé ?

— Je ne crois pas que nous souhaitions être interrompus.
Ou entendus. J'ai bien peur de devoir vous parler d'un sujet
assez sensible.

La tension crispa les épaules de Kit. Leur conversation
dans la salle de bal avait été marquée par un sentiment latent
de sous-entendus : Kit avait parlé de criminels et de Cuddy,
et Horatio avait répondu par le meurtre de ce dernier. Pas la
mort, mais le meurtre. Kit s'était déjà interrogé sur l'implication du père de Verity dans le détournement de fonds de
Cuddy. Aujourd'hui pesait un véritable soupçon.

L'autre homme se dirigea vers la cheminée, où il sembla
étudier une figurine sur le manteau.

— Tout d'abord, laissez-moi vous dire combien je suis
heureux de voir que vous semblez avoir beaucoup changé à
l'égard de ma fille. C'est une très bonne chose, car je ne
voulais pas avoir à vous rappeler l'importance de ne pas l'em-
barrasser comme vous l'avez fait la dernière fois que vous
étiez ici. Il n'est pas question pour moi de me mêler de ce que
vous choisissez de faire dans votre propre maison, mais ici, à
Londres, vous devez vous comporter de manière appropriée.
Si vous voulez avoir des aventures, soyez discret. Et pour
l'amour du ciel, ne buvez pas à outrance, et ne jouez pas à
l'excès !

Il se retourna, plissant le nez comme s'il venait de mettre
le pied dans un crottin de cheval. Il ressemblait à un prince
arrogant avec son manteau brodé, sa broche en diamant
nichée dans les plis de sa cravate, et les pierres singulières,

quoique assez imposantes, qu'il portait à chaque main. Comment le deuxième fils d'un baronnet pouvait-il se permettre de s'habiller ainsi ?

Parce qu'il détournait de l'argent d'une propriété rentable.

— Deuxièmement, et chose plus importante encore, à présent que vous êtes de retour, je vais avoir besoin que vous rétablissiez l'allocation que vous avez accepté de me donner lorsque vous avez épousé ma fille.

Merde ! Qu'est-ce que Rufus avait accepté ? Horatio lui avait-il vraiment fait du chantage pour qu'il épouse Verity ? C'était ce qu'il semblait. Kit devait faire semblant d'être au courant.

— Je ne vais pas faire ça.

Horatio fronça les sourcils.

— Nous avions un accord. Je sais des choses. Des choses que vous ne voudriez pas rendre publiques.

Et voilà.

— Je sais aussi que vous et Cuddy avez détourné des milliers de livres de la tour Beaumont au cours de ces six dernières années et demie. Et j'ai des preuves.

Les yeux du père de Verity se plissèrent, se réduisant à deux points noirs.

— Voilà qui est malheureux. Je vois que nous avons tous les deux des secrets que nous préférerions garder enterrés. Cependant, je dirais que les vôtres sont un peu plus accablants. Vous n'êtes pas le duc de Blackburn, et je peux le prouver également.

Kit s'approcha, s'arrêtant à quelques dizaines de centimètres lorsque l'homme tressaillit.

— Comment diable pourriez-vous faire une chose pareille ? À moins que *vous* ne sachiez où il est.

Kit ne voyait pas l'intérêt d'essayer de continuer à jouer la comédie. Ils avaient dépassé ce stade. Cet homme détenait d'autres informations compromettantes sur Rufus qui n'avaient rien à voir avec le fait que Kit n'était pas le duc. Cependant, il semblait qu'il pouvait le piéger à la fois en tant que Kit ou en tant que Rufus. Dans tous les cas, il était fichu.

— Je ne peux pas, mais Cuddy a déterminé que vous n'étiez pas lui, et bien que notre association ait été brève, je suis d'accord avec lui. Ce que je ne comprends pas, c'est comment vous avez trompé ma fille. Je la croyais plus intelligente que ça, mais peut-être qu'elle est tellement soulagée d'avoir quelqu'un d'autre que cette fripouille qu'elle s'en fiche. Je ne peux pas la blâmer pour ça.

Sa manière désinvolte d'évoquer la douleur et la souffrance de Verity faillit pousser Kit à le frapper.

— Peu importe l'issue de tout ceci, vous n'avez pas le droit de parler d'elle. Elle vous déteste, et je n'ai aucun mal à voir pourquoi.

Horatio recula, l'air offensé, la bouche entrouverte.

— C'est ma fille. Bien sûr que j'ai le droit de parler d'elle. Mais je suis ravi que vous vous souciiez suffisamment d'elle pour vous montrer protecteur, dit-il, inclinant la tête sur le côté. En réalité, je vois que vous tenez beaucoup à elle. Alors, acceptez cet arrangement, qui fonctionne très bien pour nous deux. Vous avez ma fille, et je continue à vivre de la manière que je mérite.

— Que vous méritez ? répéta Kit, crachant le mot. Vous méritez d'être écartelé pour avoir sacrifié votre fille simplement pour arriver à vos fins. Même encore aujourd'hui vous êtes prêt à me l'échanger à moi, un étranger, contre de l'argent. Vous ne savez ni qui je suis ni ce dont je suis capable.

— De meurtre, apparemment, répondit l'autre doucement. Oui, je suis convaincu que vous avez tué Cuddy, d'autant plus que vous connaissiez notre plan. Et je sais précisément qui vous êtes. Vous ressemblez beaucoup trop à Augustus Beaumont, et je suis au courant qu'il avait un bâtard qui traînait quelque part, dit-il, parlant de Kit comme d'un insecte agaçant. Souhaitez-vous réellement que toute l'Angleterre apprenne que Verity a accepté dans son lit le fils bâtard de l'ancien duc pour remplacer son mari disparu ?

Incapable de se contenir un instant de plus, Kit se jeta en avant et agrippa Horatio par les revers de sa veste. Ses doigts écrasèrent le tissu coûteux tandis qu'il attirait l'autre homme à quelques centimètres de son visage.

— Comment pouvez-vous prétendre que le bonheur de Verity compte à vos yeux tout en menaçant de ruiner sa vie ? Vous êtes méprisable.

Kit le relâcha brutalement, et Horatio trébucha en arrière jusqu'à heurter le manteau. S'il n'y avait pas eu ce morceau de bois en saillie, il aurait pu tomber par-dessus l'âtre et toucher le feu, si ce n'est y tomber. Dommage !

Horatio se redressa, ajusta ses vêtements et passa les mains sur son manteau froissé pour le lisser.

— Votre comportement est meilleur lorsqu'il s'agit de ma fille, mais vous êtes aussi une brute, à ce que je vois.

Il s'éclaircit la gorge, et regarda Kit calmement, droit dans les yeux. Il ne semblait pas affecté par la violence à peine contenue de Kit.

— Vous avez les mains liées. Souhaitez-vous être le duc, ou non ? En dehors de ma fille, vous y gagnez un titre puissant, et comme vous l'avez dit, un domaine rentable. Je n'ai aucun mal à dire que l'allocation que vous m'enverrez vous manquera à peine.

— Bien sûr qu'elle va nous manquer ! Comment croyez-vous que j'ai découvert le détournement de fonds ? Et plutôt rapidement, je dois dire ? Beaucoup d'améliorations ont purement et simplement été ignorées, tout comme certains locataires qui ont besoin d'aide. Mais vous ne comprenez rien de tout cela parce que cela ne vous affecte pas. Et cessez de l'appeler votre fille. Elle n'est rien pour vous.

Oh, comme Kit mourait d'envie d'effacer l'arrogance du regard de cet homme !

— Cependant, elle est tout pour vous. Qu'allez-vous faire ?

La rage envahit Kit.

— Je ne me laisserai pas extorquer.

— Ne le voyez pas ainsi. C'est un arrangement mutuellement bénéfique.

Kit ne put s'empêcher de chercher la confirmation définitive de ses nombreux soupçons.

— Comme celui que vous avez conclu avec Rufus lorsqu'il a épousé Verity ? Qu'aviez-vous sur lui ? A-t-il tué mon demi-frère Godwin ?

Horatio plissa le nez comme s'il reniflait une odeur aigre.

— Ne revenons pas sur l'histoire ancienne. Rien de tout cela ne compte. Vous n'êtes pas Rufus. Mais vous *pouvez* l'être. Acceptez cette offre que je vous fais. L'alternative détruirait Verity et vous conduirait probablement en prison pour fraude, si ce n'est pire.

Les murs semblaient se refermer autour de Kit.

— Verity n'acceptera jamais de vous donner des fonds de son domaine.

— Alors, ne lui dites pas. Je n'ai pas de doute quant à votre capacité à tromper les gens. En dehors de Cuddy et moi, vous semblez avoir plutôt bien réussi votre mascarade. Tout ce que vous avez à faire, c'est de signer le contrat que je vous enverrai dans la matinée, de serrer la main du lord chancelier et de siéger parmi les Lords. Alors, vous serez le duc de Blackburn pour toujours.

— Jusqu'à ce que vous décidiez de changer les termes, cracha Kit.

— Absolument pas. Voilà pourquoi il y aura un contrat. Je témoignerai à partir de maintenant et jusqu'à ma mort que vous êtes le bon et honorable duc de Blackburn.

Bien sûr, il voulait le mettre par écrit, de peur que Kit ne revienne sur sa décision dès qu'il aurait siégé. Sans le contrat, ce serait la parole d'un duc contre la parole de ce lèche-bottes de la société. Kit se rendit compte qu'ils avaient des points communs : tous deux voulaient être ce qu'ils n'étaient pas. Horatio voulait être riche et important alors que Kit voulait le duché et tout ce qui venait avec, surtout Verity. Qui voulait aussi désespérément qu'il soit le duc. Soudain, il se détesta.

Parce qu'il allait accepter ce maudit marché.

— Vous n'êtes qu'une ordure égoïste, Horatio. Mais pour Verity, j'accepterai vos conditions. Envoyez le contrat et assurez-vous qu'il comporte la mention suivante : vous ne vous rendrez pas à la tour Beaumont ni ne prendrez contact avec elle ou moi à moins que je ne vous en donne l'autorisation. Me comprenez-vous ?

Horatio fit la moue, et Kit ressentit la furieuse envie d'effacer définitivement ce regard pathétique du visage de cet homme.

Il expira, dépité.

— Je suppose que je n'ai pas le choix.

Kit se tourna et quitta la pièce avant de céder à la violence qui l'envahissait. Alors qu'il approchait de la salle de bal, il faillit entrer en collision avec Simon.

— Oh, tu es là. Je venais justement te sauver du père de Verity, dit-il en regardant par-dessus l'épaule de Kit. Où étiez-vous ?

Kit ignora la question.

— J'ai eu ma dose pour la soirée.

— Oui, je trouve les bals ennuyeux. Allons au club.

— Non. Pas ce soir. Le voyage m'a fatigué.

Il n'était absolument pas fatigué. En fait, il aurait volontiers pris le large dans la seconde.

— D'accord. Je comprends. Viens, allons chercher nos épouses.

Il pivota et ils entrèrent dans la salle de bal, où Kit produisit sa meilleure performance à ce jour, celle d'un homme qui n'était pas sur le point de s'engager à mentir toute sa vie à la personne qu'il aimait le plus au monde.

CHAPITRE 17

Après être allée voir Beau, qui dormait dans la chambre voisine de celle qu'elle occupait avec Kit, Verity ouvrit la porte et le trouva en train de fixer le feu. Son visage restait impassible, mais son corps était tendu : ses épaules étaient hautes et les muscles de son cou crispés.

Il était resté silencieux depuis le départ du bal, et lorsqu'elle l'avait interrogé à leur retour à la maison de ville, il avait mis cela sur le compte de la fatigue. Comme elle était elle-même plutôt épuisée, elle ne s'était pas posé de questions. Maintenant, cependant, elle se demandait si le temps qu'il avait passé avec son père n'avait pas affecté son humeur. Elle ne lui en aurait pas voulu si cela avait été le cas.

Il tourna la tête lorsqu'elle referma la porte avec un léger déclic. Il portait une robe de chambre en soie, qu'il avait enfilée pendant qu'elle était allée voir Beau.

— Comment va-t-il ?

— Il dort à poings fermés, dit-elle en resserrant le lien qui maintenait fermée sa propre robe de chambre.

— Tant mieux. Nous devrions probablement faire de même.

Il se tourna vers le lit, et elle comprit que quelque chose le tracassait. Toute la journée, ils avaient échangé des regards et des caresses qui laissaient entrevoir la promesse de retrouver leur intimité maintenant que Beau ne partageait plus leur lit.

Elle était plus convaincue que jamais que son père en était la cause.

— Que s'est-il passé avec mon père ?

— C'est une ordure !

La véhémence de sa réponse la fit sursauter, mais elle n'en fut pas surprise.

— Oui. Qu'a-t-il dit ?

— Il m'a remercié d'être différent, d'être un meilleur mari… Il m'a dit qu'il tenait beaucoup à toi. Mais ce n'est que du vent, dit-il avec une grimace. Désolé. Il *devrait* tenir à toi.

Elle contourna le lit et vint se placer devant lui, posant la main sur son torse – nu dans le V de l'encolure de sa robe de chambre.

— Il devrait, mais ce n'est pas le cas. Je ne me fais aucune illusion à ce sujet. Je suis navrée que tu aies dû passer du temps seul avec lui.

— Tout va bien. Si Dieu le veut, je n'aurai plus jamais à le faire.

— Ce serait fantastique, lui dit-elle avec un doux sourire. Il a cru que tu étais Rufus, alors ?

— C'est ce qu'il m'a semblé. Mais nous devrions rester sur nos gardes, dit-il en baissant les yeux sur elle, les plissant légèrement. Tu allais me parler de Mme Walthorpe.

Verity laissa échapper un son très inélégant et ferma brièvement les yeux.

— Apparemment, Rufus a entretenu une liaison avec elle quand il est venu à Londres, et elle espère renouer. Alors, sois sur tes gardes.

Il passa les bras autour de sa taille et l'attira contre lui.

— Il devient évident que je vais devoir proclamer mon

amour et mon adoration pour toi du haut de chaque toit de chaque immeuble de Mayfair. Ou peut-être devrais-je te faire l'amour au vu et au su de tout le monde pour qu'ils puissent être sûrs que mon cœur et mon corps t'appartiennent, à toi et à toi seule.

— *Kit !*

Une image lui vint à l'esprit, de lui hurlant sur les toits avant de la prendre dans ses bras devant la bonne société londonienne. C'était une idée à la fois terrifiante et excitante.

— Tu ne peux faire ni l'un ni l'autre.

— Ah non ? Alors que puis-je faire pour prouver à tout le monde que je suis à toi ?

— Je me fiche que tout le monde le sache.

Ce n'était pas tout à fait vrai. Elle voulait que toutes les « madame Walthorpe » de la bonne société le sachent une bonne fois pour toutes.

— Tout ce qui compte, c'est que *moi*, je le sache.

— Est-ce le cas ?

Elle plissa les yeux et repoussa sa robe de chambre de ses épaules, puis inspira brusquement lorsqu'elle se rendit compte qu'il était totalement nu en dessous.

— Ce que je sais, c'est qu'aussi éblouissant que tu sois en tenue de soirée, tu es encore mieux juste comme ça.

Elle posa sa main contre sa poitrine et le contourna lentement pour passer dans son dos. Elle effleura son épaule, puis descendit jusqu'à ce que ses doigts caressent le bas de son dos. Elle plongea sa main plus bas, caressant ses fesses douces, une partie du corps qu'elle n'avait jamais imaginée séduisante, mais qu'elle ne pouvait s'empêcher de regarder ou de toucher quand elle en avait l'occasion, comme maintenant.

Elle passa la main sur sa hanche pour l'amener devant lui, puis elle la glissa entre ses jambes, où elle le caressa.

— Verity, dit-il d'une voix grave et sombre, presque un grognement.

— Je sais que tu me rends plus heureuse que je ne l'ai jamais été et que je suis très fière d'être ta duchesse. Tu as rendu honneur et intégrité au titre et à la tour Beaumont. Augustus serait fier aussi.

Il se tourna pour prendre son visage entre ses mains et l'embrasser. Ses lèvres et sa langue s'emparèrent d'elle avec une férocité qui enflamma son âme. Il fallut un très long moment avant qu'il ne s'interrompe pour reprendre son souffle.

— Je t'aime.

— Je t'aime aussi.

C'était la première fois qu'elle le disait à voix haute, même si c'était ce qu'elle ressentait pour lui depuis très longtemps. La crainte de perdre ce rêve l'avait poussée à garder le silence, mais elle n'avait plus peur.

Il la regarda droit dans les yeux, caressant son visage du bout des doigts.

— Mon Dieu, je ne sais pas ce que j'ai fait pour te mériter. Je ne suis pas tout à fait sûr que ce soit le cas.

Elle s'accrocha à son cou et l'attira à elle pour un nouveau baiser.

— Nous nous méritons l'un l'autre.

Il enfonça les doigts dans ses hanches, plaquant son bassin contre le sien alors que leurs bouches se rejoignaient et s'unissaient. Elle se frotta contre lui, en quête de la sensation de son membre contre son sexe.

Il ouvrit brusquement la robe de chambre de Verity et repoussa le tissu de ses épaules. Elle avait renoncé à porter une chemise de nuit, se disant qu'elle ne pourrait qu'être un obstacle pour eux.

Il posa les mains sous ses seins nus, caressant ses mamelons avec ses pouces tandis que le désir grimpait en flèche au creux de son ventre. Tout son corps la picotait, depuis sa bouche où la langue de Kit dansait avec la sienne, à ses seins où il taquinait sa chair, jusqu'à son intimité qu'elle voulait désespérément qu'il touche.

Sentant peut-être son besoin, il fit glisser une main jusqu'à l'apex entre ses cuisses et caressa sa chair surchauffée, lui arrachant un gémissement guttural. Il plongea un doigt en elle et elle s'agrippa plus fort à lui, écartant les jambes. Arrachant sa bouche à la sienne, il la poussa sur le lit. Il la suivit aussitôt, sa bouche se refermant brusquement sur son mamelon alors qu'il glissait ses doigts en elle. Elle gémit, fermant les yeux tout en tendant la main vers son membre. Il était chaud, dur et délicieusement lisse. Elle le tira en avant, plus que prête pour qu'il la pénètre.

Il n'hésita pas ; son membre trouva son fourreau rapidement, avec un abandon avide. Il s'enfonça en elle, l'emplissant complètement. Elle enroula les jambes autour de lui, submergée de plaisir, se tendant vers sa libération.

Agrippant ses fesses, elle pinça sa chair alors qu'il envahissait son corps. Elle cria, le poussant à aller plus fort et plus vite, juste avant qu'il ne s'empare à nouveau de ses lèvres. C'était un combat entre eux, pour s'embrasser, respirer et pousser l'autre au bord de l'extase et au-delà.

Pour Verity, elle vint rapidement, s'écrasant par vagues sur elle. Elle bougeait avec lui, refusant que cette sensation s'estompe. Alors qu'elle commençait à faiblir, elle fut à nouveau balayée dans les ténèbres de la passion, remontant à ses côtés vers le sommet du plaisir.

Un coup de reins après l'autre, il l'emplit de ravissement et d'amour. Lorsqu'elle jouit à nouveau, elle cria son nom encore et encore alors qu'une sensation presque insupportable l'emportait.

Il s'enfonça une dernière fois en elle et cria avant de s'effondrer. Elle le serra contre elle, embrassant sa joue, sa tempe, ses lèvres.

Il roula sur le côté et l'emmena avec lui, la gardant serrée contre son torse tout en caressant son dos.

— Je te jure que je passerai ma vie à vous rendre heureux, toi et Beau. Rien d'autre ne compte pour moi.

Elle écouta les battements puissants de son cœur qui ralentirent jusqu'à un rythme régulier et rassurant. Alors qu'elle sombrait dans le sommeil, il lui vint à l'esprit que jamais elle ne s'était sentie plus en sécurité, plus protégée, plus aimée.

*K*it se réveilla en sursaut. Sa peau était rougie, son cœur battait la chamade. Après avoir contemplé le baldaquin presque toute la nuit, il avait dû finir par s'endormir. Pour un temps, du moins. Assez longtemps pour rêver.

Non, pour faire un cauchemar.

Il y était devenu le duc Menteur, un homme qui cachait des choses à sa femme bien-aimée. Un homme que Kit refusait de se résoudre à devenir. Il s'était embarqué dans ce voyage miraculeux sous couvert de tromperie, mais il s'était engagé à être honnête avec Verity, et, bon sang, il avait l'intention de tenir sa promesse.

Il attendit que son pouls ralentisse et que son corps s'apaise. Lorsqu'il parvint à respirer profondément, il se glissa hors du lit et trouva sa robe de chambre. S'en enveloppant, il se tourna vers le lit où dormait Verity.

Plutôt, où elle avait dormi. Elle s'était assise et repoussait ses cheveux de son visage, tout en le regardant en cillant.

— Tu es réveillé tôt, remarqua-t-elle d'une voix endormie.

Il avait compris beaucoup de choses au cours de la nuit : il aimait Verity et Beau ; il ferait n'importe quoi pour les protéger ; il voulait que son père meure dans les flammes. Et il ne pouvait pas signer ce contrat et lui mentir à nouveau.

Il s'avança vers le lit, s'assit tout au bord, et tourna son corps vers elle.

— Je ne t'ai pas tout dit de ma rencontre avec ton père hier soir.

— Mais tu vas me le dire maintenant.

Il y avait comme un soupçon de question dans ses yeux soudain alertes.

— Oui. Je t'ai promis d'être honnête, et je suis désolé de ne pas l'avoir été hier soir. J'ai pensé te protéger des machinations de ton père, mais tu es assez forte pour savoir, tu en as le droit. Tu as tous les droits.

Elle pâlit légèrement.

— Tu m'inquiètes.

Oh, comme Kit détestait la voir angoissée ! Maudit soit son père ! Et qu'il soit damné pour lui avoir compliqué ainsi la vie.

— C'est lui l'autre personne qui sait que je ne suis pas Rufus.

— Comment ?

— Il dit que Cuddy l'en a informé, alors je dois supposer qu'il a compris ma duperie. Cependant, le soir où je suis allé voir Cuddy, il m'a donné l'impression que quelqu'un le lui avait dit. Je soupçonne ton père de l'avoir su sans même me rencontrer. Comment est-ce possible ?

Kit avait une idée, surtout depuis qu'Horatio avait prétendu pouvoir prouver qu'il n'était pas le duc de Blackburn.

— Ce n'est pas possible, dit-elle, avant d'écarquiller les yeux. À moins qu'il ne sache ce qui est arrivé à Rufus. Comment serait-ce possible ?

Elle en resta bouche bée.

Kit secoua la tête, l'esprit bouillonnant.

— Je l'ignore, mais j'ai l'intention de le découvrir.

Ils se turent un moment. Finalement, ce fut elle qui rompit le silence.

— Que compte faire mon père ?

— Il veut que je continue de lui verser l'allocation que Rufus lui a accordée lorsque vous vous êtes mariés.

Elle écarquilla soudain les yeux.

— Rufus lui versait une allocation ?

— Apparemment. Maintenant, je suis censé signer un contrat lui accordant une allocation à vie. En échange, il témoignera que je suis le duc de Blackburn.

Ses yeux s'emplirent de dégoût.

— Et si tu ne le fais pas ?

— Il dira à tout le monde qui je suis vraiment, le bâtard d'Augustus, et que tu étais bien trop heureuse de m'accueillir pour remplacer ton mari. Il est absolument méprisable.

Kit ne chercha pas à cacher le dégoût qu'il ressentait.

— Tu as tout à fait raison, approuva-t-elle d'une voix sombre, balayant la pièce du regard avant de poser à nouveau les yeux sur lui. Je suis désolée, mais je refuse de lui donner de l'argent.

— Bien.

La surprise la fit cligner des yeux.

— Qu'en est-il du duché ? Il devrait être à toi. Je veux qu'il t'appartienne.

Il secoua tristement la tête.

— Mais il ne l'est pas. Et si je le prends, je deviendrai le duc Menteur. Je ne peux pas vous faire ça à toi ou à Beau. Nous devons lui dire la vérité, et je ne peux pas lui demander de la cacher. D'ailleurs, le titre lui appartient. Une fois que Rufus sera officiellement déclaré mort, Beau deviendra, et c'est normal, le duc de Blackburn.

Les traits de son visage se creusèrent tandis qu'une expression de défaite emplissait ses yeux. Il sut qu'elle était d'accord.

— Que veux-tu faire ?

— En dehors d'annoncer la vérité, à savoir que je suis le capitaine Christopher Powell, je ne suis pas sûr. Cela dépend de ce que fera ton père lorsque nous lui dirons que nous ne consentons pas à son extorsion. Je pense qu'il a l'habitude d'obtenir ce qu'il veut.

Même si Kit n'avait pas de preuve concrète de son détournement de fonds, il en était intimement convaincu. Et aujourd'hui se posait la question de la disparition de Rufus, et de savoir si Horatio avait joué un rôle dedans.

— Ne pouvons-nous pas simplement le menacer de le faire arrêter pour détournement de fonds ?

— Voudrais-tu faire cela à ton propre père ?

Les yeux de Verity s'assombrirent.

— Il est coupable de ce crime, de m'avoir volée. Il est peut-être aussi coupable de pire, ajouta-t-elle doucement. Et s'il avait quelque chose à voir avec la disparition de Rufus ?

Kit s'avança pour lui prendre la main ; il détestait voir l'angoisse dans son regard.

— Je suis vraiment désolé pour tout cela.

— Je n'aime pas beaucoup mon père… voire pas du tout, en réalité. Mais jamais je n'aurais imaginé qu'il puisse être coupable de véritables crimes. Et pour quoi ? Pour mener une vie extravagante et acheter son entrée dans la bonne société. La richesse et la position sociale ont toujours été ses uniques passions.

S'il n'avait pas déjà méprisé cet homme, Kit aurait sans doute eu pitié de lui.

— Nous ne pouvons rien prouver pour l'instant.

Relevant le menton, elle le fixa d'un regard dur.

— Nous devons le faire. Je ne le laisserai pas s'immiscer dans ma vie plus longtemps, Kit.

Bon sang, il l'aimait tellement !

— Tu es belle quand tu es folle de rage.

Elle pencha la tête sur le côté, pinça les lèvres, et il rit doucement.

— Désolé, murmura-t-il. Je vais discuter avec Simon de la manière de procéder. Nous ne disposons peut-être pas des preuves dont nous avons besoin, mais peut-être pourra-t-il nous aider à déchiffrer les codes dans le registre de Cuddy. La croix couchée, le nombre vingt-deux et la lettre G.

Elle hocha la tête avec enthousiasme.

— C'est une excellente idée. Il doit y avoir un moyen de relier mon père au détournement de fonds. Devrions-nous aller le voir en personne pour lui annoncer que nous ne céderons pas à son extorsion ? À bien y réfléchir, je ne veux pas le voir. Tu as dit qu'il allait envoyer un contrat ? s'enquit-elle, lèvres pincées, et le voyant hocher la tête, elle poursuivit. Renvoyons-le avec un mot lui disant que nous ne lui donnerons pas un sou.

Il inclina la tête.

— Je m'en remets à ton jugement, dit-il d'un ton léger, mais le regard grave. Verity, je veux que tu prennes les décisions à ce sujet. Beaucoup trop de choses t'ont été enlevées, par ton père, par Rufus, par moi.

Elle tira sur sa main, et il se rapprocha d'elle sur le lit.

— Tu n'as rien pris. Tu nous as donné, à Beau et à moi, tellement de choses.

— Je veux vous offrir le monde à tous les deux. Si tu veux bien me laisser faire.

Elle répondit par un doux sourire.

— Je ne veux que toi.

Elle s'élança vers lui, et lorsqu'il la rattrapa, il la serra contre lui, regardant son visage.

— Il y a autre chose. Je m'attends à être accusé de fraude, pour avoir usurpé l'identité d'un duc. Ton père va sûrement mener cette charge.

Elle ne prit pas le temps de respirer avant de répondre :

— Je dirai que tu l'as fait pour nous protéger, moi, Beau et la tour Beaumont, des crimes de mon père. Sans toi, nous n'aurions pas découvert le détournement de fonds.

— Nous devons d'abord le prouver.

— Nous le ferons, affirma-t-elle. Il faut que tu travailles sur ton optimisme.

Il rit et l'attira plus près encore.

— Je ne comprends toujours pas comment tu peux en avoir encore autant.

Elle enroula ses bras autour de son cou et se colla contre son torse.

— C'est grâce à toi. Tu es venu de nulle part et tu nous as offert à Beau et moi quelque chose que nous n'avions jamais eu : de l'amour et une famille.

Il ressentait exactement la même chose.

— Non, c'est toi qui m'as offert ce cadeau.

Elle rit doucement.

— C'était un échange.

Elle l'embrassa alors, moulant ses lèvres aux siennes, apaisant l'anxiété qui le rongeait. Le tirant, elle retomba sur le matelas et l'entraîna avec elle. L'amour et le désir assombrissaient les yeux de Verity.

— Tout va s'arranger. Tu verras.

Il en avait envie, mais pour le moment, tout ce qu'il voyait, c'étaient des accusations de fraude et une potentielle cellule de prison.

— Nous devons trouver des preuves des crimes de ton père.

Elle leva vers lui un regard rassurant.

— Nous les trouverons. Il est coupable, et la vérité l'emportera.

Kit voulait la croire, mais il craignait d'être jugé coupable lui aussi.

~

Le contrat arriva le jour suivant alors que Kit et Verity étaient au parc avec Beau. Dès qu'ils rentrèrent à la maison de ville de Simon et Diana, Randolph leur tendit une enveloppe, et ils échangèrent un regard complice. Ils montèrent dans leur salon et écrivirent rapidement une note à l'attention d'Horatio pour l'informer qu'ils avaient brûlé le contrat.

Après quoi, ils brûlèrent effectivement le contrat.

Cet après-midi-là, lorsque Simon rentra chez lui, Kit demanda à lui parler dans son bureau. Après avoir récupéré le registre, il mit son nouvel ami au courant de tout ce qui s'était passé.

Simon était à présent assis derrière son bureau, les yeux écarquillés de dégoût.

— Son père est une véritable ordure. Mais cela ne devrait pas me surprendre. Le père de Diana est du même acabit, et ils sont frères, expliqua-t-il avant de laisser échapper un juron assez virulent. Je trouve tout bonnement incroyable que deux hommes aussi abominables aient engendré des femmes aussi merveilleuses.

— Maintenant, tu vois pourquoi j'aimerais que tu m'aides à trouver des preuves qui l'éloigneront de nos vies pour de bon.

— Je vois très bien. J'aimerais seulement pouvoir faire la même chose pour le père de Diana. Non pas qu'il ait essayé de communiquer avec nous depuis que je l'ai jeté de Lyndhurst en janvier.

Kit ouvrit le registre et le posa devant Simon.

— Est-ce que vous le voyez ici à Londres ?

— Non, mais j'imagine qu'il cherche à rester loin de moi. Du moins, c'est ce qu'il ferait s'il était intelligent, et, honnêtement, j'ai des doutes à ce sujet. Il a peut-être juste de la chance.

Simon rapprocha le livre de comptes.

— Voyons comment nous pouvons prouver que *ce* Kingman est une crapule criminelle.

Il étudia le document un moment. Il tourna lentement quelques pages, fronçant les sourcils.

— « CS », c'est votre intendant ?

— Cuthbert Strader, oui. Ce qui nous laisse « vingt-deux G » et l'étrange croix couchée.

— Je suppose qu'il ne donnait pas d'argent à l'Église ? s'enquit Simon avec ironie.

— Nous avons écarté cette possibilité, répondit Kit avec un petit sourire.

— Excellente idée, approuva Simon qui reporta les yeux sur le registre, fronçant les sourcils. Les montants devant « vingt-deux G » sont globalement plus élevés, et ils varient. Alors que les paiements à l'intendant et à ce symbole de croix ne paraissent jamais changer.

— Oui, et les paiements à la croix n'ont commencé que plusieurs mois après l'embauche de Cuddy.

— Cela devrait nous raconter quelque chose, intervint Simon, levant à nouveau le nez. Mais quoi ?

— S'il s'agit d'extorsion, cela a débuté peu après la disparition de Rufus. Je me demande si les deux sont liés d'une manière ou d'une autre.

Simon s'adossa à sa chaise.

— Comment pourrions-nous enquêter là-dessus ?

Kit souffla.

— C'est ce que j'essaie de déterminer.

Un remue-ménage dans l'entrée attira l'attention de Simon vers la porte.

— Je me demande de quoi il s'agit ?

La porte s'ouvrit sans qu'on ait frappé, et le jeune majordome de Simon, le visage pâle, entra.

— Je suis désolé de vous déranger, Votre Grâce, mais je crains qu'il n'y ait des policiers dans le hall.

Simon se leva.

— Des policiers ? Pourquoi diable ?

L'estomac de Kit se contracta alors qu'il se levait à son tour.

— Je parie qu'ils sont là pour moi.

Le majordome tourna ses yeux écarquillés vers lui.

— Vous avez raison, Votre Grâce. Je leur ai dit que vous étiez occupé.

Kit parvint à rire.

— J'imagine que cela leur importait peu.

Randolph secoua la tête.

— Effectivement, Monsieur.

— Allons-y, alors, dit Kit d'un ton résigné.

Simon contourna rapidement le bureau et attrapa le bras de son ami qui s'avançait vers la porte.

— Tu ne vas pas aller avec eux ?

— Que puis-je faire d'autre ? Je ne vais pas faire une scène sous les yeux de Beau. Laisse-moi partir tranquillement avec eux. Discute avec Verity, et résolvez le mystère de ce maudit livre de comptes. Je suis sûr qu'Horatio est derrière tout ça. Il est plus crucial que jamais que nous révélions ses crimes.

Kit n'avait même pas eu l'occasion de lui parler de l'implication potentielle d'Horatio dans la disparition de Rufus. Il poursuivit.

— Demande à Verity s'il pourrait exister un lien entre son père et la disparition de Rufus.

Simon écarquilla les yeux.

— C'est un véritable roman ! s'exclama-t-il, fronçant les sourcils. Je n'aime pas l'idée que tu y ailles.

— Moi non plus. Rassemble les troupes et travaillez rapidement, s'il te plaît.

Kit pénétra dans le hall et salua chaleureusement les policiers. L'un était un grand gaillard costaud au teint rougeaud, tandis que l'autre était plus maigre, avec un long nez et un regard sinistre.

— Bonjour ! J'ai cru comprendre que vous étiez ici pour moi.

Le type le plus maigre lui jeta un regard noir.

— Vous êtes accusé de fraude, d'usurpation de l'identité d'un duc, et de meurtre.

Kit s'attendait à la première accusation, mais pas à la seconde.

— Le meurtre de qui ? s'enquit-il, surpris du calme de sa voix.

— Cuthbert Strader et Sa Grâce, le duc de Blackburn.

Oh, bon sang ! Horatio frappait donc à la jugulaire. Et soudain, Kit eut la conviction qu'il avait quelque chose à voir avec la disparition de Rufus.

Kit se tourna vers Simon.

— Il veut de l'argent, il va essayer de l'obtenir de Verity. Sers-t'en pour le débusquer.

Simon acquiesça vigoureusement.

— Vous venez pacifiquement ? demanda le policier costaud.

Kit prit son chapeau et ses gants que Randolph lui tendait, comme s'il ne s'agissait que d'une nouvelle excursion dehors et non d'un transport jusqu'à Bow Street, le quartier général de la police.

— Oui. Allons-y, lança-t-il en posant son chapeau sur sa tête, enfilant ses gants avec un dernier regard à Simon. Dis-lui de ne pas s'inquiéter.

Simon secoua la tête.

— Elle le fera quand même.

— Je sais.

Et sur ces mots, Kit sortit comme s'il s'avançait sur la planche d'un navire pirate.

CHAPITRE 18

Assise dans le salon avec Diana, Verity ne cessait de trembler tandis que Simon accueillait quatre invités : Nick, Bran Crowther, le comte de Knighton, Titus Saint-John, le duc de Kendal, et Daniel Carlyle, le vicomte Carlyle. Simon présenta les trois derniers en terminant par Lord Carlyle, un gentleman plutôt grand avec des yeux bleu-gris d'acier et d'épais cheveux noirs.

— Nous avons de la chance que Bran se soit lié d'amitié avec Carlyle qui était constable jusqu'à ce qu'il hérite récemment de son titre.

— Quel heureux hasard ! s'exclama Diana d'un ton joyeux, serrant la main de Verity.

— Je leur ai raconté à tous ce qui s'est passé, annonça Simon, qui tenait le registre de Cuddy dans sa main, regardant Verity avec insistance. J'ai tout dit, y compris au sujet de la véritable identité de Kit.

Ils avaient convenu que c'était nécessaire. Il n'y avait aucune raison de garder le secret, alors que Kit lui-même était prêt à l'annoncer. Toutefois, ils n'avaient pas eu le temps de décider de la manière de le faire avec Verity. Mais elle pensait ce qu'elle lui avait dit : elle ne voulait que lui.

Verity regarda Lord Carlyle, assis dans le fauteuil près du canapé.

— Savez-vous quelles charges ont été retenues contre lui ?

— Oui. Les accusations de meurtre sont, bien sûr, les plus préoccupantes. Cependant, j'ai cru comprendre qu'il avait commis une fraude ? Est-ce correct ?

Verity secoua la tête.

— Pas précisément. Il a prétendu être mon mari pour que nous puissions dévoiler les crimes de mon père.

C'était à son tour de mentir, et elle n'avait aucun scrupule à le faire pour garder sa famille unie et en sécurité.

— Il n'a donc jamais eu l'intention de revendiquer le duché ? s'enquit Carlyle avec un regard en direction de Simon.

— Non.

Le mensonge lui brûla la langue, mais elle s'en fichait.

— Non, confirma Simon.

Avant qu'il n'aille solliciter l'aide de ces hommes, Verity avait discuté avec Diana et lui, et Simon avait promis de faire tout ce qu'il faudrait pour éviter la prison, ou pire, à Kit. Ils étaient de la famille, avait-il affirmé.

Carlyle hocha la tête.

— Alors cela ne devrait pas poser de problème non plus. Savez-vous si M. Kingman a la preuve que M. Powell a tué l'un de ces hommes ?

— Le Capitaine Powell, le corrigea doucement Verity. Il était le capitaine de son propre navire. Et non, je ne crois pas.

Mais comme Kit avait tué Cuddy, elle craignait que ce soit possible. Oh, pourquoi n'était-il pas allé directement voir le constable ? Elle savait pourquoi, et se répétait d'arrêter de s'inquiéter de choses qu'ils ne pourraient pas changer.

— Si nous pouvons prouver qu'il détournait des fonds de mon domaine, il pourrait abandonner les charges.

Lord Carlyle haussa les sourcils.

— Vous prévoyez de l'extorquer ? Je ne peux pas prendre part à cela.

— Bien sûr que non ! répliqua-t-elle. Mais si je peux prouver les activités criminelles de mon père, nous pourrions être en mesure de démontrer qu'il essayait de les couvrir en portant de fausses accusations contre Kit. Il y a autre chose, ajouta-t-elle avant de prendre une profonde inspiration. Nous soupçonnons mon père d'avoir quelque chose à voir avec la disparition de mon mari il y a près de sept ans.

— Je vois, dit Lord Carlyle, tapotant son menton du bout du doigt. Votre père accuse le capitaine Powell d'avoir tué le duc de Blackburn. Il n'est pas rare de voir un homme accuser un autre de ce dont il s'est rendu coupable. Je l'ai déjà vu à plusieurs reprises.

Diana laissa échapper un petit halètement, et Verity lui serra la main.

— Essayons de trouver les preuves dont nous avons besoin, alors, dit Lord Carlyle. Puis-je voir ce registre ?

Simon ouvrit le livre et le lui tendit.

— Nous savons qui est CS.

L'ancien constable étudia le registre.

— La croix couchée est sans doute celle des *Blades*, un groupe de criminels qui rend des services à des gens des classes moyennes et supérieures… contre rémunération, expliqua-t-il en feuilletant quelques pages, avant de lever les yeux sur Simon. Il s'agit de versements d'un même montant. Pour moi, cela ressemble à de l'extorsion. Est-ce correct ?

— C'est ce que nous soupçonnons. Mais nous ignorions ce que représentait la croix.

— Mes excuses, fit Lord Carlyle avec un petit sourire. Je

n'aurais pas dû appeler cela une croix, comme toi tu l'as fait. C'est une épée. Si c'était une croix, elle serait verticale. Et la ligne la plus longue l'est un peu plus qu'une croix.

Verity se demandait maintenant pourquoi ils avaient cru que c'était une croix au départ. Étaient-ils passés à côté de quelque chose d'évident avec le « vingt-deux G » ? Elle y réfléchit attentivement et, lorsqu'elle comprit enfin, elle porta la main à son front.

— Le dernier code est l'adresse de mon père ! Vingt-deux, Grafton Street. Vous m'avez fait penser à autre chose.

Au cours du trajet depuis la tour Beaumont, Kit et elle avaient discuté des deux hommes qui étaient venus voir Cuddy régulièrement. Il soupçonnait qu'ils soient venus chercher l'argent qui était répertorié dans le registre. Elle se leva du canapé, agitée d'une énergie nerveuse.

— Chaque trimestre, deux hommes venaient de Londres à Blackburn pour voir Cuddy. Kit pensait qu'ils étaient peut-être là pour récupérer les paiements. Ce sont peut-être des membres de ces *Blades*.

— C'est possible, confirma Lord Carlyle. Ce serait un lien fort à établir. Toutefois, ce serait encore mieux si nous pouvions découvrir à quoi servaient ces paiements aux *Blades* et à Cuddy. Ils sont fixes, dit-il avec un regard perçant. Trimestriels, qui plus est. Cela ressemblerait à un calendrier d'extorsion. Sauriez-vous sur quelle base ?

Elle secoua la tête.

— Je ne suis pas sûr que Cuddy ait fait du chantage à qui que ce soit. Je pense qu'il s'agissait simplement de ses honoraires, mais je doute que nous le sachions jamais, vu qu'il est mort.

Elle grimaça intérieurement. Kit était accusé de sa mort, et il était coupable, même si c'était en état de légitime défense. Qu'allaient-ils faire à ce sujet ? Elle s'efforça d'ignorer la nouvelle vague de peur qui la submergeait.

— Je ne sais rien des *Blades*, sinon qu'ils sont peut-être venus à Blackburn chaque trimestre.

— Je crois que je sais, affirma Simon. Les paiements aux *Blades* ont commencé après la disparition du duc. Kit pense que cela a peut-être un rapport avec cela. Et si ton père recevait également de l'argent, et qu'en plus il était d'une manière ou d'une autre impliqué dans la disparition de Rufus ?

Verity avait l'impression que le sol se dérobait sous elle. Diana s'était levée en même temps qu'elle, et, maintenant, sentant la détresse de Verity, elle passa son bras autour d'elle.

— Que devons-nous faire pour libérer Kit ? demanda la duchesse, la peur au ventre.

— Nous devons découvrir le secret pour lequel votre père était prêt à payer afin qu'il ne soit pas révélé, si c'est bien ce qu'il faisait.

Verity en était certaine. Et elle était de plus en plus persuadée que cela avait un rapport avec Rufus.

— Je sais que c'est le cas. Comment mon père aurait-il su comment embaucher de telles personnes ?

— Cela se fait souvent par le biais de serviteurs, expliqua Lord Carlyle. Ils peuvent avoir des liens avec les classes criminelles. Pour accélérer les choses, il nous serait utile d'interroger le personnel de votre père.

— Auriez-vous le temps de nous aider pour cela ? S'il vous plaît, je suis vraiment désespérée ! le supplia Verity.

Elle détestait cela, mais elle était prête à tout.

Lord Carlyle sourit.

— D'accord. Cependant, nous allons devoir occuper votre père.

Verity plissa les yeux.

— Je vais lui envoyer une note immédiatement et lui demander de venir ici.

— Vous êtes une femme intelligente, Votre Grâce,

constata Lord Carlyle. Lui faire croire qu'il a gagné. Peut-être même que vous parviendrez à lui faire avouer ses crimes.

Verity en doutait, mais elle avait bien l'intention d'essayer.

— S'il vous plaît, sauvez Kit. Beau et moi avons besoin qu'il revienne.

~

Tandis que Diana s'éclipsait à l'étage pour occuper Beau, Verity attendait impatiemment l'arrivée de son père. Après ce qui lui parut une éternité, Randolph l'introduisit dans le salon. Il avait l'air aussi suffisant et agaçant qu'à son habitude. Non, il semblait pire que d'habitude. Ensuite, il se renfrogna totalement, à tel point qu'on aurait pu croire qu'il voulait repousser ses traits hors de son visage. Elle aurait pu rire d'une telle exagération si elle n'avait pas été aussi désemparée.

— Bonjour, père. Je vous remercie d'être venu. Pourrions-nous nous asseoir ?

Elle tremblait toujours, mais pas autant qu'avant. Ils avaient un plan, et, si Dieu le voulait, ils l'exécuteraient sans accroc. Elle devait juste faire sa part.

— Comme c'est magnanime de ta part, ma chère, dit-il prudemment, posant sur elle un regard sceptique.

Il prit place dans un fauteuil en brocart alors que Verity se posait sur le canapé.

— Je m'attendais à ce que tu t'en prennes à moi.

Elle serra les mains, espérant qu'il ne pourrait voir ses légers tremblements.

— J'en avais envie, mais il se trouve que je ne ressens plus la même chose maintenant. Je vois qu'il se servait de moi, et que j'ai exposé Beau à ses machinations.

Ces mensonges lui venaient facilement tandis qu'elle s'évertuait à piéger son père.

— C'est vrai. Je suis vraiment désolé.

Sauf qu'absolument rien dans son comportement hautain ne le confirmait.

— Mais je ne veux quand même pas qu'il soit pendu. Je ne crois pas qu'il ait tué Rufus. Pourquoi aurait-il attendu six ans et demi pour revenir et revendiquer le titre ?

Son père parut réfléchir à cela un moment.

— Je me suis aussi posé la question, mais je doute que nous sachions jamais pourquoi. De toute manière, il n'avouera jamais la vérité. Je suis vraiment heureux que tu sois revenue à la raison. Maintenant que nous avons mis cette horrible affaire derrière nous, parlons de l'avenir.

Elle ne pouvait pas prétendre ne pas être au courant de sa demande d'argent, pas après la réponse que Kit lui avait envoyée la veille.

— Vous voulez savoir si je vous fournirai une allocation du domaine.

— Ce n'est que justice, ma chère. Comment suis-je censé vivre ?

En fonction de vos moyens, ce serait un bon début. Elle s'efforça d'afficher un sourire si fragile qu'elle crut que son visage allait se briser.

— Oui, eh bien, je pense que vous pourriez peut-être réduire un peu le niveau de vos dépenses. L'argent que vous avez dérobé au domaine nous a beaucoup manqué, et de nombreuses choses ont été négligées au cours des sept dernières années, puisque vous avez convaincu Rufus d'engager Cuddy.

Il plissa les yeux, et Verity comprit qu'elle était sur le point de franchir la limite.

— Rufus était plus qu'heureux de suivre mon conseil. Et de m'allouer des fonds. *Lui* me fournissait une allocation.

— Vraiment ? Malheureusement, je n'étais pas au courant des dispositions qu'il avait prises.

Horatio ricana.

— Je suppose que je pourrais accepter un peu moins que maintenant.

— Je ne sais pas ce que vous entendez par « un peu », mais je vous paierai le montant inscrit sur le registre de Cuddy à côté de la croix couchée.

Il toussa et secoua la tête.

— Non, non, c'est loin d'être suffisant. Cela servira à peine à satisfaire mes… créanciers.

Elle inclina la tête sur le côté, et se jeta à l'eau avec audace.

— Je me suis demandé à quoi correspondaient ces montants. Les lettres CS étaient pour Cuddy, de toute évidence, mais je suis perplexe quant aux deux autres. On peut supposer que l'un d'eux était ce qu'il vous payait ?

Il fit un grand sourire et agita la main.

— Ne te préoccupe pas de cela maintenant. Cela n'a pas d'importance. Si tu veux bien me payer le double du montant de la croix couchée, ça ira.

Elle plissa le front.

— Cela pourrait être un problème. Je dois en parler avec Thomas.

Son père se pencha en avant, retroussant les lèvres.

— J'exige cette somme, Verity. Si tu veux que j'essaie d'empêcher la pendaison de l'imposteur, tu devras y consentir.

Elle cligna des yeux, affichant un air ingénu.

— Vous seriez vraiment en mesure de le faire ? Alors je suppose que je dois accepter vos conditions. Merci, père.

Elle jeta un coup d'œil à l'horloge, se disant qu'ils n'avaient pas eu assez de temps. Comment pouvait-elle le tenir occupé ? Se levant brusquement, elle lui adressa un sourire terne qui, elle l'espérait, masquait sa haine.

— Je crois que j'ai besoin d'un peu de gaieté pour améliorer mon humeur. Je sais à quel point vous aimez faire les magasins. Et si nous allions à Bond Street ?

Il la fixa.

— Tu veux aller faire des achats. Avec moi.

— À moins que vous ne préfériez pas. J'aimerais trouver quelque chose de spécial pour faire une surprise à Beau. Je l'inviterais bien à venir avec nous, mais il est avec son tuteur. J'espère que cela ne vous dérange pas que je ne l'aie pas interrompu pour qu'il vienne vous voir.

Elle n'imaginait pas que son père s'en souciait d'une manière ou d'une autre, et ne voulait plus jamais que Beau se retrouve en sa présence.

— Je suis simplement surpris, dit-il en se levant de sa chaise, lissant sa veste. Nous pouvons prendre mon cabriolet.

Elle se mordit la langue avant de lui demander ce que la tour Beaumont lui avait financé d'autre.

— Parfait ! Je vais juste aller chercher mon chapeau et mes gants, et je vous retrouve dans le hall d'entrée.

Elle quitta le salon et se précipita à l'étage, où elle retrouva Diana et lui relata rapidement ce qui s'était passé.

— Je leur dirai de te retrouver sur Bond Street lorsqu'ils auront terminé, proposa sa cousine. Ne t'inquiète pas de Beau, dit-elle doucement, posant les yeux sur son fils qui faisait un dessin. Je prendrai bien soin de lui.

Verity lui toucha la main.

— Je le sais bien.

— Qui aurait pu penser qu'entre nos deux pères, ce serait le tien qui commettrait un crime ? demanda Diana, secouant la tête, incrédule. J'aurais parié sur le mien depuis le début.

Verity embrassa Beau pour lui dire au revoir et se hâta de descendre retrouver son père avec un sourire factice et le ventre noué par l'angoisse.

*L*e plus costaud des deux policiers de Bow Street ouvrit la porte de la calèche.

— Descendez.

Kit cligna des yeux dans la lumière vive du soleil en sortant dans la rue.

— Où sommes-nous ?

— À la résidence de M. Horatio Kingman.

Kit se tourna et observa la charmante façade de la maison de ville. Le nombre vingt-deux le fixait effrontément depuis la brique, et le code du registre fut soudain clair. Il supposa que Verity, son brillant amour, avait trouvé la solution.

— Pourquoi m'avez-vous amené ici ?

Lorsqu'ils l'avaient fait monter dans le véhicule, ils avaient juste précisé que sa présence était requise quelque part.

— Votre journée est sur le point de s'améliorer, dit le plus costaud des deux policiers, guidant Kit vers la porte qu'un majordome ouvrit rapidement avant de les faire entrer.

— Suivez-moi, dit l'homme d'un ton nerveux en les guidant à travers la petite maison jusqu'à l'arrière, où une porte s'ouvrait sur un patio en pierre.

Au-delà se trouvait un carré de jardin, où régnait un certain désordre, car pas moins de quatre nobles y creusaient la terre.

Simon leva les yeux de sa pelle et sourit.

— Le retour du héros conquérant.

— Je ne suis pas un héros, répondit Kit.

Il posa sur ses escortes un regard interrogateur. Il ne comprenait toujours pas ce qui se passait.

— Pourquoi suis-je ici ?

— Nous allons laisser Lord Carlyle s'expliquer, répondit

le policier le plus mince, pointant du doigt un homme assez grand qui se tenait sur le côté du jardin.

Kit s'approcha de Simon.

— Que faites-vous dans le jardin d'Horatio ?

— Nous creusons à la recherche d'un trésor, répondit Simon. Permets-moi de te présenter Lord Carlyle, un ancien constable qui a gracieusement offert son aide aujourd'hui. Tu lui dois beaucoup.

Kit se tourna vers le côté du jardin où Carlyle se tenait avec un autre homme qui avait l'air plutôt abattu, comme en témoignaient ses yeux baissés et ses épaules affaissées.

À en juger par ses vêtements, il avait l'air d'un palefrenier.

— Bien sûr, nous ne creusons pas pour trouver un trésor, expliqua Carlyle d'un ton égal. Nous exhumons le corps de Rufus Beaumont.

Kit inspira brusquement, et tourna la tête vers la… tombe.

— Comment savez-vous qu'il est là ?

Carlyle montra l'homme à côté de lui.

— Voici Luton, le palefrenier en chef de M. Kingman. Il y a six ans et demi, il s'est arrangé pour qu'une organisation criminelle connue sous le nom de *Blades*, dont le symbole a été trouvé dans le registre de votre ancien intendant, intimide le duc de Blackburn. Apparemment, M. Kingman n'appréciait pas le comportement débauché de cet homme et voulait s'assurer qu'il changerait ses habitudes.

Kit comprenait les motivations d'Horatio, mais il voulait clarifier l'intention de l'homme.

— L'intimider ou le tuer ?

— Apparemment, l'objectif était d'intimider, mais d'après Luton, les *Blades* affirment qu'il a changé d'avis et leur a demandé de le tuer. Depuis, ils extorquent de l'argent à M. Kingman.

— Pourquoi l'auraient-ils enterré ici ?

Kit se doutait bien qu'il connaissait la réponse, mais il voulait que Carlyle lui raconte toute l'histoire.

— Pour s'assurer de l'obéissance de M. Kingman. S'il ne répondait pas à leurs exigences, il leur suffisait d'indiquer le jardin aux autorités pour qu'elles y trouvent la preuve du crime de cet homme. Et, comme je l'ai expliqué, il avait un mobile.

— J'avais un mobile également, répondit Kit en montrant le palefrenier. L'histoire de cet homme sera-t-elle suffisante ?

— Je le crois. C'est pourquoi j'ai demandé aux policiers de vous faire venir ici. Vous ne pouvez pas avoir assassiné le duc. Vous n'êtes jamais venu à Londres, n'est-ce pas ?

Kit secoua la tête.

— Jamais.

Le palefrenier releva la tête, les yeux remplis de larmes.

— Je ferai tout ce qui est nécessaire. Je n'ai jamais voulu que quelqu'un soit blessé. Je ne faisais que suivre les ordres de M. Kingman, dit l'homme en se tournant vers Carlyle. Lorsque mon cousin le découvrira, je serai un homme mort, c'est sûr.

— Son cousin est l'un des membres des *Blades*, expliqua Carlyle, qui pinça les lèvres en observant le jeune homme. Vous avez fait votre part en ce qui les concerne. Expliquez-leur que Kingman a été arrêté, car je pense qu'il le sera à son arrivée, et qu'il n'y aura plus d'argent. Ce n'est pas votre faute, et ce sera la fin de l'histoire. Ensuite, ne les contactez plus. Je vous suggérerais même de trouver un nouvel emploi en dehors de Londres.

— Oui, my lord, dit le palefrenier qui hocha la tête avec enthousiasme.

Kit regarda Carlyle.

— Lorsque Kingman arrivera… Où est-il ?

— Sur Bond Street avec sa fille. Nous avons envoyé l'un de ses valets de pied le chercher pour l'amener ici.

La peur saisit les tripes de Kit. Même si Kingman n'avait jamais lui-même commis de violences, cet homme était apparemment capable de crimes odieux, et il détestait savoir Verity en sa compagnie.

Carlyle dut voir son inquiétude, car il lui adressa un sourire encourageant.

— Je pense que Sa Grâce va bien. Elle était tout à fait disposée à mener son père en bateau pour vous protéger.

Le cœur de Kit enfla alors même que son appréhension persistait.

— Qu'en est-il des autres charges contre moi ?

— J'ai cru comprendre qu'il n'y a pas eu de fraude, vu que vous n'avez jamais eu l'intention de revendiquer le duché. Vous ne faisiez que protéger Sa Grâce et le domaine.

— Oui, répondit Kit, qui avait du mal à croire que le plan de Verity avait fonctionné.

D'un autre côté, elle était exceptionnellement intelligente.

Carlyle pencha la tête sur le côté.

— Quant à l'autre meurtre, l'avez-vous commis ?

Kit avait envie de mentir… bon sang, il fallait qu'il mente ! Mais les mots ne sortaient pas. Tout comme il n'avait pas pu dire la vérité après avoir accidentellement tué l'homme.

— Je ne l'ai pas assassiné. Nous nous sommes battus.

— Je vois.

— Je suis allé le voir, et j'ai trouvé des preuves de ses crimes. Il m'a attaqué, et je me suis défendu, expliqua Kit en grimaçant. Je regrette ce qui s'est passé, mais c'est Cuddy qui avait l'intention de tuer. Je regrette aussi de ne pas avoir informé le constable à ce moment-là.

— Nous allons régler cela, lui dit Lord Carlyle. Au vu de la manière dont tout cela semble se mettre en place, je doute que vous soyez considéré comme coupable.

— J'ai trouvé quelque chose.

Kit se retourna en entendant crier l'un des hommes.

C'était le duc de Kendal. Il se baissa pour ramasser quelque chose dans la terre. Kit se précipita à ses côtés.

— On dirait une chevalière, indiqua le duc. La reconnaissez-vous ?

Il laissa tomber le bijou dans la paume de Kit.

La lumière du soleil de l'après-midi faisait scintiller l'or. Il la leva et sut aussitôt de quoi il s'agissait.

— C'était la bague de mon père. Le sceau ducal.

— J'ai trouvé un os ! annonça Nick d'une voix lugubre.

— Qu'est-ce que tout cela signifie ?

Le son de la voix d'Horatio Kingman incita tout le monde à se tourner vers la porte de la maison. À ce moment-là, le visage de l'homme perdit tout semblant de couleur. Il s'agrippa au cadre de la porte tandis que Verity passait devant lui.

Elle se précipita directement dans les bras de Kit, qui la serra contre lui et l'embrassa sur le front, si heureux de l'avoir en sécurité et entière dans ses bras. Elle toucha son visage et le regarda dans les yeux.

— Est-ce que tu vas bien ?

Il referma le poing autour de la bague de son père.

— Je n'ai jamais été mieux.

Elle haussa un sourcil en le regardant.

— Jamais ?

Un sourire se dessina sur ses lèvres.

— Peut-être pas jamais, mais c'est un assez bon moment.

Lord Carlyle se tourna vers Horatio, les mains jointes derrière le dos, et annonça d'un ton autoritaire :

— Monsieur Kingman, vous êtes accusé d'avoir tué Rufus Beaumont, duc de Blackburn.

— Je n'ai rien fait ! C'était lui ! s'exclama-t-il, pointant Kit du doigt. Il voulait revendiquer le titre de son père ! C'est un bâtard ! C'est lui qui a un mobile !

Kit fit quelques pas dans sa direction, et Verity resta près de lui, le bras enroulé autour de sa taille.

— Tout comme vous, Horatio. Vous aviez peut-être de bonnes intentions, mais vous avez choisi de faire affaire avec les mauvaises personnes. Et vous avez également menacé les mauvaises personnes.

— Quelles étaient ses motivations ? s'enquit Verity.

Kit baissa les yeux sur elle.

— Il voulait que Rufus se comporte d'une manière plus ducale, et, comme il a refusé, Horatio a engagé des brigands pour l'effrayer afin qu'il corrige ses manières. Il y a une certaine confusion quant à savoir s'il voulait qu'ils tuent Rufus ou qu'ils l'intimident simplement.

Les yeux d'Horatio étaient énormes au milieu de son visage pâle.

— Je ne voulais pas qu'il meure ! Mais tu devrais être contente qu'il l'ait tué. Rufus était un meurtrier. Il a regardé Godwin se noyer pour pouvoir hériter du titre, et je suis convaincu qu'il a empoisonné le duc, en commençant dès cette partie de campagne.

Verity haleta.

— Et pourtant, vous n'avez rien fait. Vous n'avez peut-être tué personne directement, mais vous êtes coupable de choses terribles.

Carlyle s'éclaircit la gorge.

— Peu importe ce qui s'est passé, la découverte du corps du duc dans le jardin de Kingman portera atteinte à sa réputation, dit-il en regardant Kit. Et vous pouvez prouver qu'il a détourné de l'argent. Cela seul suffirait à le faire pendre.

— Non ! s'écria Horatio.

Il leva les mains pour se couvrir le visage, baissant la tête, le corps secoué de sanglots.

Verity plissa le front et secoua la tête.

— Je ne veux pas qu'il soit pendu.

Carlyle posa sur elle un regard teinté de sympathie.

— Nous pouvons demander la clémence et qu'il soit déporté à la place. Mais ce sera au juge d'en décider. Emmenez-le à Bow Street, messieurs.

Les policiers, qui étaient restés à proximité après avoir escorté Kit dans le jardin, saisirent par les bras un Horatio qui sanglotait toujours et le traînèrent dans la maison.

— Et les *Blades* ? demanda Kit, sentant Verity se raidir alors qu'elle se retournait lentement vers le jardin.

— Nous cherchons toujours à les attraper pour un crime ou un autre, expliqua Carlyle. Enfin, *eux* cherchent à le faire. Ce n'est plus mon travail.

Il adressa un signe de tête à Verity.

— Je suis navré de la tournure qu'ont prise les choses.

Verity se rapprocha de Kit et frissonna.

— Je ne sais pas quoi dire.

Il l'étreignit plus fort.

— Tu n'as pas besoin de dire quoi que ce soit. Cela fait beaucoup de choses à encaisser. Je ne suis pas sûr de tout comprendre encore.

— Que sont-ils en train de déterrer ? Est-ce que c'est... lui ?

Kit s'écarta pour ouvrir la main et lui montrer la bague.

— Titus a trouvé ça. C'était celle de mon père.

— Je la reconnais. Rufus l'a portée après la mort d'Augustus, dit-elle avec un regard vers le jardin. Alors, il est vraiment là ?

— Oui, répondit-il, mais sans lui présenter de condoléances, il ne pensait pas qu'elle en voudrait. Es-tu triste ?

— Non. Je suis soulagée de le savoir, et j'espère qu'il est en paix. Nous devrions le ramener à la tour Beaumont et l'y enterrer correctement. Pour Beau.

Oh, mon Dieu, Beau ! Qu'allaient-ils lui dire ?

— Je suis d'accord. Je… je ne sais pas quoi lui dire.

Elle se retourna dans ses bras et leva les yeux vers lui.

— À propos de son père ?

— À propos de lui, de moi, de tout ceci.

— Nous ne lui dirons pas tout en même temps, dit-elle, plissant le front. Je crois que j'aimerais le ramener à la maison dès que possible.

— Pas avant que nous l'ayons emmené au musée, chez Gunter et à la Tour. Il sera dévasté si nous ne le faisons pas.

— Je serai aussi dévastée. J'avais tellement hâte de faire tout cela. Comme une famille.

En dépit des événements de la journée, l'espoir et la paix firent sourire Kit.

— Et je voulais t'emmener voir une pièce de théâtre.

Elle sourit à son tour.

— Tu le feras. Un jour.

Simon vint au bord du jardin et s'appuya sur sa pelle.

— Voilà qui va devenir un scandale encore plus grand maintenant. Nick, je crois que l'attention va enfin être détournée de nous de manière permanente, dit-il avant de grimacer, baissant la tête. Désolé, c'était peut-être trop tôt.

Verity surprit Kit en éclatant de rire.

— Non, et tu as raison. Nous devons terminer notre visite et repartir le plus vite possible.

— Nous pourrions causer un scandale encore plus grand et nous marier, proposa Kit d'une voix douce.

Elle leva des yeux brillants vers lui.

— Oui, s'il te plaît. Le plus tôt sera le mieux.

— Dès que nous serons à la maison, lui promit Kit.

— À la maison. J'aime comme cela sonne, dit-elle, fronçant légèrement les sourcils. Et cela ne te dérange pas qu'elle soit sur la terre ferme ?

— La maison, c'est avec toi et Beau, où que ce soit. Tu as

tout mon cœur et toute mon âme, et je ne veux plus jamais les récupérer.

Elle se hissa sur la pointe des pieds pour l'embrasser sur les lèvres.

— Tant mieux. Parce que tu ne les auras pas.

ÉPILOGUE

Septembre 1818

La chaleur du soleil tira Verity de sa sieste sur la couverture. Elle cligna des yeux en se soulevant de l'oreiller que Kit avait gentiment pensé à apporter et observa l'étang, où Beau ramait avec sa barque. Même à cette distance, elle voyait à quel point il travaillait dur pour les ramener au ponton.

C'était un spectacle merveilleux : son fils et son mari réunis dans une activité joyeuse. Kit avait passé l'été à apprendre à Beau à nager, et à construire le ponton. Il avait également appris à Verity, mais elle n'aimait pas mettre la tête sous l'eau comme son fils. D'après elle, il était en partie poisson.

Et maintenant, avec son ventre qui s'arrondissait autour de l'enfant de Kit, elle préférait de loin faire la sieste. Elle avait vécu la même chose avec Beau, mais le besoin permanent de dormir s'était atténué à un moment donné.

Elle supposait que c'était en train de se produire, car elle n'avait pas ressenti le besoin de faire une sieste depuis quelques jours. Aujourd'hui, cependant, avec le soleil, les oiseaux et ce sentiment global de bien-être, elle s'était facilement endormie.

Le bateau heurta le ponton, et Beau sauta pour l'arrimer sur le côté comme Kit le lui avait enseigné. Il avait appris tant de choses de son père au cours des derniers mois !

Et, oui, Kit était son père dans tous les sens du terme.

L'annonce à Beau s'était bien déroulée. Il avait été attristé d'apprendre que son véritable père était mort, mais ravi qu'ils le ramènent à la maison. Ils avaient décidé de ne pas lui parler de l'implication de son grand-père. Il finirait par l'apprendre un jour, mais pas encore. Et il ne le reverrait jamais, car Horatio était déjà en route pour l'Australie sur un navire de condamnés. C'était Verity qui avait plaidé, par courrier, pour cette sentence au lieu de la pendaison.

Simon avait eu raison : il s'en était suivi un énorme scandale. Tout le monde parlait de la découverte choquante du corps du duc de Blackburn dans le jardin de son beau-père. Les gens se pressaient pour apercevoir la duchesse veuve et l'homme qui avait prétendu être le duc. Qu'il l'ait fait pour dénoncer les crimes de son père était une partie particulièrement savoureuse des ragots, qui étaient nombreux.

Après avoir regroupé leurs visites touristiques sur une journée et demie, Verity et Kit avaient emmené Beau, désormais duc de Blackburn, hors de Londres. Il ne prendrait pas ses fonctions au sein des lords avant de nombreuses années ; il n'était donc pas nécessaire qu'ils retournent à Londres de sitôt.

Le scandale à Blackburn était bien moindre, même s'ils attiraient l'attention partout où ils allaient. Le personnel de la tour Beaumont et les domestiques se fichaient que Kit soit le capitaine Powell et non Sa Grâce. En réalité, certains disaient même qu'ils étaient heureux de savoir qu'il n'était *pas* le duc. Ils étaient tous, y compris Thomas, ravis pour Verity et pour leur bonheur évident.

C'était ainsi qu'ils s'étaient installés dans une paix idyllique, dans laquelle leur famille allait accueillir un nouveau membre au début du printemps. En attendant, ils devaient se rendre à Lyndhurst d'ici quelques jours afin que Verity puisse assister à l'accouchement de Diana. Nick et Violet seraient là aussi. La jeune femme attendait elle aussi un enfant, qui devait naître vers le Nouvel An.

Beau sautilla sur le ponton et courut vers la couverture.

— As-tu regardé, ou as-tu dormi tout le temps ?

— Pas tout le temps. Je t'ai vu ramer jusqu'au ponton de manière experte, et ensuite amarrer le bateau. Tu es devenu très fort.

Sa petite poitrine se gonfla, et il jeta un coup d'œil à Kit qui passait derrière lui.

— Merci. Papa le dit aussi.

— Tu es un marin né, affirma Kit, serrant brièvement l'épaule de Beau avant de se poser sur la couverture à côté de Verity.

— J'ai hâte de prendre un bateau sur l'océan lorsque nous irons voir tante Diana et oncle Simon.

Ils avaient prévu une escapade à Southampton, d'où ils prendraient un bateau pour aller séjourner quelques jours sur l'île de Wight.

Kit était incroyablement enthousiaste à cette idée, et Verity était terriblement excitée de le voir dans son élément.

Il adressa un sourire à Beau.

— Peut-être allons-nous convaincre ta mère que nous avons besoin d'un bateau, dit-il avec un clin d'œil pour Verity.

— Papa, nous sommes bien trop occupés ici à la tour Beaumont pour cela.

C'était une réflexion digne d'un homme de trente-six ans et non d'un enfant de six, ce qui fit éclater de rire ses deux parents. Le regard du petit garçon passa de l'un à l'autre.

— Qu'est-ce qui est si drôle ?

Verity parvint à respirer.

— Rien, mon chéri. Tu es juste incroyablement merveilleux. Veux-tu un gâteau ? Il en reste dans le panier.

Elle inclina la tête vers le panier de pique-nique posé sur le bord de la couverture.

— Oui, s'il te plaît. Je vais juste aller voir le nid d'oiseau là-bas. Je crois qu'ils vont bientôt voler vers le sud.

Il se dirigea vers le panier, trouva deux gâteaux et commença à les grignoter tout en s'éloignant un peu de la couverture pour observer ses amis ailés.

— Un jour, nous aurons un oiseau dans la maison, remarqua Kit. Retiens bien ce que je dis.

Verity soupira en se rallongeant sur son oreiller pour observer les nuages flottant dans le ciel bleu immaculé.

— Probablement.

Une ombre tomba lorsque Kit se rapprocha d'elle pour déposer un baiser sur ses lèvres.

— Tu te sens bien ?

Les matins pouvaient être parfois difficiles, mais l'après-midi, elle allait bien, en général.

— Oui, merci.

— Et as-tu vraiment regardé Beau, ou étais-tu endormie ?

Elle rit doucement et lui donna une tape sur le bras.

— Je ne t'ai jamais menti, pas comme toi tu m'as menti.

— Aïe ! s'exclama-t-il en se laissant tomber sur le dos à côté d'elle. Un coup direct !

Elle roula sur le côté, se collant contre lui, posant une main sur son torse.

— Je te taquinais.

Il lui sourit, ses yeux verts brillant au soleil.

— Je sais.

— Je t'aime.

— Je le sais aussi.

Il passa une main autour de sa nuque et l'attira vers lui pour un court, mais intense baiser qui la fit frissonner.

Lorsqu'elle s'écarta, elle était un peu essoufflée.

— Nous devrions nous arrêter avant que Beau ne se moque de nous.

— Probablement, mais tu es irrésistible.

Il l'embrassa à nouveau, leurs lèvres s'attardant jusqu'à ce qu'ils entendent Beau tousser.

Verity s'assit et leva les yeux sur son fils qui se dirigeait vers la couverture.

— Prêt à retourner à la maison ? C'est presque l'heure de tes leçons de l'après-midi avec M. Deacon.

Le petit garçon poussa un soupir de regret.

— Oui, si nous y sommes obligés.

Kit aida Verity à se lever, puis plia la couverture. Il avait pris la mauvaise habitude de refuser de la laisser porter autre chose que leur enfant. Alors, il la prit, ainsi que l'oreiller et le panier, tandis que tous deux prenaient les mains de Beau. C'était ainsi qu'ils se promenaient toujours ensemble dans le domaine.

— Où ira mon petit frère lorsque nous irons marcher ? s'enquit Beau.

— Ta petite sœur ira où elle voudra, et nous la laisserons faire, l'informa Kit, convaincu, comme Simon, qu'il allait avoir une fille.

Pour Verity, cela n'avait pas d'importance. Elle était seulement ravie d'avoir une autre enfant, et avec un homme qu'elle aimait, cette fois.

— Ta petite sœur ou ton petit frère pourra décider. Mais pendant un moment, je la ou le porterai. Ou peut-être qu'elle ou il montera sur les épaules de papa.

— Comme je le fais parfois ?

Kit hocha la tête.

— Oui, mais tu commences à devenir trop grand et trop lourd.

Lorsqu'ils arrivèrent à la maison, Beau monta à contrecœur à l'étage tandis que Kit ramenait le panier à la cuisine et la couverture à la lingerie. Il retrouva Verity à l'étage dans son bureau, où elle était sur le point de lire une lettre de Diana.

— Oh, tu es occupée, dit-il en se retournant pour partir.

— Jamais pour toi, répondit-elle, se levant de sa chaise pour traverser la pièce. J'ai attendu toute ma vie de partager mes journées avec quelqu'un comme toi, et je suis reconnaissante pour chaque moment.

— Pas aussi reconnaissant que moi. Et au cas où tu déciderais de protester, je suis prêt à le prouver. Tout de suite.

Il lui adressa un sourire séducteur et suggestif qui attisa son désir.

Elle fit glisser ses mains sur sa veste, et les enroula autour de son cou.

Alors, vas-y.

Ne manquez pas le prochain roman de la série *Les Insaisissables*, *LE DUC GALANT*, qui réunit un héros poète et une héroïne férue de géologie dans une histoire inoubliable d'amis à amants !

Merci beaucoup d'avoir lu *Le Duc Menteur*. J'espère que vous l'avez aimé ! Si vous voulez savoir quand mon prochain livre sera disponible et être averti des ventes spéciales, inscrivez-vous à ma newsletter en anglais sur https://www.

darcyburke.com/join ou en français
https://darcyburke.com/français.bulletin

et suivez-moi sur les réseaux sociaux :

Facebook: https://facebook.com/DarcyBurkeFans
Twitter @darcyburke
Instagram darcyburkeauthor

Vous aimez les romans Régence ? Jetez un œil à la série *Le Club des Ducs Fringants*, six livres co-écrits avec ma meilleure amie, Erica Ridley. Découvrez les hommes inoubliables de la taverne la plus célèbre de Londres, Le Duc Fringant. Avec ces sublimes séducteurs à l'esprit et au charme à revendre, épris de liberté et d'aventures, une nuit n'est jamais suffisante.

J'espère que vous accepterez de laisser un avis sur le site de votre boutique en ligne ou de votre réseau préféré ! J'aime tellement mes lecteurs. Merci, merci, *merci.*
xoxo,
Darcy

NOTE DE L'AUTEURE

Cette histoire fut compliquée et délicate à écrire, en grande partie à cause des problèmes liés à la disparition d'un duc. J'ai effectué de nombreuses recherches pour essayer de déterminer ce qui se passerait si quelqu'un revendiquait le titre après une disparition et si quelqu'un d'autre héritait du titre (tout est devenu beaucoup plus facile une fois que Rufus a été retrouvé mort !). Il y a beaucoup de zones grises, et j'ai transposé ce que j'ai appris du mieux que j'ai pu. Toutes les erreurs sont les miennes.

Je me suis inspirée de la tour Hoghton, située près de la ville actuelle de Blackburn, dans le Lancashire, en Angleterre, pour créer la tour Beaumont. Le plan d'étage est presque identique, bien que j'aie muré certaines chambres pour plus d'intimité et que j'aie changé le nom de la chambre du Roi en chambre des Chevaliers pour ne pas la confondre avec la salle du Roi. C'était très amusant de pouvoir visualiser la tour Beaumont de manière aussi complète ! J'espère que vous jetterez un coup d'œil aux photos de la tour Hoghton et que vous imaginerez Beau jouer dans les jardins sous le regard heureux de Kit et Verity.

NOTES

CHAPITRE 1

1. *Note de la traductrice (NDLT) :* village du sud de l'Écosse, où les couples pouvaient se marier sans le consentement des parents.

CHAPITRE 12

1. *NDLT :* les corsaires sont des combattants réguliers, mandatés par des ordres de mission nommés « lettres de marque », qui leur offrent un statut de prisonniers de guerre en cas de capture.

DU MÊME AUTEUR

Les Insaisissables

Le Comte sans héritier

L'inaccessible Duc

Le Duc Audacieux

Le Duc Malhonnête

Le Duc des Désirs

Le Duc Provocateur

Le Duc Dangereux

Le Duc Solitaire

Le Duc Ravageur

Le Duc Menteur

Le Duc Galant

Le Duc des Baisers

Le Duc Boute-en-train

The Unexpected Duke

The Charming Marquess

The Wounded Viscount

Le Club des Ducs Fringants

Une nuit de séduction par Erica Ridley

Une nuit d'abandon par Darcy Burke

Une nuit de passion par Erica Ridley

Une nuit de scandale par Darcy Burke

Une nuit d'adieu par Erica Ridley

Une nuit de tentation par Darcy Burke

Les Insaisissables: The Pretenders

A Secret Surrender

A Scandalous Bargain

A Rogue's Redemption

Darcy Burke est l'auteure à succès USA Today de romance sexy, sentimentale historique et contemporaine. Darcy a écrit son premier livre à 11 ans, une fin heureuse entre un cygne accro à la magie et une femelle cygne qui l'aimait, avec des illustrations extrêmement pauvres.

Native de l'Oregon, Darcy vit en bordure des vignes avec son mari guitariste, une fille artiste d'un incroyable talent, et un fils débordant d'imagination qui écrira sans doute un jour mieux qu'elle (et peut-être dès demain). Ils forment une famille-à-chats un peu folle, avec deux bengals, un petit chat en quête de notoriété qui porte le nom d'un fruit, un vieux maine-coon rescapé plutôt arrogant, et une collection de chats du voisinage qui trainent sur la terrasse et entrent quelquefois. Vous trouverez Darcy au chai, dans son confortable fauteuil d'écrivain avec son portable et un ou trois chats sur les genoux, en train de plier son linge (ce qu'elle adore), ou encore devant le télévision avec sa famille. Ses havres de bonheur sont Disneyland, le week-end du Labor Day au Gorge, Le Danemark et partout au Royaume-Uni – tant que sa famille y est aussi. Retrouvez Darcy en ligne à https:// www.darcyburke.com et suivez-la sur ses réseaux sociaux.